作 者 简 介

侯健飞,男,满族,河北承德人,军旅作家,中国作家协会全委会委员,中国作家协会军事文学委员会委员,中国当代文学研究会军事文学委员会主任,中国传记文学研究会常务理事。个人作品曾获中宣部"五个一工程"奖、中国人民解放军文艺奖、中国人民解放军图书奖、全军军事题材中短篇小说奖、《民族文学》2020年度文学奖。长篇散文《回鹿山》获第六届鲁迅文学奖。现任国防大学军事文化学院军事文学创作教研室主任、教授、硕士研究生导师,大校军衔。

制高点文库·散文

侯健飞 ◎ 著

侯健飞自选集
远 古 的 笛 音

百花洲文艺出版社

图书在版编目（CIP）数据

侯健飞自选集 / 侯健飞著. — 南昌：百花洲文艺出版社, 2023.12
ISBN 978-7-5500-5259-8

Ⅰ.①侯… Ⅱ.①侯… Ⅲ.①散文集–中国–当代 Ⅳ.①I267

中国国家版本馆CIP数据核字（2023）第160715号

侯健飞自选集
Hou Jianfei Zixuanji

侯健飞　著

出 版 人	陈　波
责任编辑	郝玮刚　蔡央扬
书籍设计	方　方
制　　作	何　丹
出版发行	百花洲文艺出版社
社　　址	南昌市红谷滩区世贸路898号博能中心一期A座20楼
邮　　编	330038
经　　销	全国新华书店
印　　刷	湖北金港彩印有限公司
开　　本	720mm×1000mm　1/32　印张　10.875
版　　次	2023年12月第1版
印　　次	2023年12月第1次印刷
字　　数	240千字
书　　号	ISBN 978-7-5500-5259-8
定　　价	58.00元

赣版权登字　05-2023-300
版权所有，盗版必究
邮购联系　0791-86895108
网　　址　http://www.bhzwy.com
图书若有印装错误，影响阅读，可向承印厂联系调换。

前言

抓住当代中国散文的"纲"

王久辛

在中国当代文学中,散文似乎没有小说的地位显赫,写散文的作家似乎比写小说的作家分量要轻?而且写散文的作家若再从艺术上考量,似乎较之写诗歌的又显得弱了则个?我不以为然。

我们可以把散文放到中华五千年文明史,特别是有文字之后的三千年历史上来看,我以为孔子的儒家思想与老子的道家思想,这两个中华思想渊源上的学说,运用的阐释、表达与传扬的体式,恰恰都是散文。我们有看《论语》,再读读《道德经》吧?那哪一篇哪一章不是散文呢?散文这个体式,承载着传继中华文明的历史重责,包括先秦诸子百家与唐宋八大家,以及之后明清民国的康梁"直滤血性""象热飞扬"直击人心的澎湃文章。严格考究一下,毫无疑问,一以贯之,都在文脉上,那结论自然肯定是非散文莫属的啊。

且那风骨、那风华、那坚韧饱满、那犀利厚实的文风,辞彩熠熠,贯通古今,令我至今思过往,不肯认今朝啊!

所以说,散文在传承文明、教化民风民俗上,一直都是扛大鼎的。虽然说"《诗》三百,一言以蔽之,曰:'思无邪'",确也在淳化民风世风与文风上,发挥过不小的作用,然而若与散文较起真来,就显得"阳春白雪"了。那么小说呢?鲁迅先生在《中国小说史略》中,的确是追溯到了小说的历史可以直达秦汉,然而事实上,小说却一直都是引车卖浆者流的街谈巷议,属于"上不得庭堂,入不了庙堂"的市井嬉戏。对人当然会有些影响,亦无大碍,几乎没有哪朝哪代把小说当作教化民风民俗的工具,它倒是常被当作伤风败俗的玩意儿加以防范,甚至遭遇查封禁止。而散文就大不相同了,不仅士大夫上奏文书要用,后来的科举考试,纵论策论之类治国安邦的道德文章,也都是要考的,而所用文体,也统统都是散文。可见经国之大事,须臾不曾离开,散文乃我国之重器也。

确是。如果往小往下说说呢?相对于小说,散文似一位平和严谨的雅士;相对于诗歌而言,散文则又显得和蔼诚挚,像一位厚道的兄长。虽然诗歌更古老,可以说是散文小说的老祖宗。但从对文字的苛求上看,诗歌还真是比小说散文要规矩得多,也严格得多。尽管诗歌骨子里的自我与自由放肆,也是顶级的。好在语言上,诗歌还是抠得紧,水分也拧得干净。不过呢?在作家的笔下,小说描写人物命运的跌宕起伏,性格冲突,情节铺陈,较之诗歌来,那又是碾压式的覆盖,几无可比性；倒是散文敢于负隅顽抗，因为与小说比较起来，我们看到的《边城》《城南旧事》等等散文化的小说，似乎就在嘟嘟囔囔：我有我的表现方式，而且我还可以更诗意更优雅地表达，既可以有小说惯常的叙述，又可以有诗意的深情挥洒，岂不更妙吗？是的是的，散文甚至还可以有哲学的玄思冥想、史学的深耕渊博。若再比较一下，小说岂敢在叙述中大段大段地讲述哲学原理、大肆兜售历史知识？即便偶尔冒个险，那也常常会招来各种非议，挡都挡不住。包括诗歌，那更不敢乱来了，两三行下来，出离了意境，读者立刻就会撂挑子翻篇儿不看了。这样说来，散文最是恰到好处，有人文历史、哲理思想、山水田园、现场纪实，还有五花八门的各样散文，自由得一塌糊涂啊。然而呢？也许正因为有这样的"一塌糊涂"，读者反而不知如何选择了。尤其改革开放45年来，出版界出现了空前的大繁荣，古今中外图书应有尽有，如果没有一个主心骨，进了书市还真是目不暇接、眼花缭乱，究竟该如何选择，果然是个大问题呢！因为他们不知道该读哪一种散文，且不知道哪一位作家的散文能开启他们的心智灵性，哪一位作家的散文又能够别有洞天地引领他们进入一个新天地，总之，他们明确地知道要读散文，然而却又失去了选择什么样的散文才算正确的标准。这可怎么办呢？

　　莫急莫急，这其实不难。只要我们把最优秀卓越的作家作品出来，问题不就迎刃而解了吗？然而说得轻巧，优秀卓越的作家作品在哪儿呢？这才是问题的关键。莫急。古人早在《尚书·盘庚》中,就提供了一个好办法,即"若网在纲,有条而不紊",说的是抓住了关键环节,一切都不在话下。这与"壹引其纲,万目皆张"和后来演化出的"纲举目张",都是一个道理,就是说:在处置各种复杂问题时,只要紧紧抓住关键的、主要的矛盾——"纲",之后的"目",也就自然而然地张开了。我这样征引比方的意思,是想拿这次由我主编的百花洲文艺出版社的"制高点文库"来拆解这个难题。我们说,环顾当下东西南北中,优秀作家层出不穷,且林立如山,到处都是拔地而起的三山五岳,而他们的佳作又卷帙浩繁,哪位作家是优秀卓越的呢?总得有个标准吧?所以啊,还是要按"纲举目张"法,首先要抓住那些至少在我们国家获得了举世公认的文学大奖的作家,他们都是经过真正的专家反复遴选出来的,无论思想的成熟与新锐度,还是艺术的丰富与先锋性,都较之一般优秀的作家更卓越。是的,我指的是茅盾文学奖、鲁迅文学奖的得主。这两个全国最高的文学大奖——茅盾文学奖1981年设立,至今42年;鲁迅文学奖1997年设立,至今26年,若加上1986年创立的前身全国优秀中短篇小说奖、全国报告文学奖和全国优秀散文杂文奖,至今亦已37年啦。几十年一晃而过,虽然偶有异议,但口碑仍在。无论在作家中,还是在出版界与广大读者中,这两个奖项至今仍然具有崇高的信誉与荣誉。所以,与其去漫无边际地找,不如抓住这些大奖的得主之纲,以"纲举目张"的方法,实现以一当百,表率天下,坚持不懈,打出品牌,来满足广大读者阅读的渴望与需求。在我与百花洲文艺出版社看来，如果抓住这个关键，立刻下手，凭借这些获奖作家所具有的卓越品质与才华，推出一批崭新的经典佳作，应该没有什么问题。我们共同计划，以"制高点文库"来集结获奖的诸位大作家，试图将最优秀卓越的作家作品，奉献给广大的读者，奉献给我们这个伟大的时代。

  作为这套书的主编，我内心欣喜无比。此刻，我已夜以继日伏案通读了各位大家的佳作，得到了高境悠远、闳言崇议、挚爱深情、才气纵横的强烈感受，一个个真不愧为文坛翘楚啊！老子曰："道生一，一生二，二生三，三生万物。"今得此之一，让我信心满满。咱这一库新著锦绣尚未央，隔年再看，依然是花团锦簇才子梦笔写华章。且慢，且慢。在这里，我先代表出版社谢谢大家，再代表诸位大家，谢谢出版社啦。一帆悬，都在风波里，努力前行，叹息在路上，收获也在路上，加油。

2023 年 8 月 5 日凌晨于北京

自序

在文学丛林里找到一条回家的路

文学是需要引领的

青年作者走上写作之路,除了常说的要有天赋、生活和机遇之外,引路人尤其关键。不论是国内还是国外,历史还是现实,文学的引领一直存在于我们的传统中。但我个人的体会是,恰恰是在当代中国的几十年以来,我们的确忽略了这种师承关系。

拿我自己来说,三十几年前,我与父兄决裂,告别苦涩童年,斩断了一切与故乡的联系。从军后,军队这个大家庭让一个青年战士冰冷的心渐渐温热起来。文学初探中,有幸结识了前辈作家梅娘,军旅作家顾工、王宗仁、曾凡华和刘增新等,他们成了我文学创作的引路人,尤其是散文家王宗仁老师,他当时在原总后文艺创作室当主任,不仅笔耕不辍、著作等身，还为保留下视野里的文学骨干上下奔波、呕心沥血。老师们的言传身教让我明白，文学不仅能改变自己的命运，也能改变别人的命运。1990年，为了鼓励我这个处于萌芽状态的文学苗子安心军营、好好写作，诗人顾工曾写了一篇《你点染出山的灵魂》，连同与我的合影，发表在当年的《解放军报》副刊。

另一个引领文学的"老师"就是阅读。没有海量的阅读，没有在黑暗中不断摸索的经历，要写出成熟的作品是困难的。在喜欢一个作家的作品后，我要通过他们的自述、传记，或者访谈，尽力去了解这个作家的世俗生活，特别是他们的感情世界。比如海明威和屠格涅夫，比如叶芝和黑塞，比如沈从文和汪曾祺，还比如梅娘和张爱玲。

我以为，一个作家走什么样的创作道路，写出什么样的作品，既与喜欢什么样的作品有关，更与有什么样的老师和文友有关。诗人顾工、曾凡华，小说家梅娘、刘增新，散文家王宗仁，他们的作品无一不是彰显理想主义、充满人间大爱的范本，而最让我受益终身的，是老师们做人的榜样。文学是好人和善良人的事业，从事文学没有好的品行，作品里一定会有硬伤。

每个作家，一定会有一个灵魂的故乡

2011年，我把记述与父亲那段不堪回首的往事的散文拿给老师王宗仁看，并为起不好书名而苦恼。想不到，老师竟脱口而出:"就叫《回鹿山》,你的父母埋在那里,你的很多小说人物就生活在那里。回鹿山才是你灵魂的故乡。"我一下子愣住了。从1990年的顾工先生那篇《你点染出山的灵魂》,到二十一年后《回鹿山》的定名,时间像一条隐秘的河流,而我在写作时并没有意识到,每个作家,一定会有一个灵魂的故乡,也只能有一个灵魂的故乡,这个故乡,既是地理概念上的,也是心灵深处的。

中国地大物博,着实不缺名山大川、洞天福地,但是,古往今来,再美的地方也需要人的故事,如果这里没有人的故事和会讲故事的人,山水只剩下山水,就没有人脉,没有人脉就没有灵性,没有灵性就没有传奇。沈从文的湘西,汪曾祺的高邮,陈忠实的塬上,莫言的高密……很多作家的创作都根植于自己灵魂的故乡。我也从文学丛林里找到了一条回家的路。

我过去是编辑,现在是教授,但更是作者

南方某县一个叫张家鸿的中学老师,在读了我一些作品后在博客中说:"侯健飞得了鲁迅文学奖之后,我才知道侯健飞的作家身份。于是,买了他的获奖作品来读。又看访谈节目,他谈与田维及其《花田半亩》有关的点点滴滴,让人感动。编辑侯健飞与作家侯健飞的融合,才是一个完整的侯健飞。许多优秀的作家,本身就是优秀的编辑。"这几句话,我视为知己,也深感欣慰。

我不是一个最好的作家，但我一直努力当一个好编辑，我编了十五年书，出版了近三百部文学作品，又奉命卖了十年书。我的大半生都在与书籍打交道。也许，就因为我有如此幸运的职业，我特别同情那些喜欢文学，又一时摸不到创作门径的青年作者，于是，十五年前，在李敬泽先生的大力协助下，我策划出版了《回报者文丛》，在中青年作家中选出优胜者，以作家自述、生活影像和最具影响力的中短篇小说三位一体，用解放军文艺出版社副牌昆仑出版社，向读者呈现了一个立体的作家形象，特别是每个作家三五万字的文学自述部分，我们的要求是以真挚的感情、质朴的语言、生动的故事，写出作家文学之初的经历和启示，为广大业余者提供某种借鉴。丛书受到出其不意的欢迎。

从第一辑的毕飞宇、徐坤等，到第三辑的徐则臣、魏微等，都切实做到了以这样一本书，来回报文学，回报亲情，回报读者。用今天的创作教学来衡量，这算不算创意写作的一部分？我认为应该算，虽然这个创意很小，影响很有限。但作为一个职业文学编辑，我越来越清醒地认识到，文学创作本身可以特立独行。但文学创作要成为文学作品，绝不是一个作家自己能完成的任务，没有老师提携指导，没有编辑出版，没有宣传营销，没有研讨评论，没有读者喜欢，就不可能诞生有生命力的文学作品。

我为什么要这样策划，是因为我作为职业编辑和业余作者在文学之路上苦苦摸索了二十多年，我深知摸索的艰苦，但是那些业余作者们怎么办？他们找不到门路。当一个作者在摸索文学之路的时候，多么希望有一盏明灯，多么希望所有作家的经验能给他一种启蒙，能让他尽快上路，让天亮起来。

赶紧写，再不写就来不及了

我曾恐惧人生漫长，现在才知道，人生很短。特别是我调任国防大学军事文化学院（原解放军艺术学院）执教文学创作之后，真感到白驹过隙，时光飞逝。面对一双双"九〇后""〇〇后"明亮而渴望求知的眼睛，我感到双肩的重量格外加重了。然而我也知道，文学是有些莫名其妙的，创作和教创作是两码事，哪怕我忝列教授之列。我唯一能教给学生的是自己践行的文学理想和文学是什么、人类为什么需要文学。关于自己的人生，写父亲的《回鹿山》获得一些体会后，唯一一条回家的路似乎找到了，但真正的家还没有找到。我很害怕，如果有一天，我找到了家，却不知道能不能找到自己。也许，当我还没有足够的勇气把一个真实的自己写出来时，生命就结束了。所以我时时提醒自己：必须写，赶紧写，直到写出自己真正满意的一部作品。

当然，《回鹿山》这部作品的主题可能还是批判，而且充满偏见。我在与一个记者对话时，曾谈到我粗暴教育儿子这个话题，我说："假设，如我一般，在童年受到无尽创伤的儿子，想真正了解一个作家父亲，请他在我死后的某天，打开我的坟墓，他会发现，和我的白骨并列在一起的，就是我写自己和一个时代的这部书。当然，这不是一个父亲的全部，而是一个老兵兼作家的全部。未来读者是否能读到这本书，要看我儿子的见识和勇气。问题是，谁能把我的尸骨运回家乡回鹿山，并完成与书稿同穴，现在还不知道。"

2023 年 5 月 30 日修订于北京三镜斋

目录

第一辑 怀人纪事

一个年轻中尉的青春呓语 / 3

白雪的幸福 / 29

长岛的女儿 / 39

慢慢长大 / 53

我和干妈梅娘先生 / 79

一个人活下去的理由或私语 / 102

字　奠 / 125

杨柳依然青青 / 141

师者王干 / 176

高山流水 / 187

故乡说 / 196

再见梅娘 / 202

半亩花田 / 216

狗　殇 / 223

用爱吟唱爱 / 232

第二辑　三镜斋随笔

萧红，一个伟大的战士 / 241

作家与读书 / 244

关于 J.M. 库切 / 246

诗人成幼殊 / 249

正龙拍虎 / 252

弃　婴 / 256

爱情小说是一味药 / 258

第三辑　文路拾遗

远古的笛音 / 263

明心见性 / 268

黑茶之歌 / 271

红岩与傲骨 / 277

名士与历城 / 282

长安，任重道远 / 289

我与狗儿的情感生活 / 299

回鹿山 / 304

代后记：让灵魂独舞 / 310

第一辑 怀人纪事

一个年轻中尉的青春呓语

新编辑手记

　　看来我必须加入作家的行列了。为了我的工作。我是个文学编辑，我已经多年编不到真正作家的稿子了。我还年轻，渴望编到好稿的心情常常让我睡不着。于是我就等妻儿睡下后，赤着脚在不足三平方米的卧室里沉静地走来走去。这时候多半在天亮之前。城市的黎明也许喧闹，但身居古巷却是太沉静了，我清晰地听到妻子小巧的呼吸和儿子恶狠狠的咒语。儿子不喜欢我，原因是我不喜欢他。我经常揍他，打他的屁股和脸。我不知道自己到底为什么不喜欢儿子，可有时心里又明明白白。儿子太像我的过去。我的童年是我一生的财富，我不愿意让另外一个影子占据我美好的回忆。"你太聪明了，像个鬼头！"我常常这样吼他。"你看你看，他一副六岁就会恋爱的模样！"我对妻子很蔑视地说。妻子的嘴不像她的呼吸那样轻柔，她已经多年不再尊敬我了（这是我个人的感觉）。她说："你真叫我恶心。你编不到好稿，又写不出东西，却天天拿我们娘俩撒气。"这是对我致命的一枪。没有余地,我大声地喊道:"滚出去,快离我远远的,要不是转过身来看见你,转过身去看见你儿子,我怎么会写不出东西。"

终于盼来了星期天,这是妻子最为得意的日子。因为自从她的儿子学会画鸭子和其他以来,她经常带着儿子到公园写生。公园是个滋生虚荣和便于交往的场所,总有一些善于献媚的同志走到像我妻子这类母亲跟前,去夸耀她们的孩子。"呀,看看这孩子画得多好,柳树的叶子都画活了。啧啧,这孩子,才四五岁啊,怎么得了!"这类同志多以老太太和初恋者为主,而且,充满爱心的初恋者因为有情人在场,所以更加对我儿子的画表现出兴趣。赞美者赞美着我儿子过于持重的运笔,眼神却投向恋人,一副憧憬着将来的神情。其实我儿子的画越来越没有灵感了,他学会了临摹,充其量是模仿得有几分逼真罢了。我为儿子毫无想象的画悲哀,也为这热闹的公园和文明的社会难过。

妻子花枝招展地离去,带她儿子去了公园。五月的阳光在城市上空多余地流动,我像个作家一样坐在那张折叠饭桌上。这饭桌很大,正方形外可以翻出四个圆边,那样就变成了一个圆桌。饭桌有个来历,好像与一次商品打折有些关系。记得商店小姐是个皮肤微黑的姑娘,样子很健康,也很成熟。她曾在一瞬间让我记起我童年暗恋的一个寡妇。我肯定是被优惠一类的蜜语打动,我扛回了这张大桌,累得一双瘦腿不住地打战。妻子那时刚来,看了桌子有些吃惊。"是不是太大了点?"那时妻子还比较尊敬我,而且是新婚久别,所以说话轻声细语，很绵的感觉，像她沉睡中一如既往的呼吸。我当然笑了笑，说："不大，大什么呢？我是满族，你是蒙古族，按政策倾斜，我们可以多生，我们要生一大堆孩子，如果五男二女，加上我们两人，就九个人了，那时你会发福，一个腰围三尺的女人在餐桌上无论如何得占两个人的位置。"

在这样一个宽阔的大桌上坐定，我郑重其事地铺开稿纸，然后像一个真正作家那样思索起来。作家不是编辑，写作需要思索。在思索的过程中，我知道手下的稿纸是空白的，密密麻麻的方格是一眼眼深不见底的老井；想象使我知道井中有清澈的水，也许还有几只干净而迷人的歌手青蛙。蛙们没见过大天，更见不到高楼、汽车、霓虹灯和电视塔。但它们会歌唱，唱关于水和粮食的赞歌。我收回思索的钓线，我必须面对现实——我要写点什么。写什么呢？无非是一些直逼艺术灵魂的东西。哪怕是一只花脚蚊子，要写出它之所以将毒针刺入人体，是对生命的一种关怀；或者城市贵族——一种叫"京八"的宠物小狗，它之所以见到比主人官小的人就狂吠不已，是因为它已经进化到了人性的程度，等等等等，似乎这才达到了作家的标准。我不是作家，一个业余的，从前写过的东西很快就被时代淘汰了。做了编辑，关于文学的结构、人物、情节、布局、语言、氛围、流派、风格和意境等等一大套废话，早已让作家们心生讨厌。有一天，我牵头向几位知名作家组稿，不折不扣地遭到冷遇。从他们上下打量的目光中，我读出一个编辑没有作品如同一个人没有大脑，轻得像一片鸿毛。与此同时，我开始怀疑领导，从我很自信地做起编辑那一刻起,所有领导都说,编辑是一个伟大而神圣的职业,一个编辑可以没有一篇自己的作品,但他一生最珍贵的财富就是受到作家和读者的尊重。

我希望被尊重,这没有一点点苛求的意思。我只想说,一个还很年轻的编辑,如果他不以编辑职业为重的话,他们是能够写出令自己满意的作品的。编辑的职业好比春天的农夫,他把属于自己土地的种子很平静地种在别人的土地上,哪怕一个句子、一个标点;而一个作家却像秋天的镰刀,他不停地收获,哪怕一则故事、一丝启迪。尊重是一个编辑最大的欣慰。我差不多每天晚上都在看稿,在我不足十二平方米的小屋里,我一次次与儿子争夺仅存的一点空间。有多少次,在一天的同一个时间里,儿子悄悄地徘徊在门外,他偷眼打量着我,听我工作的动静,然后想想电视那美妙的声音——他想看动画片,而我却说:"滚出去!"

如今的天空,早已被无线电编织成网,但深夜伏案编稿时,却没有起码的电话和作家联系。然而还是有一次,一个并不算著名的作家把我责编的那部书稿寄给了我的领导,里面用插页恢复了我删改过的地方。他的行为也许说明不了不屑和"谁动我一字天诛地灭",但眼泪在那一刻却涌上我的眼眶。且不说编辑对一部书的出版所花费的心血,仅对人与人之间的感情而言,也足以使一个男人伤心落泪!我从来都把自己的作者当作朋友,这是我不自觉做人的一个准则。好在这件事过去了,不快和伤心只在心底驻留了一会儿,然后我就埋头干我的活了。就工作而言,我从没有失落过。这得益于妻子的目光。我从妻子读她儿子的目光中，体味到一部手稿编辑完成的所有乐趣。妻子的目光满含深情，然后是如此满足的微笑。妻子的笑是对儿子的，我的笑是对作品，别人的作品，但这有什么不同呢？这是我的工作。

大饭桌是咖啡色。五月的阳光从窄小的窗口挤进来，似向我表示温暖的问候。这时我才发现时间已经到了下午。我想象着妻子被公园情人或老人们恭维后的心情。儿子又描摹了一幅仕女雕塑，底座刻着《美丽的天使》。这是一个外地蹩脚石匠的杰作。天使是全裸的，眼睛大而无神，白色大理石质地很好，但天使乳房的颜色因污染变得灰暗。儿子不会不注意到这一点，他从小对母亲的乳房特别敏感，我也曾很丢人地为争夺那个大一点儿的乳房和儿子展开过多次的拉锯战。尽管天使的乳房微微上翘，但儿子总会把它画得下垂一些。雕像的臀部过于丰满，又白又大的部位也许让石匠心动，但在儿子笔下，会处理得恰到好处。如果说儿子在画画方面有些天赋的话，那就是他对女人的身材比例把握得很好。他不喜欢肥胖的女人，这一点和我略有不同。

经验告诉我，妻子和她的儿子快回来了。他们一定在公园门口的麦当劳餐厅吃过洋鬼子的东西，或者在大院门口美餐过假新疆人的羊肉串。我慌乱起来。我不能这样让妻子看见我思索的样子，江郎才尽是她用目光写在角角落落的字眼。我低头看看稿纸，还好，一行工整的红字已经写下了：五月的鲜花开遍草原。句子有点意境，这是我长时间思索的结果。这时，我听到门口有熟悉的脚步声，我急忙用一本杂志盖住稿纸。

我走出门去，一眼看见儿子正把自己的冰淇淋一口口地喂进邻居小孩的嘴里。儿子的样子很专注，也很真情，一副甘于施舍充满爱心的模样。我心里突然有一丝感动，赶忙向迎面走来的妻子露出笑脸："哟，你们回来啦？"

家和女人的三心二意

（一）

妻子一个人在家是件挺危险的事儿。这个念头头几年一直困扰着我，这让我做不好案头的工作。那时我刚当编辑，儿子也刚上幼儿园小班，我会突然从某个故事情节里清醒过来，然后想，她这会在家干什么呢？当然是指妻子。要是碰巧在我这种心情的时候来一个女作者，这种念头就越发强烈。其实，妻子是个准家属了。在队伍上，同志们对没有随军又常住部队的人都这么叫。

妻子一个人在家是因为没有工作。妻子原来有一份很好的工作，在故乡的储蓄所，天天与钱打交道。后来她对我说，为了爱情，她离开了那家堆满了钱的储蓄所。再后来就有人告诉妻子，在她离开后一个多月，那家储蓄所的合同制工人全部转了干。人家都成了干部。这是妻子在回忆那段日子时，经常说的一句话。为了爱情，妻子和我来到了队伍上。尽管当时我还是个士兵，军衔中士，可驻地在都市，这稍稍减轻了妻子的失落感。20世纪80年代末期，大都市还不像现在这样开放，想进城的姑娘祖国各地都有，可能进城的姑娘却极为有限。妻子一直不承认进都市那份优越感，她说为了爱情。"为了爱情，即使天南海北，哪怕刀山火海，我也会去的。"妻子这样表白时，用一种极为特殊的深情目光看着吃锅巴的儿子。儿子一心一意地吃着锅巴，他还读不懂母亲的目光，但他会及时地爬到他母亲的膝头上去。我心里窦然想说，多么可怕的女人！她明明知道，自从儿子来到世上，爱情就被取代了，为什么还自欺欺人呢？

刚到队伍上的妻子当然没有工作。作为人民解放军一名中士，我还没有能力在都市为妻子找到一份工作。因为扯了结婚证，部队借给中士一间平房，按临时来队家属安置起来。几个好心的机关干部借给我们一个煤油炉和两个铝锅，又到市场上买回一把菜刀，到木工房捡一块三合板，又拼凑了必要的生活用品，比如洗涤灵和女人的卫生巾之类。我和妻子心平气和地住下来。当时打算住五个月，因为到年底，我的服役期满，就可以离开队伍了。我们下一步的打算是在都市一角租个门脸，卖油条，或者豆腐脑；我们当时的决心有点凄凉：即使要饭吃，再也不回草原深处的故乡去。这决心没有任何人知道，这是我和妻子都不想说出来的秘密，有些原因我可能会在以后的文章中写到，总之是些让人不太愉快的往事。

初进都市的妻子像一朵偷来的野花，让我像蜜蜂一样忙活了多日。后来我就开始上班了。妻子于是第一次有了一个人在家的经历。

妻子第一次一个人在家,她想得最多的是她的父亲。我非常奇怪,妻子为什么只会想她的父亲而不是母亲,这一点妻子简直与我格格不入。我不喜欢父亲一类的人物,就像儿子现在对我的态度一样。妻子的父母在草原深处,据说是蒙古族,牧民出身,可我看不像。她的父亲五十来岁,过早地谢了顶,于是她父亲无时无刻不戴一顶单帽。妻子的父亲是个十分精明的人,会经商,能背诵《中华人民共和国宪法》。有一次和邻居发生争执,是因为院墙过界的事儿,她父亲就背:根据《中华人民共和国宪法》第六章第三款第一条规定,乡村居民院墙过界是侵犯他人权利,属违法行为。邻居让步了,邻居不知道宪法里是否真的有这条规定。妻子的父亲近年来开始贩牛,小本生意,靠的是一张嘴和一手好字。草原的牛市离乡村很远,许多乡民到牛市去卖牛的时候,必定路过妻子父亲的门口。这时妻子父亲注定要穿得干干净净,兜里揣着一盒带过滤嘴的香烟站在门口。他理所当然地要戴着单帽——哪怕是草原的七月流火——他怕人看到自己谢顶。哟嗬老哥,下来啦?看你走得连吸带喘,快站下来抽支烟。妻子的父亲也算个远近闻名的人物。认识他的人都知道他的烟不是好抽的,但都鬼使神差地圈住牛,在牛蹄子旁蹲下来。话头当然是妻子父亲挑起来的,关于牛市行情和贩牛的走势。妻子的父亲唱的都是低调,而且口若悬河。第二支烟燃起来的时候,妻子的父亲拿出那管鸭嘴钢笔,用有十分功底的行草草拟了一份买卖合同,然后对牛主说:"乡里乡亲的,有话我就直说了,你嘴笨,递不上价,闹了归齐,还得让税务黑你一把,再加上饭钱,里外里亏了你老哥。我给你个好价,还是让我去牛市吧,那些南方来的侉子蒙不了我。"牛主将信将疑地接过递过来的合同和牛钱,再揣上妻子父亲给的半盒香烟,向家的方向走了。不出一个时辰,通往牛市的公路上,就可以看见妻子的父亲赶着牛,唱着年轻时唱给我岳母的山歌慢悠悠地走着。路过一条小河的时候,牛们都争先恐后地去喝水,原来上路前,妻子的父亲给牛们饱餐了精食盐。牛的肚子鼓起来后,整个牛就显得格外水灵。这时妻子的父亲几乎达到忘我的境界,如果前后没人,他会摘下单帽,掸掸土,让火辣辣的阳光在自己智慧的秃顶上打个滑。

其实,妻子的父亲靠这个倒手活路是挣不到钱的,比如五百元买的牛,到牛市上也许会卖到五百五十,但有时也会卖个四百五十,赔进去五十。但是,不管是赔是挣,妻子的父亲从来是不言赔的,即使在我岳母跟前,他也会装出一副挣到大钱的模样。于是在乡亲们面前,妻子的父亲永远是亮亮堂堂、体体面面的人物,而且人们都说他有钱。

妻子的父亲年轻时有一个相当好的前程,在呼和浩特上了师范学校。可就在要毕业的时候,他辍学回到草原,原因是 20 世纪 60 年代末的草原大旱,燕麦、白薯颗粒无收,连野草根也被草原人挖光了。加上妻子的母亲得了一场重病,妻子的父亲便毅然回到故乡。那时还没有我妻子,妻子的哥哥桩子也只有三四岁。

第一次一个人在家的妻子想她父亲的时候就说类似的故事,且常常把几个泪珠挂在睫毛上。

"爸爸为了一个家,他舍去了一切。"妻子这样说完,我马上用一种连自己都奇怪的口吻说:"该不是为了爱情吧?我可知道他经常欺负你母亲。"妻子不置可否,她说:"爸爸性格暴烈,像读书人的脾气,但为了我们兄妹三人能够读书成材,他受尽了累,不到五十岁就老得不成样子了。现在我们都远离了他,这就是爸爸的命吗?"妻子说到这突然哽住了。好像有一根针刺了我一下。我说:"天下的父亲都是一样的,这就是生活。你为什么不想想你母亲,一个操劳了半生的母亲整天看着你父亲的脸色,听着你父亲的咒骂生活,不是更值得同情吗?"妻子被我问住了,过了一会儿,妻子伤心地问我:"你什么时候能真心实意地把他当一回岳父?""等他真心实意把我当一回女婿那一天。"我说。妻子抖掉睫毛上的泪珠又说:"你这个没良心的东西,你从来没在我面前叫过他一声爸爸,而我竟然嫁给了你。""需要时间,"我说,"当他面,我不是一直叫得挺甜吗?""伤口是慢慢弥合的,谁让他当初那样强烈反对我们的爱情呢?"我又说。

(二)

中士没有按原来的计划复员,夫妻双双卖油条的美妙勾当便让给了众多的外地青年。中士被一所院校录取,去了南方。妻子怀着一种极为矛盾的心情登上了北去的列车。之前几天,也就是我接到入学通知书以后,妻子的眼泪像包在一张极薄极薄的透明纸里,稍不小心就破了,流下来,无声无息地。那是个多雨的夏季,都市的心情好像妻子的影子,使妻子顾影自怜。那几天我们疯狂地做一种事情。妻子的表现像是做最后的诀别。在以后的许多日子里,想起那个都市的夏季,我会听到此起彼伏的蝉鸣。都市的蝉那时到了生命最旺盛的时刻,她们的气息和着潮湿的空气,变成雨水和甘露,滋润着妻子永无止境的欲望。有的时候,连我都要脸红了,可妻子却没有,她几乎想吸干我的血。可是到了临走那天,妻子突然不许我有任何亲昵的言行,她像个陌路人似的和我度过分别前的最后一个晚上。

第二天妻子和我的一个同事到车站去送我。妻子的表情仍很严肃。开车的时间还不到,而且我的同事还没下车,妻子就急匆匆地下车走了。妻子的最后一句话是再见。没有任何感情色彩,更没有我希望的依依惜别。我看到我的同事当时很尴尬,很对不起我的样子。我和同事真诚地握了手,互道了再见。月台的人多极了,差不多全是挥泪送别的情人们。我没有找到妻子的影子,直到列车启动,我看到无数把眉眼哭得分外美丽的面孔,听到了成千上万个妻子喊丈夫的声音,可我没有看到妻子的影子,没有听到一丝曾令我心动的娇小的呼吸。列车缓缓加速时,我的泪水不知羞耻地流了下来。

儿子长到六岁的时候,一位知识女性说,一个当众流泪的男人要么是最虚伪的男人,要么是最无能的男人。我承认这话说得有点道理,那么我是前者还是后者呢?我宁可当最无能的男人,拒绝虚伪是一个男人起码的品格。我喜欢拒绝虚伪的男人。

当时我不能完全理解妻子的心情,那种既希望我提干又怕我提干的矛盾心理。妻子毕竟是来自草原深处的女子,半年多的都市生活让她认识了许多荣升的男人。男人一荣升就容易变,变得连自己也找不到了。妻子后来说,她当时的感觉是:我们像一对年轻的大雁,我们的巢原本筑在北方的沼泽地里,周围是芦苇和水,阳光充足地照在沼泽里,鱼儿在水中追逐嬉戏,平等而友好的野生动物陪伴我们生活;虽然涟漪在黄昏时分将天空荡涤得摇摆不定,但我们的巢有一种安全感,它在坚实的陆地上。然而,随着我的南方之行,爱巢在妻子眼里,像是从陆地搬到了树上。草原的风是很大的,连喜鹊这样的筑巢高手都惧怕草原风暴,何况一个雁巢?"两年后你就是军官了,有了大学文凭,学了那么多图书馆里的东西,你已经不是一个中士了。"妻子说这些话是在都市的最后一个夜晚,在那间破损的小平房里,当时人们都睡下了,一两辆行迹可疑的汽车在都市的小胡同里钻进钻出。听不到妻子娇小的呼吸声,这是妻子没有入睡的标志。

打算在都市和我一起卖油条或豆腐脑的妻子两天后离开了都市,从此拉开了第二次妻子一个人在家的序幕。

塞罕坝草原是个充满魔幻的地方。天空堆积着云彩,各式各样的云彩,我指的是形状。有的像奔腾不息的马群,有的像狂涛怒卷的海浪。蒙古族妻子见到了她精明谢顶的父亲,然后又告别他,独自一人去了我的出生地。我没有父母了,一个哥哥也被很远的一个女人招赘了去。那个女人死了丈夫,她需要一个有善良本性的男人去养活她和两个孩子。我哥哥就是这种善良人。老屋除了灰尘，还有草原硕鼠。像个都市人的妻子在这样一间老屋里安顿下来。我的邻居都是些少数民族，蒙古族、满族和回族居多。他们都很厚道，还有我几房远亲，他们带着我妻子先到人们赖以生存的水源，那是一口和我同年同月同日生的老井。塞罕坝故乡千百年来缺水，祖祖辈辈为了打井出水而耗尽体力，直到一批批死去。我降生那天，以我父亲为首的草原人打出了那口井。终于出水了，一个年老的村爷由于激动，喝了几口井水含笑死了。故乡人认为我是带来井水的龙脉，视我为救星，于是给我取乳名成水成帮，名字很拗口很麻烦，可我别无选择。除了没告诉妻子我的乳名外，童年的故事妻子一一记在心里。妻子看过老井，最后又去看那棵我多次描述过的橡树。

妻子一个人在家了。如今生活的全部意义就是不停地想念我们在一起的日子。想我的时候，妻子把火炕烧得滚烫。妻子用自己挑来的井水细细地洗净了身子，然后躺在滚烫的火炕上。回忆首先是从都市生活开始的，一想那段都市生活，妻子的心绪乱乱的。于是妻子就趴在被窝里给我写信。信写得很关，无非是些草原风光，和我邻居们的趣事。但在信的某一段或者末尾，妻子会写一些勾引我某种回忆的话，诸如"你还记得某某那天吗？在公园里……你真坏,让人难为情"之类。"吻你，千万次地吻你"是妻子写得最不厌其烦的句子。信像雪片一样从草原上寄出，寄给南方有梅雨的城市。在源源不断的信中，十篇一律地打着妻子矛盾的印迹。妻子以非常抒情的笔调写道："分别二十二天了，我觉你好像慢慢地离我远去……然而我又坚定地相信自己，相信你对我的忠诚，不论什么时候，你都不会离开我……我在结霜的玻璃上写满你的名字，这成了每天早起要干的第一件事。我要赶在太阳出来之前把玻璃写满。我不知道为什么，你的名字在霜雪中何以那样英武高大，而且有棱有角，一如你线条分明的面孔，呼之欲出。我甚至不想让太阳出来，那样我会有一整天面对你的名字。面对你的名字就是面对你。日子幸福地走过，呵，漫长的冬季刚刚开始，有你的名字在窗上，我的整个身心都被你的气场包围着……写到这儿，泪水打湿了信纸。快点回来吧，我在等着你，盼着你，我正沿着你童年的脚印一步步追寻着你……"妻子渐渐像个被诗化了的、矛盾的女人，但她又是一个实际的女人。妻子把爱情的感觉涂遍草原，同时很快掌握了生存的手段。草原人和牲畜之所以世代繁衍，除了爱情，还有土豆、燕麦和野草。妻子开始收割燕麦。在金色的秋天，在一望无际的燕麦田里，在都市生活过的妻子为普通人的生存做着充分的准备。土豆长成了，葳蕤的薯叶在草原上不断地向前延伸。即使妻子后来一直独自抚养儿子，直到儿子会沿着大道追赶毛驴，她从没有像报纸宣传的那样，是为了支持丈夫的事业。妻子没有那样的胸怀和远见。妻子不愿意听"军功章里有你的一半也有我的一半"这首歌。在妻子带着儿子再次来到都市时，有一天她谈了对某种宣传的看法。妻子说：爱一个男人，是一个女人的全部，即使以整个生命为代价，也在所不惜；有事业心的男人没有女人来支持，同样会事有所成。

秋天在草原上是十分短暂的，犹如宇宙的流星倏然而逝。三个月后，妻子寄来一封极短的信。信说："我怀孕了，这些天正是反应厉害的时候。这是上帝赐给我们的孩子，他是个儿子，长得和你一模一样。他才三个月大小，可他会踹我的肚子了。他喜欢吃酸涩的果子，那天我和儿子去了响水，那是你童年经常淘气的地方。坐在那棵橡树下，我告诉儿子，'你爸小时候就是在这棵树上逃避你奶奶追打的'，我还告诉儿子，'你奶奶是小脚，四十八岁才有了你淘气的爸爸'。"

写到这儿，我知道一部大书开始了。关于妻子和她儿子的故事我只好就此打住，这是一段可歌可泣的故事，属于妻子和她儿子，那就让他们自己来书写吧。

两年后的一天，妻子牵着蹒跚不稳的儿子再次来到都市。儿子戴一顶清代公子哥式样的黑缎小帽，一条又细又长的假辫子拖在脑后，穿一身深红色的衣服，腰上系着一个兜屁股的布帘子。妻子的装饰有几分刻意，草原的季风使妻子的脸微微发红。儿子下火车的第一件事就是把一泡带有强烈青草芽味的屎拉在火车站的广场上。许多文明的旅人掩着鼻子从我儿子身边走过。草原降生的孩子拉屎是不背人的。虽然儿子不在乎，对人们的注意视而不见，可儿子的父亲却无地自容。"为什么不说一声就拉啦？"责备之意是对妻子的。妻子马上反击："我儿子还不到两岁。"久别重逢，这就是我和妻子的开场白。儿子抬头看了我一眼，事不关己似的蹲下去，一心一意地把屎拉完，然后突然站起来，一溜烟似的冲向出站的人流。妻子看都没看我一眼，举着手纸边追边喊：

"先来擦屁股，儿子！"

（三）

妻子在爱情的旗帜下拥有了儿子。告别了土豆、燕麦和野草，妻子再次来到都市。

新的家在都市的另外一角重新建立，仍是一间平房，似乎比我当中士时更为破旧。这是我从军以来最灰暗的一个时期。一切都不再是中士时的模式了，我肩负着一份独立的工作。这份工作是一张大学文凭换来的。可谁都知道，大学里，我除了一封接一封读妻子的信，然后就是躲在图书馆的一隅看小说。这样的日子打发了两年，紧接着要我独立去完成一个机关干部的工作，我显得茫无头绪、头重脚轻。接下来我养成了一个令所有合格父母所不齿的毛病，我训斥儿子，或者打他。儿子的屁股成了我训练枪法的靶场。从此以后，家的感觉在妻子眼里走了样。

妻子第一个反应是我有了外遇。我外遇的女人是个神通广大的姑娘，她会隐身术，她和我一起工作、一起吃饭、一起睡觉。妻子的生命里自从多了这份幻觉，就少了几分回忆。"凭什么？我想知道凭什么！"有一天我这样诘问妻子。"凭一个女人的直觉。"妻子平静地安排着她儿子的事，头都不抬地回答我。这种平静又重重地刺了我一枪。我长时间地看着妻子毫无表情的脸。妻子不看我，从早到晚忙她的儿子，洗衣、做饭、喂饭、擦屎、把尿、读日本鬼子打进来的卡通。晚上又到了。好几天晚上都无声无息地过去了，在这面积不大的家里,我联想着晚上的一种情景。我知道我的年龄,我才二十多岁。于是我想说点什么。"想想我们的过去吧。"我说。"我不想想过去,都过去了,还想它干什么?一想过去我就头痛。"妻子说。妻子侧身躺在儿子身边,一手支着脑袋,一手轻轻地拍打着她的儿子。其实儿子早就睡熟了,只是那一对讨厌的眼球在眼皮里或左或右地滚动着。熄灯的号声响了,我习惯性地伸手拉灭了电灯。屋子一片漆黑。我在地上站了一会儿,屋子静得让人心焦。我摸索着脱了衣服,贴着妻子躺下来。妻子一动不动。儿子却咯咯地笑起来。"哧——"妻子跟着也笑了。"他又做梦了,真好玩。"妻子说。我一下子兴奋起来,我趁着妻子的好心情,及时地把手搭在妻子身体的某部位上。妻子激灵了一下,像是吓了一跳。"干什么?!累死了!"原来妻子的笑是对睡觉的儿子的,她忘了我已经躺在她身后了。妻子迅速把我的手扒拉下去。我长叹了一口气,顺手扭亮了台灯。我拿起一本书看起来,是《博尔赫斯文集》,讲的差不多都是些听不懂的旧事。妻子很快睡着了,她绵软的呼吸和她儿子的梦呓糅合在一起。一个长长的春夜才刚刚开始。我瞥了一眼妻子,一种怀念的滋味猛地袭上来。记得我还是中士的时候,妻子是一个人在家的,那时也是一间平房,妻子无时无刻不坐在家里,或者台阶上。有时我会在上班的时候偷偷跑回去。妻子一面红着脸点着我笑,一面按着我的意愿满足了我的所有要求。现在怎么了?我下意识地看了一眼儿子。夜深了,我被儿子哼哼唧唧的哭声弄醒了。"怎么又哭啦?"我气愤地吼了一声。

儿子本能地哆嗦一下，哭声更响。妻子把儿子抱在怀里。"闭嘴！"我喊。儿子没有闭嘴。我拉过他的腿，照准屁股狠狠地打下去。想不到妻子的脚迅速反击，踹我的腿，甚至踹我的下身。我更加发狠地打下去，妻子也更加下力地反击，然后大声地哭，更紧地抱住她的儿子，除了双脚反击，妻子用头、手和所有能利用的部位去护她儿子的屁股。这事过了几年，大约是儿子刚记事的时候，妻子有意无意地告诉儿子，过去我不但打他的屁股，还打他的头。有一天妻子竟说，儿子的记忆力这样不好，就是小时候头被打的缘故。我的天啊，我向上帝发誓，我从来不曾打过儿子的头，她怎么能说出无中生有的话来！当然，这些都是后话了，现在我们还说那段日子。儿子闹夜的恶习大约持续了半年之久。说良心话，那段日子儿子是挨过几次打的，而我的腿和下身也被妻子的反击弄得青一块紫一块。妻子没有找到儿子挨打的科学原因。她把这归咎于我有了外遇。妻子使出了一切走火入魔女人该使的招数：跟踪、打探、明察暗访，直到发展到有一天妻子偷看了我的日记。"你真叫人恶心！"我的骂声全院都能听见。我歇斯底里地先摔了学英语的录放机，然后又砸了家里最值钱的一件东西——只有十六英寸（约四十一厘米）的彩色电视机。妻子抱起她的儿子说："砸吧，把房子也烧了吧，但别吓着我儿子。""滚你的儿子吧，快滚，滚，滚！"

战争不是天天都爆发的。女人的伤口其实极易抚平。当我冷静下来时，我就觉得太过分了。我开始认错，我的忏悔是动人的，不要说妻子，连我自己都原谅自己了。一次缠绵过后,妻子注视着儿子有几分消瘦的脸说:"你看,儿子长得多像你,一模一样的。这是在怀他的时候天天想你的缘故。我想象着你的模样,细眼、翘嘴角、大耳朵、直鼻子,还有这张瘦长的脸。可你却下手打他,儿子多不幸呵!"说到这儿,妻子的眼泪流了下来。一丝愧疚涌上来,我说:"儿子是儿子,他不是我。但那也是你儿子!"妻子猛地用眼盯住我。我退却了。"我不知道我怎么了,有时自己也恨自己。"我说。妻子相信了这句话,她偎上来,抱住我的脖子,冰凉的泪眼贴住我的面颊。一种重新回到从前的温暖和满足霎时占据了我。我想起了母亲搂着我的日子。"如果没有儿子该多好……"我喃喃地说。妻子的温情没有很快消失,她好像体味出了点什么。妻子说:"要不,我和儿子还是回到老家去,过些年,等儿子大了,不惹你生气时再过来?""不!我不想再离开你,草原太荒凉,我不想再让你去挑水和吃土豆了。"由此看来,我生来注定属于妻子,妻子也属于我。我像儿子那样搂住妻子的脖子,一股酸涩的东西冲热了我的眼眶。温情过去了,就像风暴总会过去一样。工作仍然不如意,我的好情绪坚持不了二五天。儿子又被打红了屁股,小平房里的值钱家什又砸了一遍。后来我终于调出了那个部队,从都市的西边搬到了东边。我换了一个环境,换了一批同事。这是最高文学殿堂里一帮教授级人物。我尊敬他们,尊敬他们所从事的职业。我战战兢兢地做了一个文学编辑。我的坏脾气大大好转了。但是,我承认胃子里有一种劣质的骨髓,用我妻子的话说就是,狗改不了吃屎。有一天我又把儿子和妻子赶出了门，原因是儿子不肯让我看一场电视直播足球赛。领导和同事们知道后郑重找我谈话，并以党小组的名义：再有类似事情发生，你要写出书面检查，并将被彻底孤立。"一个有这种恶习的男人，一个不能善待女人和孩子的男人，他是不配做男人的。"我很尊敬的领导和老师这句话实实在在打动了我，教育了我。为此我把过去的日子仔细过了一回电影，我承认过错，认错后不免产生几分自得：看来自己还不是一个太坏的男人，因为我敢于承认过错。

时间过得真快，转眼儿子到了能品评女人的年龄了，更重要的是学会了写生。这期间，我的家几次搬迁，但都因为我职务偏低只能住一间平房。惭愧地说，和妻子儿子的战争一直没间断过，而且挑起事端的多半是我。但不论怎样，即使和妻子分居，或者拿离婚相威胁，我始终坚持：不再打骂儿子。当然，表面看来，妻子永远和她儿子在一起。没有我的日子，妻子和儿子把日月打发得光亮而温馨。妻子和儿子像一对成年人那样交谈，有时妻子突然爆发出哈哈的大笑。这令我难过。可有时，我也会发现，儿子开始学我的某些做法，比如看书的姿势，比如跷着二郎腿看电视，还比如爱评论女人。

儿子上学前班，在家的时间并不多。妻子仍然没有工作，可妻子一个人在家时竟十分愉快。妻子不再像第一次到都市那样想她的父亲，也不像在草原深处时那样想我了。妻子一个人在家，哼着儿子教给她的儿歌，里里外外地为儿子晚上和第二天的一切事物做着准备。看着妻子和儿子把一个家充实得那样有诗意,我觉得自己成了一个多余的人。

真想各处走走,我觉得自己好像很老了,头上生出了不少白发。这种念头时常徘徊在心头。当然,在遐想中,还会突然想到一个人在家的妻子,但想想也就过去了。前不久,妻子的父亲路过都市,顺便来看看我们,临走时,我儿子好奇地走过去,摘下姥爷的单帽认真地看个遍。然后说:"怎么老戴着这顶帽子,连吃饭时也不摘?"说完抬头看看姥爷,说,"噢,秃了,没头发了。"妻子的父亲尴尬地笑笑说:"姥爷老了。"说完,老人拉过外孙亲了一口,眼里突然含上了泪水。

儿子的天空

儿子的天空是阴霾的色彩,还有雨水和冰雹。这是我前文多次提到的。妻子多次背着我,流着泪向她几位朋友倾诉类似的内容。妻子的泪水如南方的梅雨涓涓绵长。我在远处,我深切地体味到了妻子泪水的温度。我宁可让我的儿子挨饿或者受冻,但我希望他有个快乐而放松的童年。妻子的观点是有内涵的,有一种博大精深的味道。"那就该让儿子回到塞罕坝草原去,那是天然的牧场。"我这样回答妻子。在草原,四五岁的孩子不必写生,他们甚至听不懂写生的含义。马群、绵羊、木屋、百草,及五月的鲜花构成一幅画;蓝天、白云、池塘、青蛙和白桦树构成另一幅画。还有落日的黄昏、提桶的母亲和袅袅的炊烟。画在草原孩子的心中,其实是更深地印在孩子纯净透明的生命里。草原的孩子很少见到钢琴,与都市琴童大军站在一起,他们有身高的优势,面孔的颜色也很健康,但他们好像落后了好几个世纪。草原的孩子会学狗叫,猫叫,连公鸡卖弄地踱步也学得惟妙惟肖,但毕加索《坐在椅子上的画像》和《沙滩上奔跑的女人》永远与他们无缘。草原的孩子不需要音乐,如果有一个热爱故乡的学子回到草原任教,一部分学生也许会识一些简谱,但要不了多久,草原的少年就唱起了动人的情歌。在杜鹃花开的时候,也许在大麻放籽的时刻,黄鹂和翠鸟就唱起来。少年和百鸟的歌声点染了青春,情窦初开的少女便有了初吻的经历。那是动人的时候,安详的奶牛和她美丽而羞涩的大眼便是情人们的见证。草原的歌声来自自然,丰富着一代又一代鲜活的人生。儿子生在草原,在他还没放弃母亲乳头的时候他来到了都市。都市是个文明的牢笼,科学和艺术使孩子们丢掉了童年所有关于泥土和虫子的乐趣。我不懂美术和音乐,因为我也是生长在草原的孩子,后来我光荣入伍,原本要去西南边陲参加自卫反击战的,不想突然国泰民安了。我成了都市的暂住者。混迹都市,就要入乡随俗,加上我又是一个好面子的父亲,我就必须让儿子学点什么。学什么呢?我时刻观察着儿子,长时间观察发现,儿子除了对妈妈的乳房感兴趣外,没有任何灵性之处。我的失望和儿子的闹夜纠结起来,就变成了父子间忽隐忽现的战争。打儿子的事情我说过了,不再赘述,补充一句是,直到某一天,五岁的儿子趁我高兴时突然说:"等我长成大树那么高,我一脚把你踢回老家去。"从此我开始考虑我老年的归宿问题。好在这时儿子对美术已经小小入门，我不必再为画画让儿子记恨我了。然而，这时我发现，儿子的画越画越规范，越画越逼真，但就是缺少想象的翅膀。于是我想起让儿子学画的直接原因，那是他在不满两岁时画的一只下蛋的母鸡，大约只用了几笔就把一个母鸡卜蛋后的得意表现出来了。妻子告诉我，儿子在老家最乐此不疲的事情是观察母鸡下蛋的全过程。我不禁喟叹，生在草原的孩子，他属于草原，他的艺术灵感也来源于草原。都市的高楼和汽车，以及来自父母的强制，只会让天才儿童丧失美好的记忆。

岁月蹉跎，一晃儿子六岁了。除了记住儿子是农历四月十三出生以外，关于儿子的其他记忆，主要是靠妻子帮我回忆。我是个缺少想象力的父亲，我想象不出一个孩子把价钱很贵的玩具电话拆碎后，再偷偷塞在床下有什么乐趣。在我眼里，儿子的许多类似事情只有让我愤怒。愤怒是残忍的源泉，尤其是对一个三四岁孩子的愤怒，而且这个孩子还是自己的儿子，可想我是个多么可悲的人。"你有时都不如你儿子懂事。"妻子这句话让我好多天羞于面对儿子。事情的起因是一支电动枪。

出差回来，给儿子头一样东西是我的习惯。不是想回来讨儿子欢心，实则是在外地就想该给儿子买点什么，那时多半是离家多日了，儿子的影子就会突然在某一时刻跳出来。谈不上想他，就是想到要去买一个玩具了。枪很贵，是仿新式冲锋枪，两张百元大钞好像没够。回到家，是晚上，儿子眼里果然亮了一下。电池装好后，我教儿子瞄准和射击。儿子很认真，记下要领，小心翼翼地接过枪，在手里掂了掂。一扣扳机，一串火苗蹿出来，枪的声音很逼真，"嗒嗒嗒——"这时我提醒儿子，可别不小心掉地上摔了，摔坏了可要打屁股。这是我顺嘴说出的话，说要打屁股，其实是在我最高兴时才说的，真打屁股时，我从没事先向儿子打过招呼。在我转身出去后，儿子踮着脚把枪放在了柜上。两天过去了，又到了晚上，我突然发现枪仍在原处，好像从没再动过。于是问儿子："那枪好吗？""好。"儿子非常认真地回答，然后一双黑眼睛很贪婪地看了一眼枪。"那为什么不玩？"儿子迟疑了一下说："那——咱俩一块玩。"说着跑过去，拿过那把新枪，很兴奋地递到我手上，然后从抽屉里拿出一把已经坏了的玩具手枪和我比画起来。我搂了一下火，枪清脆地鸣叫起来，儿子躲闪着枪口，用破手枪"啾啾"地向我打。过了一会儿我说："还是你自己玩新枪吧。"想不到儿子却说："爸爸，你玩新的吧，要是我不小心摔坏了，你的眼眉又这样了。"儿子说着用两手在眼的上方做了个弯曲的动作。我没听明白。妻子说："是怕你生气，一生气，眼眉就蹙成这样了。"我心里一惊，似乎明白了什么。儿子睡下后，妻子看我还想刚才的事，就说："你呀，真拿你没办法，有时你还不如儿子懂事。玩具玩具，玩具总是要坏的，不玩当然坏不了，真不知道你是怎么了！你看看你买的那些贵重玩具，有哪个儿子真正玩过？"我抬头一看，电动飞机、汽车、电动立交桥和变形金刚等，都完好无损地装在包装盒里。我看了一眼儿子，他独自一人安卧在小床里，翕动着鼻翼，一副平和而富有的神态。那年,儿子大约四岁。从此我开始回味一个哲学家的话:儿童的灵感和成长是不断地打碎和破坏。而我教给儿子的是要规矩,走路规矩,吃饭规矩,睡觉规矩,待人规矩,说话规矩,玩耍规矩,我甚至想不起还有什么规矩没教给儿子了。

儿子的天空渐渐晴朗起来。儿子开怀大笑是近两年开始的,不仅仅是对他母亲,我在场时也是。鬼子打进来的动画片可笑的地方不多,倒是欧洲一些动画片常常让儿子发笑。然而,随着儿子一天天懂事,他会有另一种状态。有一天,他久久地看一幅画。画面是机场。若干女人是主体,她们举着鲜花,神情焦躁,这是在迎接归来的旅人。在画面的一角,一个欧洲男子怀抱着一个金发男孩背对着出口,这是父子俩。父亲正在拍打哭闹的孩子。儿子看了一会儿问我:"为什么不是妈妈抱着孩子?""他妈妈去了远方,为什么爸爸不能抱着孩子?"我这样问儿子。儿子用目光仔细打量我一下,若有所悟地点一下头。我的心重重地沉下来。儿子没有安卧在我怀里的经历,从来没有。在我和儿子有限的几次独处时,即使儿子走得很累了,我仍坚持要他自己走。他摔倒了,我冷静地站住,让他自己爬起来。"男人流血不流泪。"有一天,我同事的儿子摔破了手,大声哭叫时,我儿子走过去这样对他说。那一刻,真想像个好父亲那样抱抱儿子!然而晚了,儿子重得已经抱不动了。何况,过早成熟的儿子已经根深蒂固地认为,趴在父亲怀里哭闹的男孩是不坚强的,那让他害羞。渐渐地,儿子的生活中多了一些别的内容。他把自己很喜欢的玩具大度地赠给来家做客的小朋友；他把自己爱吃的芋头冰淇淋一口口地喂给邻居家的小弟弟；他以自己并不太好的记忆力，努力记住明天或后天是某个小朋友的生日，然后画一幅画送过去，祝小朋友生日快乐。当儿子看了我和他妈妈的结婚证后，他当天晚上就发挥绘画的特长，加班赶制了一张"结婚证"。他在红纸上画出一个男孩和一个女孩，并郑重其事地问他妈妈"魏瑞"和"杨露琦"这两个名字怎么写，然后照样写上。制作完毕他告诉我们，他要等魏瑞和杨露琦长大后送给他们。妻子问他为什么，儿子一本正经地说："长大后他们就结婚了，因为魏瑞和杨露琦好。"

日子一天天过去，儿子除了必看的动画片外，余下的时候就独自一人干自己的事。剪纸、画画，有时一边打着哈欠一边像大男孩那样默默地思索或者和他妈妈对话。终于、感动和哪怕是儿子常用的词汇。看着儿子专注地做事情，我忽然想起一些很遥远的细节，并借助妻子的补充陡生出某种怀念，怀念儿子小时候的一切事情。

儿子的天空不但晴朗了，而且辽阔无垠，不久的将来，不知道他会不会想起童年的往事，更不知道他会不会知道自己原本属于草原，那块草原叫塞罕坝草原。

白雪的幸福

多年前，一个作家朋友写过我的一篇印象记，这篇三五千字的短文在一个半公开的刊物发表了，我看了好多遍，每次都很感动，觉得这个朋友真是知心，他把我自己知道和不知道的优点都写出来了。说真的，如果不是看了这篇印象记，我竟不知道自己还有如此的德行。关于文学，关于恕道，关于侠义，关于善良，等等，于是我在内心把这个作家当成兄弟，我信任他，全身心地崇敬他。但是两三年后发生了一件事，让我开始审视人与人之间的"了解"和"关系"。

那时我在部队机关当干事，由于性格执拗，又写不好材料，还惹上了点似是而非的绯闻，人就弄得灰头土脸，前途一片黯淡。一位老师竭尽全力把我介绍到一家文艺出版社帮助工作，以便考察我是否可以胜任编辑工作。

为了能调到这个神圣的文学殿堂，我努力学习，积极策划选题。那时的图书市场刚刚起步，"策划"流行在全国，虽然还在"萌芽"状态，但已经有"金点子"之说，一个好的策划甚至能救活一个出版社。我的一个"金点子"终于得到了上司的肯定，领导们很兴奋，认为这个点子如果实现，将抢占未来多年的军事文学制高点。于是领导再三强调：绝对保守秘密——那时候的图书市场完全放开，选题比军事机密还重要，它意味着金钱和荣誉。但我太兴奋了，几杯二锅头下去，半夜里给这位作家朋友打了电话，把打印在纸上的选题策划一字一句地念给他听——即使不喝酒，我也会如实告诉他，因为他是我们拟定的作者之一，又是我最好的朋友，我想得到他的肯定，并让他分享我的兴奋。

结果呢？可能大家都猜到了，一个月后，就在我们周密准备的组稿会前三天，西北某家出版社在北京召开了组稿会，我策划的丛书名字只被改动了两个字，十名作者一个不落地被一网打尽。我的朋友既是作者之一，也是策划人之一。为此，我只得深深低下头，接受领导一次次批评。"选题泄密事件"被单位当作一个警示材料宣讲，并且，推迟我的考察期，工作调动几成泡影。

绕了这么大一圈儿才说到白雪，我是有意这样做的。我的意思是说，对于印象记这样的文字，我已经不太相信了。不都是些溢美之词吗？如果不是以朋友的身份还好，像上面我讲到的那样，还有什么比朋友的背叛更让人悲伤的呢？——记得那件事儿发生后，我给作家朋友打了电话，就像某年春晚上蔡明的小品中那样，问"为什么呢？"其实，我知道我会得到一个令人满意的答案，不管这答案是真是假，这已经不重要了，重要的是我开始怀疑自己：我真的有朋友写的那么好吗？如果真的那么好，朋友也是这么认为的，那他为什么能这样做？后来我想明白了，出现这种情况，只有一种解释——我根本没有朋友写的那样好，那样完美。他之所以这样写,说明他知道我是一个多么肤浅而虚荣的人,他不过是迎合了一个爱听好话的人的一种癖好;对一个哗众取宠、不值得尊重的人实施一点儿伤害有何不可呢。

作家铁凝也说:"我对给他人写印象记一直持谨慎态度,我以为真正理解一个人是困难的,通过一篇短文便对一个人下结论则更显得滑稽。"铁凝的话更加坚定了我的看法。所以十几年没有给人写过印象记之类的文字。但是,某一天,我却突然想写一写白雪。

白雪不需要我多介绍了,我的战友,歌星。她不但歌儿唱得好,人长得也好看。2007年12月中旬,我接到白雪一条短信,说她几天后将有一个小型演唱会,想请我去听。我把短信看了两次,两次都很感动。

坦白说,我和白雪算不上朋友,出生在不同年代,虽然同是军人,又同在总部直属单位,但我们的工作性质不同,我在幕后,她在台前,她是明星,我是听众——即便从听众角度讲,我也不是一个好听众,对流行音乐我不懂。虽然在银屏上早就认识了白雪,但对她的歌儿,我只对一首什么"月亮带我回家"印象深一些。我们正式相识的机缘是在北京大学艺术学系专门为部队艺术人才开设的研究生学习班上——说到这儿,真要诚挚地感谢总部直属党委,是领导们的英明决策,让我们这些在文化积淀上先天不足的从艺人员能够坐在北大的课堂上。

两年,一百多个周末,真是眨眼之间就过去了。我就这样和白雪成了同学。据说,如今北大的校友录上有我们六十人的名字，但我不太好意思说我上过北大，以后履历表上填北京大学时，心里总有点发虚。上课时间太少了，如果说北大的学问是一艘万吨巨轮的话，我们只是在船头上站了一会儿，看了一下风景而已。

对知识的渴望和珍视学习的机会，这在白雪这样的"明星"同学来说，似乎是不多见的。不仅如此，在某些细节上，我们更可看到白雪心灵闪光的东西。开学不久，在艺术心理学课上，后面一个女生问老师："中国艺术的最高境界是玄赏，玄赏这个词多别扭呀！您能用形而下的语言告诉我们，什么是玄赏吗？"我禁不住回头看了一眼——哦，是白雪。我很高兴她在此时向老师提出这个问题，因为，当时在九月，天气炎热，上课又是在下午两点左右，很多同学已经昏昏睡去。听到白雪既俏皮又真诚地发问，很多同学都从困倦中挣脱出来。以后也常常出现这样的情况，每当课堂气氛沉闷，老师和同学们就要相互失去信任的时候，总是白雪突然发言；有时，明显地，为了活跃气氛，调动情绪，白雪甚至在发言中耍一点儿"明星"的小手段，比如对她比较喜欢的老师来一两句没大没小的玩笑，撒一点小女生的娇嗔——课堂上于是响起愉快的笑声……现在回忆起类似的光景，我想，这正是白雪的最大的可爱处，说是美德也不过分，那就是，她有关爱和理解别人的胸怀。而这种关爱又是建立在尊重知识、有高远理想的基础上的。作为一个工作繁忙的在职军人，白雪知道，每周能来北大上一天课，这是多么难得的求知机会呀！当她看到有些同学要掉队，她就勇敢地站出来，既为台上的老师解围，也为了一个团队的整体进步尽力。从这个意义上说，白雪应该是一个最有团队精神的人，她不忍心任何一个兄弟姐妹白白浪费时间。

由衷地赞美别人，没有妒忌心，带着一种学习的诚意，虚心向他人请教是白雪的另一个特点。真心而非虚情假意地赞美别人，如今已经成了最值得珍惜的礼物了。我和白雪既非朋友，因此不敢妄言白分百正确，以上诸如"美德""没有妒忌心"和"虚心"等褒义词，我更愿意让白雪自己来体认。作家汪曾祺先生说过，评价一个人时，要记住一个情景：一棵树的影子有时比树本身还清楚。评价是一面镜子，而且多少是凸透镜，被评人的面貌是被放大了的。评价应当帮助这个人认识自己，把他还不很明确的东西说明确了。当然，明确也意味着局限，一个人明确了一些东西，就必须在此基础上，去寻找自己还不明确的东西、模糊的东西，这就是开拓。评价的作用就是不断推动这个人去探索，去追求。我认为，对像白雪这样的从事艺术创作的人来说，特别是她还很年轻的这个时候，客观的评价是不可或缺的。其实，这也是我从"选题泄密事件"中慢慢悟出来的一点道理——我现在一点怨恨那位朋友的意思也没有，反而越来越想达到他"印象记"中的目标，哪怕一生都很难达到，但我却有了目标。

白雪第一次和我说话，是从她赞美我笔记开始的。由此我知道白雪其实是一个用心观察生活的人，这一点对艺术家来说非常重要。上学一年后，白雪已经观察到我这个同学，可能是学习比较较真的一个。事实的确如此，像白雪一样，北大两年，每一堂课我都不想落下，老师的每一句话我都想记下来，而且，相比白雪来说，我年纪已经很大了，于是我有时就带着上中学的儿子一起来——我想让孩子提前感受大学的氛围……也许正是基于此，白雪在一次缺课后，在我后面叫道："小侯同学，能借一下你的笔记吗？"

"小侯同学——"这种称呼又可看出白雪体察人物内心活动的能力，她似乎知道，一个头发已经花白的"同学"，又常常溜边听课，从不主动和人讲话，一定是有些自卑、封闭的人。如果称这样的人为"老侯同学"是不妥的，以此看出，白雪又是个内心纯善的人，纯善就是不忍之心，哪怕无意中伤害了别人，她也不愿意。

我把笔记借给白雪。还我笔记本时，她有些夸张地赞美了我的笔记。尽管知道这是出于礼貌，但我心里还是很舒服的，有了想进一步了解她的愿望。后来我就以儿子的名义要她几首歌儿。

第二天，白雪给我带来了她的精装CD，既随意又郑重地赠给我。那是我第一次系统听白雪的歌儿。于是我家常常有白雪的歌声，家人都喜欢她《久别的人》《错位》和《千古绝唱》等，但我还是喜欢那首《月亮》。从这首歌里，我隐隐听到一种别样的忧伤，尽管有很多人把《久别的人》《错位》和《千古绝唱》当成白雪忧伤的倾诉。

在北大上学期间，白雪给我的另一印象是喜欢掏钱请人吃饭。我不知道明星是不是都这样，也不知道对白雪这种印象是否准确，但事实上有一天中午，我和一位同学到一个餐馆，发现白雪已经和五六个同学围桌坐在那里。我俩想退出去，她却立即"命令"我们坐过来，那种"今天我买单"的架势，让我们无话可说，就乖乖坐下等着吃了。其实我和一同到餐馆的人，都属于轻易不吃人家饭的"酸腐文人"，但奇怪的是，在白雪这种"气势"下，我俩都服从了命令，再借用蔡明的"为什么呢？"我想，就一个"真诚"。不管别人怎么想，白雪真想请别人吃饭，在她的内心可能想：我比同学们挣得多，就应该我掏钱！这是多么可爱的真诚啊，又是多么纯粹的真诚啊！如果你此时用"显摆"或"招摇"这种想法来对应白雪的"气势"，我不知道别人怎么想，但我会觉得可耻。

很显然，白雪是有几分"侠骨"的女人。作家梅娘先生生前在给我的一封信中，称我也是"有侠文化素质"的人，我认为这是非常高的评价了。梅娘说："中国儒、释、道之外，为民间广为推崇的是侠文化。因为这些人不是学而优则仕的儒，不是刻意追求清静无为的道，更不是六根清净的佛。侠是处于不公平地位中的广大弱者的希望所在，是重承诺、重知己，是中庸性格的对立面，具有强烈的民间精神和草莽气概。"梅娘是真正了解我的长辈，但我更愿意有机会真正了解白雪。正是在不太了解的时候，我更想提前把这种"侠文化"的见解与白雪共勉，因为，梅娘先生在长信的最后，在肯定了我的"侠义"之后，其实也在提醒我"单纯得近于草莽"。在中国文化里，侠义是最容易受到伤害的一种文化，这是有历史教训的。

我一点也不了解白雪的朋友圈,但我却信任自己的眼睛:白雪拥有很珍贵的一种情感,那就是对朋友的关怀和真诚。更为庆幸的是,白雪得到了回报。以我所见,白雪得到同性朋友的回报,可能更胜于异性朋友。两年同学,虽然白雪课余时间总是被前呼后拥着,但我印象最深的,几乎形影不离的几位都是女性,而且年龄都比白雪大,都是有些侠气的女人。如果要我说真话,我认为,人间万事,毫发常重泰山轻。在当今世况下,女人之间的情谊比男人之间可靠得多。

以此为证,在离开北大一年多之后,在白雪新歌专辑发布前的个人演唱会上,她仍然没有忘记北大的老师和同学,这更可说明白雪对知识的渴望和尊重。某年12月12日晚,我们前往北京星光现场,参加白雪同学《每一次幸福》个人演唱会。

音乐会持续了近两个小时。白雪始终被包围在鲜花和掌声中。与刚出道时的白雪相比,那天白雪的风格明显多了几分淡定、从容和自然抒情;亦真亦幻的灯光下,已经是妈妈的白雪一曲接一曲地唱着,迷人极了。那天晚上,白雪得到的鲜花,我想得用几卡车才拉得走,有那么多歌迷喜欢她的新歌,让坐在台下的亲人、首长、老师、同事、战友和同学们像白雪一样幸福。那天,我是带着妻子和朋友柳青夫妇一起去的,原计划柳青的洋丈夫卢堡先生上去献花,结果中途他"退缩"了,只好让我妻子上了台。后来我问卢堡先生为何中途变卦时,柳青悄悄对我们说:"他说白雪太漂亮了,怯场了!"我们都笑起来,我想,这卢堡还是洋人吗?

音乐会之后第二天,我才有机会仔细品读白雪在CD菲林上的感言。这些文字写得很美,一看就知道是白雪的文字,而且是下了功夫的。白雪从音乐本身,从人母人妻各方面谈到每一次幸福的感受,像在台上歌唱一样,白雪忘情地抒发着被爱的幸福,然而读着读着,我的心却慢慢变得沉静下来。也就是从这一刻,我想写写白雪,写什么呢?很显然,我不会写她的歌儿和流行音乐,这些恰恰是我不懂的东西,与她的经历和情感吗?我几乎一无所知,那我为何萌生了"写写白雪"的念头呢?左思右想,恐怕还是白雪身上某种特质以及她的"幸福感受"引发了我的思考,尽管这种特质和感受是朦朦胧胧的,但我已经捕捉到了蛛丝马迹。于是我想到了自己年轻时在艺术追求和为人处世上走过的弯路,也想到了每次在人生路口,总有一个兄弟般的朋友不顾一切地拉起我,更想到,每每在生活中"顿悟"出一些东西后的巨大欣喜……

行笔至此,首先,我想用几个词来概括白雪的特质:上进,真实,知恩,善良,重情,真爱。这恰恰是白雪每一次幸福的基石。我以为,除了美丽的外表和艺术成就之外,这应该是白雪一生的财富了。其次,作为长白雪几岁的同学,看了她新歌CD上的感言,我感到白雪的幸福观还是感性了一些,虽然已经是个漂亮妈妈,但还像一个被情感小说"毒害"过深的文学青年。如果,在以后的漫长人生当中,白雪能从被爱的幸福转变到爱的终极感受,在一旦面对事业挫折和情感困扰的时候,她会变得更坚强、从容和豁达。我的意思是说:人生充满险滩,艺术道路异常曲折,能感知别人的爱,感知艺术之美，是一种幸福，但这种幸福并不容易获得，也不牢靠；能感知自己以向善之心爱别人，哪怕爱那些不值得爱的人，并有毅力不断汲取中国传统文化的养分，毕生追求艺术之美，这是一种更大的幸福，而且长久。

不知白雪同学可否认同我的看法。

长岛的女儿

"一个岛屿能有多小？小到在地图上，它只有笔尖那么大，但是一个岛屿能有多大？它大到关乎着约960万平方公里陆地上的每一个家。"这是中国媒体迄今关于岛屿与国家安全最具启示意义的主持人语。

亲密战友刘静出生在长岛，她在长岛生活了18年，父母没有料到，这个诞生在简陋而坚固的营房、从小暗暗喜欢哨兵和号声的小女儿，却在收到师范学院录取通知书后，突然改变主意，决定报名参军。那是1979年，西南边陲隆隆的炮声，震动着北方内海这个小小的岛。母亲没有阻拦，这个有一双明亮眼睛的母亲最了解18岁的女儿，刘静是这个军人之家最小的孩子。

长岛说大不大，说小不小。长岛又称长山列岛，位于山东省最北端，地处渤海海峡，纵贯胶、辽半岛，南衔蓬莱、北邻旅顺、西望京津、东拥黄海。长岛之美，不输澎湖，更近湄洲。空中俯瞰，它就像孔雀一根尾羽，五彩缤纷，时隐时现在蔚蓝的渤海之中。冬暖夏凉的宜人气候，变幻莫测的海景天象，独具特色的海蚀地貌，丰饶的海洋特产和稀有的岛陆生物资源，使长岛自古便以"海上仙山"的美誉闻名遐迩。然而，刘静和她的父辈们知道，这些溢美之词都是改革开放后，为旅游观光客准备的。对守岛官兵来说，异常艰苦的生活才是他们生命的底色。

长岛隶属烟台，烟台素有"京津之门户""渤海之锁钥"之称，自从大明王朝定都北京后，长山列岛便以其独特的地理位置，成为明清以来的海防重镇。中华人民共和国成立后，为巩固海防，保卫首都，中央决定组建海军长山要塞区。1954年10月，由陆军第26军78师和海军长山水警区合编而成一个军级单位，辖蓬莱、北长山、大钦三个守备区。经过几十年的建设，内长山要塞的防御体系日臻完善，许多岛屿都建成了永久、半永久、坚固的攻击及防御阵地，列装了许多先进的信息化武器装备，形成了立体、环形、纵深的防御体系，具有防空、反舰、反潜、抗登陆等多种防御能力。

长岛有南长岛北长岛之分，南北长岛又有若干岛屿，大小各异，各有名称。在北长岛，属大钦岛面积最大。所谓大，岛陆面积也不过6平方公里多一点，早年有近百户渔民散落各处，但因为一排排灰色的苏式营房和一个师的驻防官兵，大钦岛显得无限大，而且神秘、庄严。

刘静的父亲就是大钦岛驻军中的一员。1961年9月5日，刘静降生那天，南海形成的风暴一路北上，在渤海湾形成阵势。那一夜，海天一色，惊涛骇浪，台风久久不愿离去，就在大钦岛周围打着旋儿地左冲右突。军民清楚，七八级风暴就会对渔船和岛民构成危险，12级以上台风，要一级战备，驻岛官兵必须全部分散到各战备值勤点、码头和居民区，以确保全岛安全。

或许是母亲身体太弱，或许是风浪惊吓了婴儿，刘静把母亲折腾了一个整天，却迟迟不肯降生。她父亲当时是守备师军务科长，台风袭岛的时候，不可能陪在妻子身边。午夜过后，风浪减弱，守备师门诊部一个军医和一个卫生员终于接生了刘静。几分钟后，一声不吭的刘静落草，而母亲也用尽了最后一点力气……那个卫生员是一名女兵，她从内地入伍，与刘静母亲年龄相仿，第一次接生就遇到一个母亲死去活来的场景，过度惊吓和难过，让她几度流泪。当刘静睁开大大的眼睛，卫生员破涕为笑，瞬间就爱上了这个女婴，她说刘静是大海的女儿，就像她自己生的一样。一年后，卫生员脱下军装改转成军工，并嫁给一个驻岛军官，像其他随军家属一样，把大半个青春奉献给了海岛官兵，也成了刘静母亲一生的朋友。不久，卫生员生了一个儿子，从此她让刚刚学会说话的刘静叫她婆婆，这是婆媳意义上的婆婆，但刘静年幼，不懂此意，从此一直称这位阿姨婆婆。

刘静在写小说《父母爱情》时，坚定地认为，她记得降生那一刻，她说妈妈的眼睛特别特别亮，她睁开眼就看见了妈妈的眼睛，亮亮的，眼角挂着欣慰的泪水。刘静说，那是所有守岛军人妻子的眼睛，是所有军人母亲的泪水。刘静姐姐刘军说，小妹刘静，其实排行老五，她之前应该还有一哥哥或姐姐，但因为母亲随军上岛不久，还没有适应海岛生活，身体太弱，都三四个月大了，却没有保住。

大姐刘军说，刘静出生时她六岁。"那天，有两个穿白大褂的阿姨在我们家晃。天黑了,她们把我送到一个叔叔家睡觉。夜里刮起大风,海浪把坚固的水泥房都要冲走的样子。第二天上午,爸爸把我领回家,我看见母亲躺在床上,头上包着一块毛巾,一个小小的小人儿包在绿军毯里。我问爸爸小人是谁,爸爸说是夜里大风送来的,是海的女儿,也是爸爸妈妈的女儿,但我好像知道大人撒了谎。第二天,妈妈告诉我说,小人儿是我的小妹妹,是妈妈生的,漂亮的小妹妹……"

战友们都知道,海岛生海岛长的刘静,最敏感的物质是水,最爱用的词是味道和水灵。

在改编《父母爱情》中官兵没淡水喝这个情节时,很少伤感的刘静异常难受。她说,母亲当年为了支持父亲海防事业,辞掉大城市工作来到荒凉的小岛上。母亲怀她时,患了严重的"海岛病",医生建议终止妊娠,但是,因为父亲多子多福思想严重,喜欢孩子,又特别喜欢女儿,他希望再有一个女儿,所以对医生的建议一声不吭。母亲是懂父亲的,所以冒死也要保住这个孩子。

刘静早慧,童年时期,从"婆婆"嘴中不止一次听过母亲生她时的艰辛,也以她天生敏感的特质饱尝海岛生活的艰苦,所以,成年后常常为父亲当年的"自私愚昧"大呼小叫,也为自己差点要了母亲的命而内疚。刘静说,那个时代多悲哀啊!有文化的母亲对没文化的父亲的爱情表白,竟然是为他多生几个孩子!要知道,中华人民共和国成立初期的海岛生活艰难到什么程度啊!远山近海,水土不服,缺医少药,营养不良，每一次生产，都是母亲用半条命换来的。

刘静说，"婆婆"说她是海的女儿，其实，母亲和所有那个时代的海岛妈妈才是海的女儿。与心中只有守岛责任而感情粗疏的父亲相比，母亲的付出和坚韧，理应获得儿女更多的回报。事实上，刘静对母亲的爱和同情，与对父亲的爱和崇敬，通过《父母爱情》得以抒发。

2017年某日，一条简短的消息让病中的刘静百感交集。报道称，位于长岛东端的大竹山岛，官兵驻防63年，终于在这一天打出一口淡水井。驻岛14年的老班长把热泪横流的脸长时间埋在水龙头下一盆淡水里，"双肩抖动得让全班人心痛"。

大竹山岛，隶属长山列岛，海陆面积仅1.46平方公里，与大钦岛只隔一条窄窄的海面，仿佛伸手就能够到对面的树叶，却因特殊的岛屿位置，这里成了"无淡水、无航班、无耕地、无居民"的"四无岛"，守防官兵长达63年喝不上直饮淡水。

刘静说，中学时代，她常常看见淡水补给船路过大钦岛，来往于大竹山岛和南长岛。父亲是军事干部，不大会做官兵和子女的思想工作，面对犯错误的下属和子女，常常手指对面的大竹山岛教训说："怎么着？还不知足，看看大竹山岛的战士们，有时一连三天喝不上一口淡水！他们叫苦了吗？他们放弃了吗？他们逃跑了吗？天天有淡水喝，你们美得就像在天堂一样！"

刘静大姐刘军回忆，刘静有一个最不安分守己的童年，在中学时期就开始思考生活和人生的意义。她给已经在南长岛军工厂上班的大姐写信，既为出生在小小海岛苦恼，又为出生在大钦岛而不是大竹山岛而庆幸。有时信里会问大姐，整天打打闹闹的父母是相爱的吗？小岛这样小，为什么父亲不调到烟台去？当兵这样苦，为什么父亲那样希望大姐和两个哥哥能当兵？有一封信刘静只问大姐一个问题：离大钦岛不远的大竹山岛，为什么没有淡水？但大姐也回答不了这个问题。

大竹山岛地质极为复杂，淡水资源奇缺。部队自1954年上岛以来，一直求水不止。从登陆艇送水到蓄水池储水，再到海水淡化设备制水……军地双方为官兵吃水问题绞尽脑汁。然而半个多世纪以来，连队每天还是采取"限时限量"供水，有些战士一盆洗漱水能用上一整天。20世纪90年代末，当时驻岛海防团专程请地质专家来探测水源。专家们说，地下是有水的，只是水层太深。官兵们说："只要有水，就是刨也要把水刨出来！"团里为此拨出一笔专款，请来专家打井，这一挖就是上百米深，但钻头没打出水来。

刘静在《父母爱情》中写到母亲第一次上岛发现没有自来水时的震惊，"骗子"是电视剧中的艺术处理，生活中，母亲虽然对小岛艰苦的生活偶有抱怨，但却默默承受下来。刘静也没有写母亲上岛喝下第一口水时的绝望。又咸又涩又苦的水喝了第一口，刘静母亲就"非常丢人地呕吐起来"。

2014年，刘静亲自改编的电视连续剧《父母爱情》公映，如一石激水，浪高千层。如潮的好评让一个时代的海防官兵生活拨云见日。也是这个时期，上级为大竹山岛官兵配备了新型海水淡化设备。后来，团领导请来专家对净化水进行化验，发现水里含有多种有害矿物质，长期饮用容易出现胃肠功能紊乱。

大竹山岛那口淡水井，深达197米。刘静说，在一个小小岛屿上，近200米能打出一口真正的淡水井太不容易了。如果这口井早成功5年，她一定在电视剧《父母爱情》里加入这个情节。63年，多少守岛官兵终生落下胃肠功能紊乱的毛病。

其实，早年大钦岛上的淡水，含盐量和有害矿物质也是极高的。但生于斯长于斯的刘静们不知道，她们从小没有喝过内陆的淡水，当她们有一天离开海岛，喝上第一口又淡又甜的淡水时，多半会出现刘静母亲当年上岛时喝第一口水时的强烈不适。

穿上军装，深深爱着这身军装，小妹刘静的军人情结，大姐刘军起初没太细想，如今完全理解了，但她不想以"父辈理想"和"血脉传承"这样的词句来形容这种情绪。刘军知道，小妹虽然是一个作家，但最不喜欢咬文嚼字，做人和写作从不粉饰矫情。刘静会把认准的事和正确的事心无旁骛地做下去。

但刘静在另一部小说《寻找大爷》中透露了心迹。

刘静有个伯父是国民党军队的下级军官。中华人民共和国成立后下落不明，有人说随国民党败退台湾，也有人说留在了厦门，但刘静从来没听父亲说起过。《父母爱情》里，看着左邻右舍的儿女参军入伍走出小岛,"母亲"试图让"父亲"找找门路、托托关系,却被"父亲"严厉地拒绝了。

大姐刘军不由得感慨,20世纪六七十年代的长岛,天高水长,教育水平低下,虽然南长岛设立了高中,但能考上大学的军人子弟寥若晨星。"那时爸爸已经升到团级,我小弟想当兵,妈妈求爸爸找武装部说说,却被爸爸断然拒绝。爸爸的理由是,上山下乡是党的号召,我们不要做不该做的事情。"刘静父亲后来兼任"三支两军"在济南市任农林组组长,这个位置是正局级,当市政府想在这个位置上留下他时,他却舍不得一身军装,坚持回到部队。

不记得一心想当兵的两个哥哥当时的反应了。但刘静记得大姐离家去当临时工时,母亲很难过。母亲不同意大姐去工厂,但大姐却另有想法。"母亲站在窗前,望着远处的海面,脸是煞白的,明亮的眸子蒙上一层厚厚的雾。"

行文至此,我想起一件事儿。大约在1997年,一天中午,我因急事临时找刘静,也没事先通知就敲开了刘静家的门。正对门厅一张饭桌旁,坐着大姐刘军。刘静开门后反身坐回桌上,顺手拎起一只螃蟹递给我说:"吃吧,就剩这一只了,要知道你来就给你多留两只了,我姐从长岛带来的。"大姐刘军显然没想到这个时候有外人造访,看看我,又看看狼藉一桌的螃蟹壳,表情十分尴尬。从此,一个画面定格在脑海中:一个方桌,黑白分明却长相酷似的两姐妹相对而坐,桌面上没有其他菜品,只有一堆红红的螃蟹壳。几天后我对刘静说:"大姐长得可真黑呀,黑得都放亮儿,我可不可叫她坦桑尼亚姐姐？"刘静怼我一口说："你还品头论足了，不信你去海岛，三天你就黑得没法看！"后来，刘静对坦桑尼亚之喻竟欣然接受了，她是文学家，对联想和想象无限宽容。据说大姐不久就知道自己的外号叫坦桑尼亚大姐了，还到处传播。

大姐刘军说，令人奇怪的是，小妹天生丽质，从小就不像海岛其他的孩子被海风吹得黝黑，她皮肤白里透红，细嫩得像和田玉石一样，海风和烈日对小妹的皮肤好像不起任何作用。

就因为长得好看，在刘静4岁时，刘军领着小妹参加了国家副主席董必武视察长岛的欢迎仪式。当时，董必武为内长山要塞题词："静以制动，守以为固。团结军民，日求进步。磨砺以须，不慌不怖。国防重责，恪恭是务。"可惜，这个题词至今并没有多少人记得。大姐刘军回忆，刘静二年级的时候，一边翻看《新华字典》一边问大姐："静以制动我懂了，什么是恪恭是务？"《新华字典》回答不了这个问题，大姐刘军当年也回答不这个问题。

但在《父母爱情》里，刘静已经给出了答案。半个多世纪以来，从刘静的父辈开始，一代又一代，成千上万名官兵分散驻守在渤海深处的几十个大小岛屿和蓬莱海岸线上，夜以继日地守卫在这里，构筑了一道坚固的海上钢铁长城。

关于刘静的名字，刘静说，她原名叫刘政，上学后自己改了名字，但为何改？是因为"静以致动"，还是因为长岛人口音"静""政"不分？不得而知了。

大姐刘军似乎也忘记了小妹改名之事，她笑称，小妹是作家，从小和大姐和两个哥哥不一样，常有奇思怪想和惊人之举，"她在中学时期就写小说，光日记就写了十几本，她说啥就是啥吧"。

1978年，毛泽东实事求是思想路线再次被重视。1979年，刘静已经收到师范学院录取通知书，却突然报名参军。不久，暗暗喜欢号声和哨兵英姿的刘静穿上了绿军装，带着大学录取通知书和文学梦想来到北京，成为一名通信战士。刘静有一次说，她从记事起，心中就藏着一个英雄，那就是并不怎么待见自己的父亲。我立即反驳她，以我对这位父亲的观察，这个老军人是以刘静这个女儿为骄傲的，怎么能不待见？直到今天我还感慨，按刘静父亲的兵龄、干龄和实绩，或许应该提升为更高级别的干部，但这位老军人，却抱着一种赎罪般的心理扎根在长岛基层，几次拒绝外调和升迁，直至退休。

刘静当兵出岛，在码头送别时，父亲想拥抱一下她，但她羞涩地躲开了。父亲像个做错事的孩子，以立正的姿势率领全家向远去的客货两用船挥手，那一刻，刘静发现父亲的头发早就花白了。

那几年，南方边境枪声不绝，硝烟未散，刘静是特殊岗位的通信兵，在通信保障工作上屡次立功。短短三年，她当了班长，入了党，荣立三等功和二等功各一次，当兵第四年，刘静提干。1991年，刘静如愿考取解放军艺术学院文学系。

1994年4月，刘静调任解放军文艺出版社图书编辑，同年10月发表中篇小说《父母爱情》。光彩夺目的作家之路在刘静面前向前延伸。

然而刘静却用长达8年的编辑成果告示众人：她的本职工作是编辑而不是作家。她有些固执地认为，一个端着编辑饭碗却把个人创作摆在第一位，同时还利用职务之便在单位期刊出版平台谋私的，不论是一般编辑还是领导干部，都应该检点行事。

这行动于刘静个人是无可厚非的，但社会关系复杂，看似无可厚非的行止，并非放之四海而皆准。当同事之间，朋友之间，上下级之间的关系只靠"好好先生"维系时，一句话的事就可能变成天大的事儿。

更可怕的是，"好好先生"也有真伪之分，单纯的刘静从来认不准"好好先生"的真伪。祸从口出，刘静为自己一言不慎，最终不得不离开她立志奉献一生的编辑岗位。

这期间，把一切都给了长岛的母亲和父亲先后离世，刘静痛不欲生。

从一个硕果初成的事业编辑被迫成为职业编剧的刘静，用5年时间创作了长篇小说《戎装女人》，小说塑造的女政治部主任吕师，是当代军事文学一个崭新的文学形象——如果说，守正不阿是做人做官的底线，那么刚正不阿就是做人做官的美德，吕师就是刘静，刘静就是吕师。

改编电视连续剧《父母爱情》后期，刘静开始创作第二部长篇小说《尉官正年轻》，就在这个时候，刘静不幸罹患癌症。

当电视剧《父母爱情》火爆中外银屏时，刘静却在顽强地与病魔做斗争。为庆祝共和国成立70周年，央媒设法找到刘静，刘静已经没有精力接受采访，她只能简单地告诉记者，创作《父母爱情》的初衷，就是致敬父辈和那个艰苦而伟大的时代。

病重的刘静，有一天约大姐刘军进行了一次郑重其事的谈话。这次谈话，更像是在安排后事。刘静告诉大姐，她最遗憾的一件事是不能再回长岛看一看，她想亲眼看看生活了18年的长岛到底变成了什么样子。她问大姐，听说长岛开发成特别行政区了，还有一个拥军模范"兵妈妈"贾平？大钦岛那一排排坚固的苏式老营房还在吗？大竹山岛的淡水井，水质真达到了一级淡水标准吗？……大姐告辞时，刘静平生第一次拥抱了大姐。大姐说，小妹使尽全部力气拥抱着她，时间一分一秒地过去，虚弱的小妹一直不肯松手。当大姐的手触到妹妹脸颊时，大姐的手背满是泪水。

人的泪水都是咸的，喝着咸水长大的刘静，把最后一滴泪水也还给了大海。

2019年3月30日，年仅58岁的刘静安详辞世，没有追悼会，没有致辞，但亲友们的泪水却汇集成像渤海一样广阔的河流，一身戎装的刘静，安静地仰卧在儿子精心布置的鲜花丛中。

2020年11月，央视综合频道《故事里的中国》播出《父母爱情》特别节目。节目连线中，一个在长岛驻防的年轻军官的婚礼在岛上举行。新娘面对着新郎，一句"你守岛，我守家"再次感动了无数观众。

2021年5月，为践行党史学习教育和迎接伟大的中国共产党建党 100 周年华诞，烟台市委统战部组织作家学者走进烟台。作为刘静生前亲密战友，我终于利用这个机会，代她登上了回乡的轮船。

在建成不久的长岛老海岛精神陈列馆一角，我欣喜地看到刘静半身戎装像和她简单的介绍。在半身像下面，一个小尺寸液晶屏在滚动播放电视剧《父母爱情》节选。简介主要介绍她出生在长岛，是一个作家，一个编剧。

认真读完简介后，我对统战部随行的亓伟和骆岩说："刘静不仅是一个作家、一个编剧，她还是一个好编辑，更是一个好人。"

由于当天风大，通往大钦岛的船不能通航，我只能在刘静读高中的南长岛的海岸线上久久驻足。统战部的胡卫宁用手指给我大钦岛、大竹山岛方向。胡卫宁说，如今的海岛生活真正改善了，百姓富足，官兵心安。在大钦岛上，经常可以见海上奇观——海市蜃楼。我知道，海市蜃楼虽然是假象，但却是现实生活的映照。刘静的父辈走了，刘静也走了，但在我眼不能及的岛屿上，在海浪滔天的背后，仍有坚固的海防工事，仍有默默无闻的官兵！不是吗？在半个多世纪里，数十万军人，一代又一代驻守在长山列岛的深山里。所幸的是，全国人民都知道，守岛就是守家，国安才能家安。

告别长岛是在黄昏时分，强劲的海风突然减弱了，海面波光潋滟。在离我不远的东海面上，一座灯塔上同时亮起两盏灯，忽明忽暗，一闪 闪，啊，那是刘静母亲明亮的眼睛吧！再看西面，一轮橘红色的夕阳，像一盆燃烧着的火焰悬浮在海的尽头，我突然有些辛酸地想，如果刘静在此，她会不会让我背诵抗倭名将戚继光的《韬钤深处》——

    小筑暂高枕，忧时旧有盟。
    呼樽来揖客，挥麈坐谈兵。
    云护牙签满，星含宝剑横。
    封侯非我意，但愿海波平。

慢慢长大

一

2013年，在我眼里还是孩子的侯恕人，考取了罗马美术学院绘画系研究生，即使如此，我还没有意识到，孩子已经成年，我就是这样一个不怎么成熟的父亲。

恕人是我的独子，从小酷爱画画。从小学到大学，他始终与画笔和色彩相伴。其实，对这个孩子的画画人生，我是持怀疑态度的，为什么会这样，直到今日，我都没有找到确切的答案。

远在罗马的恕人，如果将来读到这段文字，他是否能理解我的意思，还要看他的悟性和造化。因为，就在眼下，他的人生观、价值观和世界观是否确立？假使他自以为确立了三观，那么，之后会不会动摇？一句话，我怀疑的理由是：艺术道路极其艰难，如果不是天才，勇往直前的精神和刻苦拼搏的毅力才是实现理想的唯一途径，即使具备这种精神和毅力，艺术无止境这条真理又横亘在那里，真理有时是一座巍峨的山，有时又是水中月、镜中花，理解这一点，不是仅靠绘画技术多高超，而是通过大量的经典阅读、丰厚的学养储备、身体力行的艰难探索和向世俗生活学习的诚意。

早些年，就因为我这种怀疑态度，倒成了少年恕人不断前进的原动力，能以优异的专业成绩，考取罗马美院绘画系，也说明他画得其实已经不错。后来听说，这个来自中国的亚裔学生，现在很受导师朱塞佩·莫迪卡的重视。然而，这一切只是听说，我们远隔重洋，罗马于我来说很陌生，那是梦一般的城市。

二

2013年9月16日，我和恕人母亲送他到首都机场，因为行李超重几斤，恕人蹲在地上，一边往外挑拣物品，一边用一条搭在脖子上的毛巾擦汗。

机场大厅有空调，温度并不高，但恕人的汗水怎么也止不住。

我一言不发，一如既往地很生气，冷眼看着手忙脚乱的孩子和一声不吭的母亲。恕人和他母亲都清楚我心里在想什么。

面对旁边来来往往的旅人，我终于忍不住低声质问——

"行李不是在家称好的嘛，为啥还超重？"

"我也不知道，可能……可能称错了……"

恕人的一滴汗在明亮的地板上摔得粉碎。（后来想起来了，是我带着恕人的行李到单位食堂的地磅称重的，军事单位的食堂，近年来社会化经营了，这个地磅出点儿问题应该不难理解。）

这样的场景，其实是我们一家三口的生活常态，儿子在我眼里，不顺眼的事情一个接一个，一环套一环，我要么高声"教育"，要么用冷眼旁观。他母亲一言不发，一边干家务，一边用两只耳朵，交替着听这边的动静，恕人则手忙脚乱地改正他的"错误"。

恕人微胖，无论冬夏，好像永远有擦不完的汗，这也让我多有微词。我清楚地记得，孩子在五六年级时，学习已很吃力，为了给他提神，他母亲偷偷给他喝一种合成果汁，是那种廉价的黄色液体，那时我家生活窘困，饮料属于奢侈品。不到一年，原本清瘦秀气的孩子，忽然胖了起来，我认为，这是他母亲溺爱的后果之一。

此时，他母亲和我并肩站着，继续看着恕人单膝跪地，一边擦汗一边整理行李。与我面露愠色不同，他母亲的表情很平静，这是她多年一贯的表情。她一动不动地站着，看着脚下的孩子一边擦汗一边分拣东西。她知道，此时她不能来帮助孩子，这是恕人的宿命，也是她的宿命。在我这样教条的父亲面前，孩子从小独立自主是铁律，是永远不生锈的铁律。

"自己的事情自己干好，自己摔倒自己爬起来。"恕人耳边常常有这种严厉的声音回响。从两三岁起，我就不再允许他母亲抱他走路。当时驻地在北京门头沟山里，有一次从动物园回来，下了公共汽车，离家尚有三四公里。恕人实在走累了，我们停下让他坐下歇歇，几分钟后，起来继续走；他跌倒了一次，手掌和膝盖磕破了，但他一声不吭，飞快地爬起来。他知道是自己跌倒的，得自己爬起来。那次他眼里可能噙着泪水，但却快步跟上我们。之前，他母亲曾为类似事情与我争论、大吵、流泪，但没有用，这样只会让我变本加厉。

行李终于过关了，离起飞的时间还很充足，但恕人母亲却对他说："你进去等吧，你爸我们回去了。"

恕人点点头，虚虚地看我一眼说："那我进去啦啊，你们回去吧，不用担心我。"

在他母亲转身要走时，我说："把你的手巾收起来，跟个民工似的，你现在是走出国门。"恕人赶紧放下提包，蹲下，把攥在手里的湿毛巾塞进包里。

当恕人转身向安检门走去时，他母亲已经走出候机楼大门。母子俩一个朝南，一个朝北，反向而行，我迟疑着站在中间。当孩子消失在安检门的人流里时，我突然产生一个疑问："这孩子真的考上罗马美术学院了吗？"

三

侯恕人出生在比塞北偏东的木兰围场县（指围场满族蒙古族自治县）。战乱年代，那里是我父亲兄弟五人最终落脚的地方，这是个神奇的地方，既是辽阔的草原，也是一望无垠的林海。塞罕坝是当地的小地名儿，什么是坝？汪曾祺先生解释说，那是蒙古语今译，就是美丽的高岭。围场，就是清朝皇家开辟的狩猎场。如今，当地民众温饱问题解决了，自然环境好了起来，已经成为中外游人争相去看的旅游胜地。特别是，2017年，塞罕坝林场荣获联合国环保组织最高荣誉——"地球卫士奖"，这让围场县一夜成名，但诚实说，尽管那里风光无限，却挡不住文化苍白的底色。

几十年前，我也出生在那里。贫穷伴随我度过五味杂陈的童年。家父对我说，他这一代人改变不了这里的贫穷，我这一代人，也改变不了这里的贫穷，如果下一代人想改变贫穷，只能先改变自己。怎样改变呢？家父说，只有好好念书，然后考学出山。遗憾的是，我天生读不好书，四五年级还能听懂算术课，中学的数学、物理、化学诸科，我总是颠三倒四，云里雾里。

我上中学时，乡村课程表里有美术课一项，却始终没有见过一本美术教材。某年初冬，学校出现一位穿筒裤、梳着长辫子、身材苗条、嘴唇红润濡湿的少女，同学们说，这是刚分配来校的美术老师。

从那天起，我盼望着能上一堂美术课，结果这位让我不敢正眼瞧看的老师，在一个多月后不见了。据说，她受不了这里天天刮起的白毛风，调回了县城。

可以想见我多么伤心。从那天起，我竟无师自通地开始画画。我最愿意画马，那时家家都有马，与牛羊猪狗等家畜相比，马的干净和雄健深深吸引我，马的味道也吸引我。我画画是秘密的，从来不给任何人看，只属于我自己，家人和学校都不知道。不幸的是，由于数理化成绩太差，加上家境贫寒，我在初中三年级不得不告别学校。

辍学后，好逸恶劳的我，既不想耕田，又不想放牧，只好离开出生的村庄，到邻村或邻县走街串巷，给农家和牧民的玻璃、箱箱柜柜上画画。

20世纪七八十年代，在中国北方，不知谁发明了油漆画，就是用汽油调和各色油漆，在柜面或窗玻璃上画芍药花、喇叭花或者展翅飞翔的富贵鸟。那个时期的北方乡村，如果空气中弥漫着一股浓烈的油漆味儿，不一定来了木匠，你可能会看到一两个油头粉面的少年，在村庄里四处游荡。

我是这群少年中的一个。那时我最得意的作品是五朵盛开的芍药，取名《花开富贵》；另一幅作品是《喜鹊登梅》——我家有一对很小的红漆对匣，匣面对称画着这个图案。这是母亲的嫁妆。1949年前，外公是当地最有名望的地主，母亲和姨妈们出嫁，都有这样很讲究的嫁妆。这对对匣伴随我整个青少年时期，每个寂寞的夜晚，在昏黄的灯光下，我常常看着"喜鹊登梅"入睡。

然而，生活往往有另外的解读，听起来看起来很美好的事物，其实更有其艰难曲折的一面。一个在乡村画玻璃画柜子的孩子，其实就是耍手艺讨饭吃的孩子，遭人白眼和凌辱是常有的事情。

我有两年乡村作画的经历，两年来，我在河北承德、辽宁锦州、内蒙古多伦一带游走，虽然换来了温饱，穿上了腈纶背心和秋裤，但也积攒了足够的委屈和愤懑。之后老天眷顾，我成为一名战士，彻底告别了那块美丽而贫瘠的土地……

四

恕人动笔画画，比我早很多年，大约始于三岁。当时他母亲还不太知道我小时候的历史，对于孩子涂鸦的兴趣，显得惊讶又兴奋。

令他母亲震惊的是，有一天，恕人在幼儿园画了一只趴卧的母鸡，母鸡身旁依次排列了四枚鸡蛋。简单的构图，流畅的笔触，母鸡骄傲的神态活灵活现。他母亲后来回忆说，一岁多的时候，姥姥家的母鸡在窝里下蛋，恕人就蹲在鸡窝外静静地等、静静地看，有时一等就等十几分钟，母鸡下完蛋，咯嗒一叫，恕人吓得落荒而逃。

恕人一岁半离开故乡小镇，其间一直没有回去过，两年后却在都市画了这样一幅母鸡下蛋图。

此时我和恕人母亲已经在城市有了比较安定的生活。我们越发深信，不论是城市还是乡村，孩子要想将来有出息，必须读好书，读书的前提是识字、写字、背唐诗宋词，然后学好数理化，但恕人这孩子却不仅算术不行，还把写字背诗视为畏途，实在逼急了才动笔，却常常把汉字写得长长短短，七扭八歪，像一幅幅画。

此时，我的情绪常常失控，完全忘记了自己童年的习性，无法容忍不会算术和背不会唐诗的孩子。据恕人母亲说，孩子挨打从此开始。直到上小学，恕人对读书也没有多大兴趣。

我开始怀疑他母亲所说的抓周之说。

因为工作性质特殊,孩子降生时我不在身边,孩子一周岁时,我也不在身边。他母亲按当地习俗,在孩子周岁那天,摆了各式各样的物件让孩子抓,结果他单单抓了离他最远的一本书,是溥仪先生的《我的前半生》。当他母亲写信告诉我这件事儿时,我还挺高兴,他不抓金不抓银,不抓玩具,却抓了本书!

谁想到,他竟是个如此不爱读书的孩子。

"你不是哄我高兴,才编了抓周的故事吧?"某晚我终于问出口。他母亲异常委屈,反复描述当时抓周的场景。

上了小学,因为成绩不好,还撒谎,恕人一如既往地被我教训。他母亲一次次落泪,但面对孩子糟糕透顶的成绩和一个接一个的谎话,又似乎没有理由阻拦我的管教。从此,我有家暴倾向的故事在大院不断传播。其实,我哪有傅雷先生那样的学养加棍棒教育法。那个时期,我正挣扎在生活的又一个低谷:人生理想被嘲笑,文学特长被忽视,领导不喜欢,老婆没工作,自己还很虚荣,我已经接近精神分裂的边缘。

有一天,小学老师让另一位学生家长传话,请我去学校。到校后我才知道,头一天恕人把老师请家长的字条扔进了学校垃圾桶。可以想见,以我当年的修为和脾气,恕人如何能逃过一劫。现在回想,那时一家三口,过的是多么暗无天日的生活。

怒火退去,某日,他母亲趁我高兴,怯怯地对我说:"给孩子报个书法绘画班行吗?我听说,孩子有艺术特长,中考可以加分。"我想了两天，默许了。

坦白说，我丝毫没有希望孩子将来从事书法美术的想法，我甚至完全忘掉了自己小时候，偷偷画马时的快乐。现在我想，他母亲当时也没有这种意识，作为一个几乎天天以泪洗面的母亲，她或许只想，利用早晚时间和休息日，让孩子脱离我的视线，学成什么也不重要，少挨训斥和少受皮肉之苦才是当务之急。

就这样，恕人在三年级时，在北京西城区某小学报了书法绘画班。四年级时，我们搬了一次家，离这所小学远了，他母亲又在西城区少年宫给孩子报了名，这回减掉了书法课，跟随一位祝姓老师学画。

在我眼里，祝老师稍显年长，他性情温和，举止悠然，因为长得很像演员葛优，所以让我印象深刻。应该承认，恕人画画的进步，正是这位祝老师悉心指导的结果。从四年级到快初中毕业，差不多七年的光景，无论功课成绩如何，恕人学画却风雨无阻。

五

沾部队子弟的光，恕人才能上北京市八一学校。八一学校是一所很好的学校，可恕人的理科成绩让班主任老师忍无可忍。一次次请家长，又一次次请家长。无论冬夏，只要是上学的日子，我和他母亲时刻准备着被班主任训斥，这种折磨常常让我羞愧难当。

终于有一天,我把恕人一张人物写生撕得粉碎,还愤怒地摔在地上。我下令,从此再不要让我看到他的画。被愤怒和伤心充满的父亲,突然觉得恕人、他母亲和那个祝姓老师,合谋设计了一个长达数年的谎言:他们各有所需——母亲因为无知;儿子为了逃避;老师为了挣钱。

不久,发生了一件事,这让我找到了解决问题的突破口。

那年暑期,祝老师挑选了四五个孩子到北戴河写生。几天后回来时,一个和恕人同龄的石姓男孩儿的门牙不见了。

原来,祝老师和孩子们课后租单车游玩,石同学技不如人,单车从高坡飞速而下,一个石子垫翻了自行车,石同学眨眼间拱抢在地,再爬起来,两颗刚长齐整没两年的门牙不见了,满脸鲜血。

我记得,恕人母亲刚和我谈这个事儿时,竟忍俊不禁,乐得前仰后合,我却勃然大怒,以老师太过随意,不能保证孩子安全为由,立即中断了恕人少年宫学画的历程。

恕人没有反抗。他一晚上躲在自己的小屋里没有出来。这时,离中考还有不到半年的时间,恕人的成绩已经在班里倒数几名。

班主任把他母亲找去,说,为了不拉全班中考后腿,建议我们接受现实,请孩子放弃中考并转学到其他学校。当我知道这个事情时,近乎气死,我没有考虑老师这样做是否欠妥,是否合法,而是坚定地对他母亲说:"如果让我多活几天,我再也不想见到这个孩子。"

可能意识到恕人和我都到了崩溃的边缘,当晚,他母亲把恕人送到了他小姨家。

以后整整三个月,我们父子俩没有见过一面。

某天,恕人母亲开始整理孩子从小到大的习作。除了近年祝老师布置的作业,恕人早年的随意涂鸦和野外写生数量很大。这些画千奇百怪,有铅笔画、彩笔画、毛笔画、水粉画、焦墨画、油棒画。这些画作画在各式各样、大小不一的纸上,有白纸、草纸、报纸,但更多是画在A4打印纸的背面——我是一个文学编辑,这是我编辑后的废校稿,这从一个侧面,说明我们经济一直很拮据的现状。

她母亲整理了大半天,看到某个时期的某张涂鸦,就会默默落泪,回想她儿子当时画画的情景,一遍又一遍看,又一遍又一遍地落泪……她后来告诉我,孩子的画,哪怕画一两根线条,几个圆圈,或像一团乱麻似的东西,她也没有丢掉一张。如今,这批"作品"被装在一个特大号纸箱中,就安放在我们床下,这个纸箱一个人是搬不动的。

眨眼间,恕人已经在小姨家生活了三个月。2005年11月11日上午9点,我接到恕人母亲打来的电话。她在电话里说:"你来海淀民政局吧,离婚协议、户口簿和你的照片我都带全了,你过来把字签了吧。"

是的,一个男人,一个自认为十全十美的丈夫和父亲,这个时候是没有退路的。我满腔愤怒地赶到民政局婚姻登记处。只问了恕人母亲一句话:"你到底想要干什么?你到底想要什么?!"恕人母亲看都不看我一眼,异常平静地说:"我什么都不要,只想要我的儿子。"

我迅速在离婚协议书上签了字。民政工作人员是一个和蔼可亲的大姐，她亲切地问我们："离婚是大事，你们还能调解吗？"

我和这个过了十七八年老婆，异口同声地回答："不能！"

大姐要我出示身份证，我只能拿出了军官证。可亲的大姐断然拒绝："军婚？你们不知道吗？军人离婚，必须出具师以上政治机关调解意见书……"

恕人母亲愣了一下，然后在一张椅子上坐下来。她说："你回单位开意见来，我在这儿等着。我可以等到下午下班前，上午开不出来，下午总可以了。"

恕人母亲的坚定让我下定决心：离！不离不是人！

单位政治部主任是个优秀诗人，姓梁，真是个好人。见我去意已决，立即找来干部干事开具"夫妻感情破裂，调解失败，同意离婚"意见书，然后，还当着我的面加盖了公章。最后他撒谎说，我这个级别的军人，离婚调解意见书要报上一级政治机关审批，需要一周左右的时间批复回来。为保住我的尊严，梁主任亲自打电话给等在民政局的这位妻子，请她先回来。"同意离婚调解意见书，下周一定批复回来。我保证。弟妹先回家等。"梁主任对着话筒，充满感情地说。

一个小时后，恕人母亲突然来到我办公室。她说："嫁了你十七年，你从来没有带我出去过。要结束了，你能不能带我出去一回？"我问："你想去哪儿？"

"泸沽湖。"这是恕人母亲最向往的地方。

单位梁主任一面请示领导，一面说，先去买机票，旁边金台饭店就能买。

下午两点,我和恕人母亲登上了飞往昆明的航班。当飞机突破云层平稳飞行时,恕人母亲的泪水再次流下来。

这是恕人母亲第一次乘飞机,也是我们夫妻第一次所谓的旅行。

昆明的作家朋友陈川和海男迎接我们。海男有一双美丽纯洁的大眼睛,这双眼睛完全可以洞穿一切。她在晚宴前,利用不多的时间带我们参观了圆通寺。

海男说,这个寺是最灵验的古寺,也是最让人静心的古寺。海男随后到商场给我买了一件条绒棉袄。她说,11月份的泸沽湖,非常寒凉了。

第二天,我们登上一辆破旧的中巴车。十几个小时后,到终点站泸沽湖,只剩下我和恕人母亲。

我们租住在一个小木屋。11月的泸沽湖,果然寒凉,几乎没有游客。与我们毗邻而居了十天的,是一对日本青年。除了偶尔听到他们嘀嘀咕咕的日语,我们的世界就是一片瓦蓝瓦蓝的湖水。

泸沽湖蓝极了,泸沽湖静极了。

十天后,我们回到北京,当晚,我和恕人母亲到小姨家接回了恕人……

六

可想而知,这样成绩的孩子,是考不上理想高中的,我甚至做好了恕人辍学的心理准备。

中考结束不久，我出差外地，其间接到恕人母亲的电话，说恕人被北京第一零九中学特招录取。

这时我还不知道，这是一所美术特长学校，也不知道，恕人偷偷报考该校的任何细节，或者说，在我的计划和愿望里，根本没有专学美术这个概念，但事已至此，一切只有顺其自然了。

高中三年美术特长班，由于文化课标准降低了，学校请家长少了，家庭战争就少了。心灰意冷之下，我要求孩子，既然要学画，每天至少画三幅速写。

这不像要求孩子学有长进，倒像对一个做错事的孩子的身体惩罚。对这个要求，恕人基本做到了。从北京北三环，到北京南端崇文门，一往一返，每天坐两三个小时地铁。这期间，恕人画了大量地铁人物速写。很显然，那时的恕人，认为自己的画是全班最好的，于是常常把满分画贴到卧室里，贴得满墙都是。

离高考只差半年多。有一天问恕人，准备考哪所院校？他回答："当然是中央美院油画系。"

我吓了一跳，好大的口气！

"要是考不上呢？"我又问。

"那就四川美院油画系。"恕人志在必得，回答得毫不含糊。

这时我才意识到，这个孩子，一生注定要与绘画结缘了。于是，我挑拣出几幅自认为好的速写、素描和色彩，带着孩子，去请教亦师亦友的国画大家袁武先生。

袁先生与我相熟，却从来不知道我有个想学画的儿子；袁先生更不清楚，这个孩子对画画的用心。在看完所有画作后，袁先生直言相告：这个水平，考一般艺术类院校美术设计专业可能性有，但考造型、考进八大美院很困难。

我说，孩子想考中央美术学院油画系。袁先生听后，看看我，又看看孩子，突然不知该说什么。停顿一下，袁先生问恕人："你有默画吗？"

我赶紧到车里取来两幅头像默画，袁先生认真看后说，要真有志造型学习，从这两幅默画看，基础还行，但得离开学校，到外办的美术考前班突击加强学习。

不知始于哪年，北京望京、通州一带美术考前班如雨后春笋一样冒出来，但办学资质、教师能力却高高低低，画室名头有大有小。到底去哪家学呢？袁先生说，好像某某美术室名头最大，因为该美术室目标直指中央美院，而且中考率较高。

我和恕人很快就找到地处望京的某某画室。画室说，进这个画室学习要先考试，合格才能招收。恕人自信满满，结果一试不中。画室老师说，这个水平的学生数以万计，即使接收进来，也不可能有短期突破，应届考上专业美院，几乎不可能。

这个打击对恕人是致命的。回到家，连饭也吃不下，一遍遍翻看画室赠送的两册自印的考前学生的习作。那种痛苦的样子，让我突然想到自己当年考学无望的心情。

第二天周末，没和家人说，我独自一人去求见这个画室的主人。当年此君声名远播，比国画大师还风光，求见不易。在我再三请求下，主人在画室接待了我。

我像恕人母亲那样，满怀激情地陈述了孩子的绘画之路，主人耐心听了几分钟，又看了一眼我的满头白发，突然打断我说："这样吧，再让孩子下周来考一次，我们这个画室，要求升学率，学费也贵，但我要的就是基础扎实的学生，要是实在不行，请你理解……"

考试那天，我平生第一次为恕人的学习请了假。上午素描，下午色彩。我在画室外的车里，整整等了一天。太阳西下时，恕人红着眼睛走出来，走路有点摇晃，人疲惫得几乎摔倒。

"好像……还是不行。"说完这句话，恕人的两行泪水哗地流下来。

我的心也狠狠地疼了一下。回到家，再看墙上的人物素描习作，与画室里考前学生的画一比，一个个真跟小鬼儿似的。

两天后，在网上搜索到一个看似与中央美院相关的画室，全名叫"央美原创画室"，不用考试就可入学。恕人冒着被一零九中学除名的危险，请病假离校，到这个画室学画。差不多四个月，恕人的画一天一个样子，他是如何做到的，直到今天还是个谜。

七

2009年春天，恕人开始天南海北地参加全国统一艺考。中国几所知名美院，他报考了六所，每所院校只报一个志愿：油画。

同年7月，恕人幸运地被中央民族大学美术学院录取，专业：油画。

2009年9月18日，是民大开学第一天，我和他母亲去送恕人报到。尽管之前，我一万遍说过，父母送孩子上大学，是一件多么无聊的事情，可到了自己身上，还是抵不住各种压力。结果非常不幸，当天的《中央民族大学校报》第四版，竟刊登出我们一家三口的大幅照片。恕人端着脸盆，背着书包和他母亲走在前面，我差两步跟在后面。照片压头文字：自立的开始。

看到这张照片，我就像被谁扇了一耳光，自愧不已。

也可能是这张照片的标题提醒了我，我同意恕人大学四年住校，尽管学校离家只有几站地。我们终于互相解放了，我长长舒了一口气。

四年，眨眼过去。其间在2012年下半年，因我身体不适，恕人按母亲要求，短暂回家住了一个月左右。四年间，我们父子的交流几乎是空白。

在恕人大一第一个学期接近尾声，有一天，班主任老师打电话给我，说恕人整个学期都没有进入学习状态，整天在电脑上看电影。

"如果这样下去，四年大学，他什么也学不到。"老师很负责地提醒我。

我打电话给恕人，请他回家，带着电脑。

他母亲那天上晚班，恰巧恕人表哥来。我原打算等他母亲下班回来一起和他谈，结果晚饭后，他说学校晚上还有事，要回校。

一股无名火直蹿上来。我说："你可以走，但把你的电脑留下。"他愣了一下问："为什么？"我说："为什么你不知道吗？你上大学是学画画，整天看电影还问为什么？！"他明白了，突然挎起电脑包，大声对我说："我就要带走，你……你……你一辈子才给我买这一个电脑，这么多年，为什么别人有的，我却一样都没有……"我冲上去，使劲向他抢起右臂，他用左手一把握住我的右手腕，我又抢起左臂，他用右手迅速握住我的左手腕。于是，父子俩纠缠在一起。我很瘦，两个手腕像被折断般疼痛。恕人表哥试图把我们分开，却没有成功。这样僵持了几分钟，我已经喘不上气来。

这时，恕人20岁的表哥突然哭了，他一下子跪到地上，喊着表弟的名字，求表弟放开我的手。

不知过了多久，恕人听从了表哥的哀求，松开了手。当他转身走向门口时，我一字一句地说："如果，如果你背走电脑，我，就从这里跳下去！"

我家住四楼，一扇窗子打开着，外面是繁华的夜市。恕人在门口迟疑了一下，他表哥顺势抢下他肩上的电脑包……也许，恕人还是知道父亲是一个说到做到的人，所以他用屈辱和妥协捡回我一条性命……

八

从2013年9月恕人飞罗马，直到2015年9月20日在首都机场再次见面，相隔又两年时间，虽然中间我有过几封书信给他，却只收到他一封回信。因为我不上网，没有微信等联系方式，父子间的交流总体还是空白的。

假若从恕人上大学算起，我们这对父子的交流空白期竟长达六年之久。

空白的后果当然只有一个：新的冲突与决绝。

2015年9月10日，我因公赴俄罗斯，按计划我得月底才能回国。但恕人突然通知他母亲，9月14日，他将绕道迪拜回北京探亲，在国内居留20天。

我不可能不怀疑他是为了避开我，才选择这个时机回国的，当然，他母亲和我明白，这次恕人探望的亲人，并不是父母。

只有爱情才有这个力量。

说起来难以置信，我这个自负、专制的父亲，唯独对恕人的恋爱持宽容态度。但考虑到热恋中的青年智商为零，我不得不提前结束俄罗斯之行。

雨萌和恕人相识在大学考前美术班。恋爱始于2010年暑期。五年多，时空已经验证了两个青年的感情，而我和恕人母亲，也已经高度认可了萌姑娘。但要谈婚论嫁，我认为并不成熟。

可惜,9月22号晚上10点多,意外事情还是发生了。恕人用自己的方式,宣布解除父亲的枷锁。

恕人拉着行李和女友走出家门很长时间了,我仍然一动不动地坐在沙发上。恕人的母亲,这个见证了一对父子关系二十多年的关键人物,第一次态度坚定地走过来坐在我身边。就像两年前在机场送儿子出国时那样,她没掉一滴眼泪,尽管脸色苍白,但表情异常平静。她说:"走,让他走吧。他24岁了,不是18岁。你是父亲,在这件事情上,你没有错。如果你觉得伤心难过,那你就太脆弱了。"

我和恕人母亲一夜没合眼。但是,第二天早6点,我们还是准时开车启程,这是头一天商定好的,千里之外,恕人75岁的姥姥正翘首以盼。

萨克雷所说过,人生一世,总有些片段看着无关紧要,而事实上却牵动着大局。

我们希望第二天或第三天,恕人和女友能出现在姥姥面前,但没有,一个信息也没有。

10月4日,是恕人离京取道巴黎飞往罗马的日子。

23点32分,我终于收到恕人发自首都机场的一条短信,全文如下——

老爸,我就要登机了。我想,还是要在走之前给您道一个歉:对不起老爸。这次回来,因为很多原因,导致了这次事件,是我们做得不好。希望您不要太过伤心难过。这几天里我也在不断反思，不断地考虑着很多事情。我想，等我们都冷静下来，再以邮件的方式将我的一些想法和心里话和您说一说。也希望您可以用与我平等交流的心态来看待。儿子也有很多自己的想法和决定，也希望得到你们的认可和尊重。妈妈那里我也和她沟通过了，希望你们可以健健康康的，来年再见。

我读了这条短信，又读了这条短信，再读了这条短信，但我没有回复一个字。

后来知道，恕人和雨萌离家后第三天，一起去了河南平顶山，雨萌是平顶山舞钢市人。

在之后一个月的时间里，我常常彻夜难眠。我一遍遍对自己说：放手吧，放手吧。但另一声音又问自己：除了恕人主观思想不够成熟之外，是什么力量阻挡了一个青年学生放弃了艺术追求，反而向往平庸生活和碌碌无为终了一生？学校、老师、朋友，特别是恕人的知心朋友和最爱的人，近些年给了他什么影响和指导？以"人各有志，平庸即生活"的社会流行观念看，恕人有错吗？如果不是恕人的错，难道是我错了吗？或者，是我们都错了？我又问：一个从小到大一直在学校读书的孩子，虽然年龄到了 24 岁，难道他心智真的长大成人了吗？如果一个自诩活到老学到老的父亲，仅仅因为儿子没有听从自己的建议，就在孩子最关键时刻放弃责任，放弃坚守，有一天儿子后悔怎么办？父亲后悔怎么办？

九

保罗·柯艾略说过："谁说孩子没有能力决定一生要做的事？是成人没有这个能力。我们相信孩子们更为智慧，他们掌握着真理。"虽然我并不认同这个说法，但还是有所启发。

于是，在一个月后的 11 月 4 日，我静下心来，用半个通宵给恕人写了一封信。开篇竟谈到他的胃病，这是下意识的开篇。这让我想起他小学一二年级时，因暑假没有人带，我出差山西大寨县约稿带着他。那三天是我们父子唯一一次独处的时间，他安静听话，亦步亦趋地跟着我。当我与作者谈稿时，他显得无聊至极，蹑手蹑脚地爬到床上独自睡去……但是，在返回北京的火车上，他的胃绞痛病突然犯了。在石家庄站，我中途下车，疯了一样冲进一个药店……回忆当时情景，现在仍然百感交集。

这像是一封妈妈写给儿子的信，而不像我这样性格的父亲写的。在电子邮件发送成功那一刻，那个横眉冷目的父亲，突然变成一个低眉顺眼的儿子。

11 月 16 日，有杭州作家朋友来京，晚上家宴，我竟令人意外地谈起儿子，结果喝得烂醉。第二天晚上，恕人母亲拿出手机，让我听醉酒后给儿子的留言——我竟像个村妇似的，梨花带雨，肝肠寸断。在两三分钟的诉说中，语无伦次地表达了一个意思，请求他在欧洲或列宾美术学院学成古画修复再回来，否则，一切都将前功尽弃，逝水东流……录音放完，这位大伤自尊的母亲对我说："现在清醒了吗？你听听，太丢人了，你自己好意思听吗？这是一个父亲向孩子说的话吗？让孩子怎么看你，这还是以前的你吗？你，你真是越来越让人受不了！"

我羞愧地低下头。一向不会沉默的我，此时沉默了。对于这个孩子，我二十多年的管教方式正确吗？我的人生理想是他的人生理想吗？如果，真如亲友劝慰我那样，恕人这个从中国走到外国的高知学子，已经是一个"看透了世界的人、悟出了生命意义的人"，那么，我的坚持和努力还有什么用呢？

我想起明代笔记中，有一个人对买卖古董的人用三句话谈了看法："任何一个人，一生做完三件事就该去了。自欺、欺人、被人欺，如此而已。"

记起这个典故，好像清醒了许多。试问，从古至今，东方西方，哪个英雄豪杰不是如此？我乃一介草莽，半个文人，已经过了自欺欺人阶段，那我为什么非要被人欺不可呢？

南怀瑾先生也有言："我们从生到死，今天、明天、大后天，随时随地，总觉得前途无量、后途无穷才有希望，才有意思。其实，那些无量、无穷的希望，都只是'意识'思想形态上的自我意境而已，可以自我陶醉，却不可以自我满足。"

此话虽然像清凉油，清脑醒目，但现实中，我仍然一次次陷入迷茫之中。某天，我郑重写道："或许，人生并没有长大成人一说，我其实就是一个与儿子一起慢慢长大的人，这个成长过程才是最重要的，才是更有意义的。"当然，这种认知，可能被天下父亲耻笑，但对于我这样经历和性格的父亲，却成了独一无二的幸福。我知道直到老去，我也不会成为一个成熟、慈祥的父亲，但我终究是一个努力想做好父亲的人。

十

2016年4月，恕人应该研究生毕业，但他没有回来。他告诉母亲，暂不毕业回国，但从此他不要父母再资助一分钱。

同年10月，恕人女友考取罗马美术学院美术设计研究生预科班。从雨萌赴罗马开始，恕人突然勤奋了，创作了好几个系列油画，画面越来越明亮，越来越鲜艳，并像高考前那样，重新拿起钢笔，每天坚持画速写。这种明显的变化，一定是爱情的作用，只是某一天，恕人母亲知道，两个孩子为了赚到生活费和学费，竟每天凌晨两点多起床，自做大碗面和煎饼卖给同胞留学生。恕人母亲再次落泪，但她知道，没有我的许可，恕人不会接受母亲一文资助。后来又听说，恕人的画有人买了，两人还兼做代购，目前不用再卖大碗面了。有一天，恕人母亲笑着告诉我："你儿子的煎饼，已经在留学生中广受好评，他不做都不行，现在他不用卖了，但每天早晨还是要做三五个，背到学校送给因此相识的好友。"

2019年3月1日，恕人和雨萌双双回国探亲。3月2日上午，在岳母的建议下，召开家庭会议，讨论恕人提出与雨萌领取结婚证一事。

恕人前几个理由都被我一一否决。最后，恕人红着眼睛对我说:"爸爸,你从小告诉我,男人要有担当,男人要负责任。我和雨萌谈了这么多年,我们非常相爱,两年前我去河南,当面答应雨萌父母,不管遇到什么阻力,我和雨萌2018年之前一定要结婚。爸爸,我知道你对我不满意,对我还不放心,我请求您相信我一回……"

我沉默了一下,一字一顿地回答了恕人:"婚姻不是儿戏,婚姻更不是一纸证书,婚姻是责任,是担当。"

恕人用坚定的目光看着我说:"爸爸,我懂。"

看到恕人如此坚定,悬了几年心放了下来。我说:"好!我同意了。明天你们就去河南,如果雨萌父母也同意,你们这次可以登记领证。"

这时我看到恕人和雨萌眼里的泪水。"但是,"我对恕人说,"从登记结婚那天起,直到我闭眼那天,我决不允许你出现差错!"

恕人回答:"那肯定,请爸爸放心!"

不知是不是大意,恕人和雨萌领证那天,正是我的生日。

在这天,我和儿子真像重获新生。然而我和恕人的故事,还远远没有结束。

至此,我可以负责任地对关心他、爱他的所有亲人说,恕人开始成为我的骄傲,不是他会画几张画,也不是他从北京走到了罗马,而是,虽然耗费了几年时光——这真是不小的代价!但他终究没有放弃自己的绘画初心,而且,懂得了一个男人的责任,还能够勇敢地承担起责任。

时光飞速向前,一个个好消息不断从罗马传来,一张张油画诞生了。虽然，通过雨萌的眼睛，我们仍然会看到恕人有散漫、贪玩、懒惰的毛病，仍然有因为我的不断要求而使他时有逃避的念头，但总体来说，恕人已经步入平凡而有意义的人生正轨。艺术征程曲折艰辛，能否成名成家，并不是我这个父亲的期望，但在做人方面，我希望正如他的名字，恕是将心比心，人是一撇一捺大写的人，要永远端端正正；希望他单纯善良的心永远是透明的，火热的；希望他现在和未来有一个健康的体魄，爱护好自己的眼睛，多记录美，多创造美。

非常感谢慢慢长大的儿子，感谢他一直在陪伴我成长，直到衰老，直到死亡；他的所有努力，他的动摇和他的反抗，其实是让一个尽职尽责的父亲，时时感到自己的存在，并看到自己的不足。我断定，儿子在还不具备言说父亲好坏的资格时，已经隐约意识到，在他的成长史上，有父亲长长的影子。

我和干妈梅娘先生

一

坐在这里，天在不知不觉中又黑了。这里不是草原，当然也就不是故乡。在我的老家塞罕坝草原，2002年的春天又是一个苦春，许多牛羊冻饿致死；而都市的黄昏却充满焦躁和欲望，停滞或流动的灯火，让春天在郊外徘徊良久。三四月份，是北方忧伤的前夜。

雷声来到了城市，没有雨，但沙尘暴再一次袭击了中国北方这座重城。

2001年4月23日，是干妈梅娘先生再次启程赴加的日子。那天我依然没去送她，她不用，我当然不好坚持，她怕我利用工作时间做私事，影响我的前途，她也怕用我的方便车让人说闲话，其实，一个快40岁的人了，还有什么前途？有方便车不坐，宁可打的去机场，这正是干妈一贯的作风，因为我是个听话的义子，所以我从来不坚持己见。一个月过去了，梅娘先生没有任何消息，想必她早已经在温哥华安顿下来了吧。

记得第一次给远在海外的干妈写信,我也曾提到北方的沙尘暴。我没有详谈那次沙尘暴肆虐的程度,但在心里,我多想告诉梅娘先生,那个冬天,我和所有关心她健康的人,都很高兴她离开了这个飞沙蔽日的城市。

北京的冬天太冷了,到处都是施工的瓦砾和游荡的尘埃,而梅娘先生又是一个被苦难的岁月折磨得身心交瘁的老人,尽管她从来不承认老了,也不承认自己的一生是苦难的一生,但剧烈的咳嗽在冬日里让人心焦。好在,梅娘先生的血液里有超乎寻常的免疫细胞,它能有效地杀死命运的毒素和舛错。感谢上帝,80多岁的梅娘先生的思想和激情仍然年轻。

我常想,在遥远的大洋彼岸,蓝天碧海,微风荡漾,海鸟啁啾,还有柳青姐的悉心照料,这对梅娘先生饱经摧残的身心一定会有裨益;当然,我同样知道,梅娘先生在海外过得并不愉快,日复一日,她有太多的精神羁绊,民族认同感和家的牵挂差不多跟随她走过整整一个世纪。

什么是认同感?水乳交融和息息相关也许不准确,但好理解。民族的认同感,这是我说的,它当然重要,可梅娘先生从不这样说。她说,重要的是不论你在哪里,不论你活得多老,只要还没老成老糊涂,你就应该知道你是谁,你的家在哪里,这就是血脉。

没必要豪言壮语,回家的感觉,一句平平常常的话让所有背井离乡的人流下眼泪。

安徒生说过,丹麦是他出生的地方,只有那里才是故乡。我从来没听梅娘先生谈到过祖国如何如何,也没有见她写过什么声嘶力竭的"爱国主义"篇章，但从16岁发表作品开始，梅娘的每一篇文章中都浸染着对祖国对故乡对亲情的眷恋和爱意。梅娘先生曾留学日本，后来到台北工作，风华正茂的她拒绝一切丰厚的报酬和舒适的生活，毅然回到刚刚成立的中华人民共和国。

然而，1957年，那个让太多的中国知识分子都特别记得的年份，毫不例外地使梅娘先生的身心烙刻下血迹斑斑的印迹。直到今天，我还特别记得这样一则消息——

> 当张爱玲声名日隆，不断成为"热点"人物时，当年与之齐名的梅娘已在文坛上销声匿迹了整整40年，直至近年才在"寻找梅娘"的呼声中获得了一份迟到的关注。梅娘，原名孙嘉瑞，1920年出生于长春一个巨富之家，她是背负着鲁迅笔下的子君的灵魂离家的。梅娘作品中塑造的大都是受过"五四"思想熏陶的知识妇女，当最初的激情如潮水般退却后，她们便感到了幻灭的痛苦。这样的"典型人物"在她的水族系列小说《蚌》《鱼》《蟹》中得到了充分的表现。作品中寄托着作者对女性，尤其是封建大家庭青年女子的期望：摆脱企图借婚姻达到自由的幻想，用自己的双手开创新的自食其力的人生道路。
>
> 1957年，梅娘被错划为"右派"。她曾被迫劳改、失去京八、为人做保姆、从事繁重的体力劳动……她以中国知识女性特有的柔韧与坚强度过了几十年困苦的生

活。这位曾历经童年丧母、少年丧父、青年丧偶、中年丧女丧子五大悲剧的女性，顽强地粉碎了命运一次又一次的打击。在风雨过后的晚年，梅娘于字里行间依旧保留着对生命对自然的感悟，于心灵深处持守着某种已融入血液与灵魂的意绪，在友情与理智的深沉思考中释放心灵的重压，保持生命的质量。

这是一则让人不忍卒读的文化短讯。也是这则消息让我初步认识了梅娘先生。但消息中的"1920出生"有误，梅娘先生实际是1916年出生。

加缪说，诞生到一个荒谬的世界上来的人，唯一真正的职责是活下去，是认识到自己的生命、自己的反抗、自己的自由……

于是，我想到不幸的母亲，她与梅娘先生同庚，就因为她是草原大烟（鸦片）主的女儿，便受尽磨难。属于母亲那一代苦命的女人差不多都去世了，而梅娘先生居然还活着，我有些诧然了：如果说人类困境的唯一出路在于死亡，那么像梅娘先生这样有幸活着的人，就是行走在一条非常错误的道路上了。但我不信，我宁可相信正确的路径是通向生命、通向阳光的那一条。也许因为我是另一代人，我还年轻，磨难和死亡对我都很陌生，我想寻求生命的意义，我想寻求活着的答案，于是我非常郑重地对自己说：一定要找到梅娘先生。

二

我找到了梅娘先生，像所有想找到梅娘先生的热心读者一样，虽然我们近在咫尺，却差不多从天涯找起。从沈阳到长春，再回到北京，说不上太多的周折和辛苦，但有了近半年的寻找经历，见梅娘先生一面成了那几日我异常忐忑的头等大事。

必须坦诚地说，开始这种寻找梅娘的迫切心情，多半是取决于我的职业习惯，我是一家文艺出版社的编辑，我想，像梅娘先生这样著名而富有传奇色彩的作家，如果写一部传记，那肯定是一部最畅销的书。

我不太记得第一次见梅娘先生时都说了什么，但我却记得当时既兴奋又紧张的情景。之前我选读了她部分作品，也准备了一大堆套话——主要是为了能拿到她传记的出版权。然而，一见到梅娘先生，所有准备对付一个耄耋老人的话，只有在肚子里悄悄地消化了——她灵动的思维和特有的青春气质很难让人与80多年岁月挂起钩来。

北京白石桥通往颐和园的那条路的东侧，是中国农业电影制片厂家属院，梅娘先生独居在一幢灰色的居民楼中，二单元十分破旧的门洞低矮狭促。三层正中的门上，钉有一个自制的简易收信袋。信袋是用一种叫"忘不了"的营养液的硬质包装做成的。后来梅娘先生告诉我，这个信袋是一个同事给做的，已经很多年了，一直用着。

门铃响了几十秒钟，门徐徐打开，一个看起来并不老的老人向我微笑着说了一个字:"请!"然后转身先走进屋去。

这仅仅是一大一小两间小屋。乍一进来,觉得十分昏暗。老人对我说声对不起,随手拉亮了客厅的灯。明亮起来的房间虽然窄小,但整洁、干净;两个书柜,一个书桌,一台电视,一张沙发。

最让我注目的是:在书桌的一角,一个小小的花瓶中,一枝叫不上名字的红色鲜花正灿灿地开放;书桌的正中,一盏黑座白罩的台灯造型别致,朴素而漂亮。

梅娘先生有一头浓密花白的短发,那天她轻施淡妆,穿着一件重色毛衣,一串红木项链与毛衣的颜色款式搭配协调,一袭宽松的大外套随意地敞着扣子。

我落座后,梅娘先生也在我对面坐下,顺手推过来一杯温白水。

第一次见面,我们大约谈了一个小时。话题好像从文学开始的,好像也是从文学上结束的。梅娘那天明确地告诉我:她从来没想过出什么传记。先生说:"如果说文学还是我生命中的一部分,那我自己应该是惭愧的,因为,我并没有写出值得称道的作品。"

最后梅娘先生对我说:"能认识像你这样热情敬业的年轻人,我很高兴,以后希望你常来坐坐。"我的心一阵发热。

告辞时,先生送我一部刚刚出版的《梅娘小说散文集》,在扉页上,黑亮的碳素墨水写着——

"小侯,很高兴我们一见如故。"

字体娟秀古朴,有一种久远的宁静和新鲜的墨香。

在当天的日记中，我记录了梅娘先生给我的第一印象：目光如电，谈吐高雅，思维敏捷；了解天下所有发生的大事；在某一话题上坚持自己的看法，在某些方面，不妥协得有点固执；决不悲天悯人，更不愤世嫉俗。最重要的是，热爱生命，喜欢正直热心的年轻人。

一个月以后，春节到了。我不知为什么突然想到孤身一人的梅娘先生，也想到了那枝灿灿开放的鲜花。

第二天，我到花卉市场买了一盆万年青，这是一种南方热带植物，黑绿阔大的叶片，微微散出一股春天的气息。我很想知道这种植物开花的颜色，然而卖花人告诉我，这种植物不开花。犹豫片刻，我还是付了款。

绿植送到梅娘先生的小屋里，她非常开心地笑了。当我试着想告诉她这种植物如何护养时，梅娘先生却用慈爱的目光制止了我。后来我为当时的叮嘱好笑，先生其实早已经是半个植物学家，我却把她当成像我母亲那样的草原老太太了。

送我出门的时候，梅娘先生非常自然地把手搭在我的肩上。这次见面，我的心和一个饱经沧桑的母亲的心已经贴得很近了。

此后我成了梅娘先生家的常客。很奇怪的是，想请她写传记的念头开始让我自责。我怀疑自己是不是太功利了，工作与情感哪个应该排在第一位？每次来聊天，我变成了一个听妈妈讲过去生活故事的孩子。

梅娘先生的人生境遇是不堪回首的，我希望听到她从前的故事。但她从不讲苦难，即使在别人听起来是苦难的事情，她也讲得很轻松，这让我迷惑。

有一天，梅娘先生对我说，所谓的苦难，那是一个时代造成的。时代对每个人都是公平的，人要活着，本身就得付出代价。我若有所悟。

翌年的五六月间，那株万年青在梅娘先生的精心护养下，忽然在某一天生出一枝花蕾，不久，一朵纯白淡黄相间的形似百合的鲜花开放了。

又来到梅娘先生家，她正在浇花，见我进来，先生高兴地说："看，多像百合！"我说，是啊，多像百合。我没说卖花人关于万年青不开花的说法，然后我们像久别的母子那样相视着笑起来。

万年青的花期很长。直到入冬，它仍润润地开着，阔大的叶子仍旧水灵灵的，反射着一层油亮的光。整个冬天，梅娘先生的屋里都弥漫着淡淡的花香。

三

忽一天，梅娘先生打电话给我，说她在加拿大的唯一的女儿柳青回来了，问我要不要见见她。

晚上，我见到了有些雍容华贵的柳青，她五十多岁，洒脱漂亮，热情好客。必是梅娘先生之前多次谈到过我，柳青对我并没有陌生感。

我和柳青的聊天是随意的。其间柳青问我："听说你很早就没了父母？"我说"是。我母亲去世得很早，我父亲晚一些。""妈妈说你是个非常传统的年轻人，非常有孝心。"柳青说。"也许是因为我没有父母的缘故吧！但我没那么好。"我说。这时柳青说："我这次回来感到妈妈有了一种变化，一生自强不息、平时连自己亲生女儿都不指望的她居然有了想认个干儿子的想法。我远在国外，妈妈又不肯长期在海外住下去，我不知道是妈妈终于觉得自己老了呢，还是因为我做得不好才想到了我早逝的弟弟，如果那个弟弟活着，现在也该四十多岁了。"

然后我们各自沉默了一会儿。后来我说："如果，如果我能成为梅娘先生的义子，那将是我的荣幸。"

五天后，就在柳青及其先生卢堡即将启程的前两天，在北京黄寺大街挂着一串串大红灯笼的湘菜馆里，我们举行了一个特别的家庭晚宴。有着几千年古老仪俗的认母仪式被大大简化了。其实，如果不是有一个洋人在场（卢堡是典型的英国人），三叩九拜大礼是不应该免除的，起码我这样以为。那晚，除了我的妻子和儿子外，我唯一请的朋友是我的大学教官陈飙老师。我当众穿上了梅娘先生特意托人给我买的 Canon 背心，然后我亲自把一枚绿宝石戒指戴在干妈的手指上。

洋女婿卢堡兴味盎然地看着这一切。柳青在一旁当翻译，我想她一定是在向这位洋先生介绍一个古老的中国传统佳话吧。

那天晚上，北京的空气出奇地洁净，天空湛蓝，一轮圆圆的月亮早早就挂在了窗前。

从此，我正式改口称梅娘先生为老娘。因为，我从小就管生母叫娘。当然，在柳青和其他亲友面前，我更愿意称梅娘先生老太太，我想，这带点现代意味的叫法，别人更易于接受吧。

在中国传统文化里，自古有"忠孝"两字。"孝"字最近义的解释是子女对父母奉养的准则，其次泛指晚辈对长辈的尊敬。但不久我就发现，作为梅娘先生的义子，我最痛苦的事情是不能够像自己希望的那样尽一个晚辈的孝道，哪怕非常细微的一点帮助，先生也不愿意接受，这是我始料不及的。

按我家乡的俚俗，义子和亲子仅一姓之差，在梅娘先生耄耋之年，在她身边没有子女照顾的时候，我觉得有义务担当起照顾她生活的任务。但我大错特错了。我这些真情实意的想法被干妈毫不客气地拒绝了。柴米油盐、生病住院等等一切事情她从不允许我插手。一段时间下来，我甚至不知道怎样表达一个义子的感情。

记得那年我和妻子陪她去听一场音乐会，妻子觉得她年纪大了，上下台阶时想扶她一下，这么自然的举动却立即遭到拒绝，妻子既奇怪又委屈，吓得从此一直走在老太太的后头。

当然，干妈是个明白人，有时也会看出我们的尴尬。在类似话题上，她用"人之行孝，应该是建立在'所需'的基础上的，即使没有那么多烦琐的礼节，也可以感动天地鬼神"之类的理论来表明她的认识。我承认这种观念很现代，但对于我这样一个从小生长在"孝行贵诚笃"环境里的年轻人来说，拒绝差不多就等于伤害了。对此，也许我言重了，但这却是我的心里话，是我作为义子最想向梅娘先生表达的心里话。

然而，干妈却几十年如一日无私地帮助别人。这和她拒绝别人的帮助成了鲜明的对照。据我所知：她资助一位贫困大学生直到毕业找到工作；近年来多次用稿费资助外地务工青年去学电脑、美容美发等技术。

说起来这是前些年的一件事了。一个安徽女子在干妈家做小时工，据说做了较长一段时间了。干妈虽然出身名门巨富之家，但她从来对劳苦大众充满感情。这可能与她1957年被错打成"右派"后，一度为人家做绣工，当过保姆有关。因此，干妈对现在为人家做工的女性怀有一种深深的同情和善意。有一天我无意中说到，我分到了一个单元房，想简单装修一下。干妈问："找到装修工了吗？"我说还没有。干妈说："那就让小工的丈夫去干好啦。"小土就是那位小时工。我问："能行吗？"老太太马上"哎呀"一声说："你可真逗，人家是干那个的公司，又不是多了不起的大装修，怎么这样瞧不起人家？"

听干妈这样一说，我也笑了，心想，既然是在城市专干这行的公司，简单地粉刷修补一下，应该没有问题。

于是我见到了这位小王，一个眉目清秀、口才极好的少妇。价钱讲好后，我才见到小王的夫君——一个老实巴交的安徽男人，姓和名我都忘了。同来的还有一位身强体胖的妇女，说是小王的嫂子。我问："是公司派来的吗？"男人点点头。我看了一眼他们带来的工具：一个掉链子的脚踏车，上面装两个红色水桶，有两把生着红锈的破旧铲刀，一把老锯，一个钝刨，一个用来刷大白涂料的长杆滚刷显然是刚从超市里买来的。

看到这儿，我的心凉了，但一想到是干妈介绍的，小王平时又对老人不错，我没再说什么，只是临时决定门窗不更换了，涂料也改由我自己去买。

开工了，这两位被"公司"派来的叔嫂二人一声不吭地干起来。当然，谁都会想到：原本两天干完的活（铲掉旧墙围），整整干了九天；门窗没动，一套单元房三遍粉刷，所有这些干完用了十五天的时间。

拿着工钱，他们高高兴兴地走了。一个夏天过后，可怜的两居室所有的天花板和墙壁都变成了泛黄的龟背纹，又过一段日子，大片的墙皮脱落了。

这件事儿我始终没向干妈说起过。有一天老太太不知为何突然怀念起这位小王，她说小王已经离开这座城市，随夫君去越南做家乡豆腐去了。

又一年年底，另一个小时工有幸结识梅娘先生。有一天老太太认真地对我说："小君（我小姨子）的先生周边有没有合适的男士？"我问"干吗？"干妈说："一个有文化很不错的姑娘,在城里做工几年了,总得找个对象成家呀!"我说:"这事儿悬!她干吗不回家乡找一个?"

干妈有点吃惊地看着我说:"她有高中文化,见过世面,她愿意,也有能力过一种全新的生活,怎么你却希望人家回老家找对象?!"

过了一会儿,老太太突然对我说:"你怎么愿意待在北京不回老家?!"

四

说来很复杂,直到今天,除了最要好的朋友陈飙先生等两三个人,没有别人知道我这段情缘。我十来岁的儿子一直是见证人,可惜他还太小,完全不能理解其中的道理。事情倒不像妻子担心别人世俗闲话那样,我只想把这美好默默地记在心头。这美好只属于梅娘先生和我。

有时我回头审视自己,发现自从认了这个干妈,我的人生态度、处事原则和对待生活的观念渐渐起了变化。我慢慢变得达观,情绪上不再忽冷忽热。更重要的是,无论是工作上的烦恼,还是生活中的坎坷,我不再觉得那是苦难,更不再怨天尤人。

与大多数人相比,梅娘先生与亲人和朋友的关系,常常令我们费解,她差不多完全受同情心以及建立在道德判断基础上的憎恶影响。其实,我和柳青都或多或少地受到这种观念的影响,但在生活中却浑然不知。

随着时间的推移，我越来越接受干妈的某些思想。其实，干妈平时是非常爱批评人的，她心地无私，说话办事直来直去。仔细想想，她批评我最多的事情是花钱过于随便。她常常很担心地问我和妻子："像你们这样随便花钱，将来的日子怎么过？"

有一次，她发现我妻子竟然到超市去买蔬菜，于是大发感慨。她说："菜市场无非是多几步路，到超市买菜，不就是个包装好吗？你们这种做派，即使在西方发达国家的市民阶层也是少见的。"此后，干妈多次追问我一个月的工资到底是多少，还有没有其他收入来源。这种追问隐晦不明，她说不定开始担心我这个公职小人物是不是有了贪污腐败问题。

我记得一位当代诗人说过这样一段话：时间不一定能把所有的劣质作家都淘汰掉，因为很多劣质作家都是颇有名气的。而每一个时代都有劣质的读者，他们使那些劣质作家得以维持下去——要么冲着他们的名气，要么就冲着他们的劣质。但时间肯定能够把所有优秀的作家都凸显出来，理由也很简单，因为每一个时代都有优秀的读者，哪怕他们的数量非常少，也足以把那些优秀作家重新发掘出来。这段话说得很好。近年来，在中国文学界，沈从文、张爱玲、孙犁、汪曾祺、梅娘被重新肯定就是很好的说明。

认识梅娘先生应该算作一个偶然的事情。但能够成为义母子关系，则使我更加相信万事皆有因缘。冥冥之中，好像有一条线维系着我和干妈。我非常庆幸自己，虽然我可能是干妈认识最晚的一个年轻人，但却成了与她关系最密切的一个。在我眼里，干妈是一个善良、博爱、有正义感的作家，同时，干妈又是一个内心充满矛盾的，有着复杂心路历程的老人。作为先生的义子，我承认从来未真正走进她的内心世界。即使在生活层面的一些小事上，她孤僻而敏感的性格也让我手足无措。比如，我想去看望她或打电话，都应该考虑好时间和场合，我不能冒冒失失地随便打扰她的写作或休息。如果她心境欠佳，她会明确地告诉你她不喜欢你在场，你更不要试图劝慰或开导她。比如某年春节暖气断掉一事，她明明知道我很心焦，希望她像以往那样锁好房门，到我家过除夕，但由于她想把所有气恼和愤懑一个人承受，就赌气将我赶了出去。

说来可笑，就是我这样一个随时担心干妈身体健康的年轻人，突然病倒了。因为几天要打个问候电话已成为我的习惯，所以当我精神稍好些时，打个电话告诉干妈我的近况。明显地，老人的语气里充满了焦虑和不安。"唉，你呀，说了多少次了，身体是一切的本钱，你这样不爱惜自己的身体，将来还要做这儿做那儿，这哪成啊！"我宽慰着老人，说只是胃病，已经好了。

放下电话不久，干妈一连两次打电话给我妻子。她叮嘱了很多话。说要多炖些萝卜白菜；要喝几次鸡汤暖暖胃；要督促我注意休息，不能喝酒。最后老太太说："小燕，我帮不了忙，你就多操心吧。"

妻子向我转述这些时，突然幽幽地说："你听听，老娘的口气就好像我是外人一样。"

一股热乎乎的东西瞬间传遍全身。也许，这就是一个母亲的最真实的感情吧。

五

作家梅娘先生与自己国家的命运一同走过了曲折的道路，并形成了她作为作家的思想和独特的个性。我已经说过，生活上她从来不向任何人伸手，包括自己的亲生女儿。有公职的人，向公家要求一丁点儿额外的东西，在干妈看来也是难以接受的，然而，就是这样一个自尊自爱的老知识分子，其晚年的住房条件实在让人看不下去。

如果仅能够放一张简易床的房间能叫卧室的话，那么剩下的那一间就是客厅了。

自从20世纪90年代中期文坛重新寻找梅娘以来，这座破旧的灰楼里不知来过多少海内外知名学者，各路新闻媒体更是闻风而至。

大部分外国朋友一到梅娘先生家，立即会提出一个问题：怎么住这么小这么破的房子？你平时怎样接待朋友？

出于中国知识分子的体面，也考虑到自己年事已高，身边的确需要一个人照顾，（有人照顾总得有一间房让人家住吧？）干妈平生第一次向单位提出：按规定帮助解决一下住房困难。

但这个要求被委婉地拒绝了。没其他理由,只说单位住房困难。

干妈没再说什么。住房紧张,这是北京市老百姓普遍存在的问题。

"唉,没辙!那么多小青年等着房子结婚,有房子还是先照顾他们吧。"这是干妈向我谈到单位回话时说的话。

然而我却想不通。当我看到干妈如此轻描淡写地对待这件大事时,我的心很酸楚。但我又多么庆幸,能够这样自然地看到一个老人人性光辉的一面,而眼前这个老人,一生经历过多少不平之事啊。

可是,过了一段日子,不知从哪里传出一种说法,说梅娘先生没有高级职称,分房或调整住房的条件都不具备,所以房子问题根本不予考虑。

还有一种说法,干妈 80 多岁了,身边又没有子女,一间房足够了。言下之意,一个这样年纪的老人,还能活多久?

"哎!真是太让人伤心了!"这是干妈后来最强烈的不满。她说:"我一生无所求,就这么点小小的要求,得不到满足也就罢了,何以说出如此岂有此理的话来。说我没有职称,请问,我工作退休那个时候中国有评职称这个说法吗?再请问,我早年留学东洋,后来进厂做编辑、写作,辛苦工作几十年,难道连个知识分子也算不上吗?"

面对干妈的发问,我无言以对。

柳青知道这个情况后对母亲说:"我们不必为这事操心了,就在郊外选个地方,盖几间,或买个商品房……"

"请收回你的想法，这是两码事儿。难道我不知道你有钱帮我买房吗？我是不愿离开这个熟悉的环境。"干妈生气地说。

然而，好心的邻居们一个个都调整到新房去了。熟悉的环境因有新面孔出现变得有几分陌生。不久，那个破旧的门洞里传出各种电钻打凿的声音。是新分来的青年人在装修旧房。但属于干妈的那间房门却紧紧地关闭着。门上那个"忘不了"信袋儿，不久就落满了灰尘。

干妈突然认真起来，开始逐级找单位的领导，从要房子变成了要讨回个说法。我当然会想象出干妈礼貌客气的陈述和不卑不亢的神情，同时，我比干妈更清楚结果。

新房子一批批分完了，前前后后几个月后，干妈病倒了。

某一天下午，我突然接到干妈打来的电话，说她两天前住进了医院。我吃了一惊，这是认识干妈以来她第一次住进医院。

我驱车赶到远在西郊的一家小医院。当时天色已近黄昏，病房的楼道内很安静。在一个小单间的门口，我停下了脚步。

从半掩着的门望进去，我看见干妈穿着一身蓝白相间条纹的病号服，正背对着我坐在阳台一张小桌旁用晚餐。

我不想立刻打扰她。就站在门口默默地注视着坐在桌旁的干妈。

楼道一直很静。突然，楼道的顶灯亮了起来。灯光柔和地照彻周围的一切。干妈的病房由此显得昏暗。此时干妈已经用完了简单的晚餐，却仍旧坐在那里，静静地看着渐渐变黑的窗外。透过阳台的玻璃，依稀可以看到一两棵粗壮的杨树干和随风摇曳的枝叶；再远些，是看不透的城市灰楼和混沌的世界。

时令正值暮春，屋里屋外还有些凉意。

伤感在那一刻整个包围了我，努力平静一下后我宽慰自己：像干妈这样坚强的老人，没有什么东西可以击倒她，包括衰老和疾病。于是，我轻轻地敲响了房门。

见我进来，一丝喜悦在干妈十分憔悴的脸上一闪而过。她扶着桌子想吃力地站起来，我急忙上前想帮她一把，她默许了。然后说："不用着急，没什么大不了的，这不，我正在看窗外的风景！"

我说："怎么病得这样重都不告诉我一声，我毕竟是您的干儿子啊……您这样做让我很难受……"

梅娘先生笑着打断我的话："嘻，哪那么多的讲究，我只是觉着一条腿不太好使，给一个老友打电话一说，就帮忙联系了这家医院。我简单收拾一下，打个车就来了，你工作忙，何必劳师动众！再说，这段日子左邻右舍都在装修房子，黑天白日吵得人不能入睡，里里外外又都换了新面孔，来医院清静几日，也算个休息吧。"

提到房子，我知道这又触及老人的痛处，于是想找个话题岔开。

这时梅娘先生突然说："不过这次太匆忙，也没带两本书，也许人老了就像这大黑一样，我感到了孤独的滋味……下次，你给我带两本书来吧。"

听了这话,我深深地低下头。是啊,人不管年老年轻,伤心后总是最孤独的。坎坷一生的梅娘先生在这个时刻说出这样的话,忧伤得让人心碎。

房子问题终于不能解决。在前后两年的时间里,干妈曾多次找到单位领导(这些领导都是干妈眼看着进厂,眼看着一步步成长起来的青年人),但这一切是徒劳的。这期间,也有很多富有同情心的媒体朋友想在报刊发表看法,都被干妈谢绝了。干妈不同意因这件个人的"小事"闹得沸沸扬扬。干妈说:"我对这个厂是充满感情的,我之所以不愿意定居国外,也是因为感情,我周围大部分都是好心人。"

后来,我一直没向干妈说过,我和柳青曾偷偷到农业部(现为农业农村部)找过某某处长,没有越级上告的意思,只是想让上级领导了解一个老作家的难处,住房上如能得到一点改变,也好让一颗受尽磨难的心得到一点安慰。

一切都没有改变。后来干妈的邻居们都装修好了房子,停止了打凿的声音,如果不发生剧烈的咳嗽,干妈又可以安静地坐在那盏漂亮的台灯前写作了。

当然,整个事件当中,最让干妈欣慰的是,原作协书记处书记翟泰丰先生听说此事后,曾亲笔给某部长写过一封信,信中陈述了梅娘先生对中国文学的贡献,希望有关单位在梅娘晚年给一些必要的照顾。

梅娘先生说到这件事时说:"真想找机会去感谢一下这位翟先生。"然后突然开心地笑着说,"我还是个作家,还要求什么呢?"

转眼到了2001年的3月份,北方这座重城再一次迎来了春天。据说这年闰四月,美好的春天一定很长。干妈所居住的那幢灰楼,因为楼下几株初展绿叶的银杏树而显出生机。

在楼房西侧20米远处,市政府新修整了马路,开辟出一块碧绿的青草地;草地上安放了几条质地很好的木制长椅,常常有几位健康的老人闲适地坐在上面晒太阳。

这是北京城西北部为数不多的有文化内涵的街道。偶尔,我会在这块草地上看见干妈的身影,但这种情形是不多见的。我知道,在北方都市老人晨练的时候,干妈已经早早地起床,她伏在写字台上写一些文章,那盏漂亮的台灯擦拭得十分干净,柔和的灯光照在稿纸上,干妈那种独特的娟秀的字体一个一个落进字格中。

那几年,干妈的文章偶有发表,行文简洁,语法带有一种古韵,文字仍然清丽隽永,只是文章的内容大都不是关于自己的,而是关于同时代其他作家的一些勘误性短文。她想把现代文学史中她所知道的人和事真实地告诉后人,比如对关露这个人的一些看法等等。

2001年,梅娘先生在困难重重的情况下,翻译出版了《玉米地里的作家——赵树理评传》。她说,她是在落难时认识赵树理的,通过接触,她认为赵树理是一位非常值得尊敬和怀念的中国作家,其人格的魅力,远远超过其作品的价值。

后来,借柳青回国之机,我再次要求干妈去参观一下现代文学馆。因为在文学馆成立以来，我曾多次带朋友去参观过。我觉得，这个馆对现代作家作品的介绍是有历史意义和学术价值的。

在中国现代作家展区较显眼的位置，分别有梅娘、张爱玲和苏青等作家的作品、照片和介绍。

但是，不知何故，干妈一直不想去。这次听说文学馆的舒乙先生很希望她来参观一下，她同意了。那天，在舒乙先生的热情接待下，我和柳青等一同陪干妈参观了现代文学馆。

梅娘先生来到她自己的展栏前，她望着那张摄于二十世纪九十年代初的半身照和简介，静静地看了大约一分钟。

在这里，梅娘先生没说一句话。但我分明看到了五十年时间的重量，它一直压在干妈这样世纪仅存的老作家身上。此时我想到了沈从文先生的《边城》，也想到了他后期为中国民俗文化研究贡献的《中国服饰史》；同时我也想到妻子问我的那句话："老娘的长篇小说《小妇人》，是一部未完成的作品，她还能把它写完吗？"

是啊，沈从文和梅娘这样的作家，如果不是上帝的一次笔误，他们将为中国文学史增添的一定是文学的重量而不是时间的重量。有时我真想问问干妈，您还能把《小妇人》的后半部完成吗？

那天，在文学馆宽敞明亮的会客室里，干妈一一在鲁迅、巴金、老舍等文学大师像前驻足。当干妈走到赵树理像前时，喃喃自语着什么。我举起相机，留下一张弥足珍贵的照片——这两位因患难而相识相知的作家正在用一种别样的方式亲切握手……

2002年4月23日上午,我与干妈在电话里互道再见。之前柳青悄悄告诉我,这次妈妈来加拿大,她一定设法让老人定居下来。我当然希望这样,然而在我心头却闪过干妈这样的话——

> 我权衡者再,却怎么也不想离开这片我血泪浸染的沃土;我认定只有在这片热土上,我才能体现作为中华女性的价值。

是啊,这就是我的干妈梅娘先生一生的写照。80多年岁月沧桑,干妈一直踉踉跄跄地独自行走在属于自己的小路上,无论是年轻时还是晚年,她有一千种理由定居海外,但她回来了,一次又一次,是她的心永远不肯远行!或许,三五个月后的某一天,干妈梅娘先生已经悄然回国。她依然是静静的,谁都不会事前通知,包括我这个义子。于是,中国北方这座城市的一幢旧楼房里,那间属于梅娘先生的小屋又亮起一盏漂亮的台灯。还是那盏漂亮台灯,它有一种古味,也有一种新潮,连灯光也是干干净净的,这干干净净的灯光辉映着历史,辉映着生活,也辉映着一个独居老人丰富的思想和略显孤傲的心灵。

一个人活下去的理由或私语

> 一个人活下去有千万种理由,仅就生命而言,活着本身就是最好的理由。从社会层面讲,大到人类,小到蝼蚁,只要活着,必得付出艰辛的劳动,甚至残酷的代价。然而,也唯有这种付出的过程和经历命运之神的喜怒无常,才映照出活着的意义和生命的价值。
>
> ——题记

一

写下这个标题的前半段吓了自己一跳。我深知自己是一个搁笔过久的老青年,激情已过,既不擅长说理,又不够哲学,更何况我要写的人竟如此熟悉,熟悉得就像一对多年的夫妻,多看一眼都觉得多余。然而我又不得不写了,我似乎接到了上帝的指令,"一个人活下去的理由"也许有卖大之嫌,"或者私语"也许更让我容易接受。

这是写给朋友的,也是写给自己的。

那年正月初六，王培静再次坐到了我的对面。

他仍然没有穿军装，也没有穿我最羡慕的警服。与他有点女里女气的名字相比，他的身材显得高大，感谢山东的黑土、大葱和白薯，培静不但身材魁梧，头发也黑亮如初。

我下意识地捋了一下自己的头发，培静说："你的头发白了很多。"我说："是呵，才两三年的光景，白发突然多了，也许我们真的老了。"

培静就把脸转向窗外，外面是初春的第一场雪。几只家雀在挂雪的树枝上跳来跳去。有报道说，那年的冬天是二十年来第一个冷冬，因此预测整个地球变暖的假说将被修正。

桌上的瓜果谁也没有动，墙上到处是我儿子的写生和临摹。在儿子的成长道路上，我其实是个有点贪图虚荣的父亲，培静却很少提到儿子。我儿子十三岁，他儿子十七岁。

过去我和培静常聚。话题是散漫的，我不知道其他老友见面都聊些什么，也许会很时尚很有趣，但我和培静总会围绕儿子、老婆和工作展开。

都是些很沉重的话题，一点也不让人振奋，好在最后个话题是写作。在小说人物和情节上结束聊天，让两个老文学青年感到一丝愉快，于是我们会去喝点酒。

我现在不怎么贪杯了，自从军校毕业后，我成了一名军官，尽管生活得并不见得如意，但酒却不怎么好了。

培静早些年是不喝酒的，一喝酒就脸红，一脸红就从黑脸大汉变成红脸大汉了。可我听说，近两年他常常喝多。好在，他喝多酒从来不要，也不疯，他会睡过去，很快地睡过去，身边再发生什么好像都与他无关了。他睡着了。

朋友眼里的王培静，首先是个士官，其次才是警察。

部队有一段时间管士官叫专业军士，还有更长一段时间叫志愿兵，但不管叫什么，二十三年的军龄像一本关于时光的大书，也够一些人阅读的。如此说来，培静真真正正是个老兵啦。

二

有很长一些日子我都弄不懂穿着警服的王培静到底是军人还是警察。一个真正的军人，穿着警服干警察的活儿，在世界也许罕见。然而这才是具有中国特色的事情。后来搞明白了，也就理解了。原来，在20世纪80年代，随着改革开放，为了配合地方政府维护好社会治安，部队总部机关或驻京大单位相继成立派出所。由于地方警力不足，部队大院的派出所只能由公安分局委派一名所长，如果再派一两名干警那是个幸运，其他"警员"则由本单位"内定"。这是一个不怎么受人待见的工作，军官和新兵都不合适，较合适的当然是志愿兵这个群体。

1986年7月，正在山西大同某部煤矿挖煤的志愿兵王培静洗干净自己，背着发白的被子，提着几本破旧的文学名著，跳动着一颗激动异常的心北上京城。

二十天后，培静换上一身警服在总部某大院派出所上班了。

培静真是天生一副警察的身板，警服一穿，简直威风凛凛，只可惜，很多人并不知道培静其实怀揣的是一颗艺术之心。

佛缘说，艺术之心多有不忍，不忍之心一多，有时就有点胆小了。

文学使我们结缘。认识培静的具体细节记不得了，反正我们都是一个老帅的学生。在恩师王宗仁家，培静永远是最嘴笨的学生。

他不怎么会表达，一个事情说清楚好像很不容易。有时我怀疑，培静这个样子怎么会写小说？

宗仁老师之所以受人爱戴，就是他总是兴味盎然地听文学青年们胡扯，他不断鼓励培静：你说，你说。

培静这时就把眼睛望着别处，说，努力地说，颠三倒四，好像还是说不清楚。

可是不久，培静竟陆续发表了短小说《广培大卡》《乡情依旧》等作品。我偷偷吃了一惊，原来小说不是说出来的，而是写出来的。

1987年前后，正是我恋爱得死去活来的时候。想想吧，一个出生在草原上，早年写过几行诗，满脑子人间四月天的机关兵，一旦被爱情冲昏头脑，其决心和响动可想而知。

士兵在驻地谈恋爱是绝对被禁止的。

但我的恋爱是家乡的（我告诉朋友说是初恋），又自以为有许多动人之处（许多情节后来才知道是被自己想象、夸张、放大出来的），因此我的恋爱就有些有恃无恐。

好像有几位战友和老乡规劝过我,我沉浸在自己的恋爱中,振臂一呼:呵,不好使,全不好使,一切都是负数,让爱来得更猛烈些吧!

但爱情有时也需要一个掩人耳目的场所。我把目光盯在了大门口一间永远拉着窗帘的小屋上。

这是一间五六平方米的小屋,是派出所片警的办公室。而这个片警恰好是王培静。

有一天我对培静说:"我想借你的办公室用一下,我正在写一部较长的小说。"

培静用他不怎么有神的眼睛看着我说:"那是办公室,有时我们所长会来的。"

我说:"只用一两天。再说,写长一点儿的小说需要一个安静的场所,这你也有体会。"

培静说:"那你休息时来办公室写吧,我到外面转,不会影响你。"

第二天我说:"晚上能让我女友住一下吗?住招待所时间太长了,怕别人有意见。"

培静像个胆小的孩子,用哀怜的眼神看着我说:"恐怕……恐怕……"

"培静,我们是朋友,难道我们不是朋友吗?"让酒把眼睛弄得通红的我大声地对培静吼道。

女友于是暂住下来。在那间派出所的小屋,永远拉着淡绿色的窗帘。多么美好的夜晚,有星星,月亮也很好,还有微风,刮来一两句流行的歌声。

……………

恋爱的事儿整整过去了十五年，当年的女友早就成了儿子的母亲，但不知道为什么现在想起当年的情景，我竟有了些窘迫，难道自己活正经了不成？我暗里问自己。

其实比我更窘迫的还是我老婆。当她无意中看了这段文字后，面露愠色地说："真是无聊。"然后扔下我的手稿走了出去。

我不能确定老婆此举除了窘迫外，还有什么，她内心的苦痛也许比我更重，但我越来越觉得，揭一揭自己的伤疤，还感觉到疼，说明我们还有知觉。

于是我又想起一件事儿。有一次孩子他妈走了，流着伤心的泪水。培静后来知道了，看着眼中充血的我，半天不说一句话。

然后说："你都是军官了，你不能这样儿。"

然后又说："以后你别再喝酒了。"（其实我并非酒鬼，就是心烦的时候愿意喝两盅，一喝两盅两眼就有点充血。）

最后说："你太要强，反成了阻碍你发展的障碍；你要活得好，但也得让别人有理由活下去……我还是去把她找回来吧。"

在我的记忆中，这是培静表达得最明畅和最具哲学意味的一次。他走出去寻找我老婆的背影真像我的哥哥。

作为战友和朋友，培静从来不曾欠我什么，反倒是我们常常拖累他。虽然他帮朋友们的忙都是些生活上的小事儿，很难让人记住，但作为一个普通士兵，培静已是竭尽了全力。

三

王培静不喜欢"肩负着父母的希望,怀着远大的理想,告别美丽的家乡,走进了革命队伍"这样描写从军的文字。

这当然是最近几年的事儿。但要让他写一下自己二十三年的军旅生活,谁都不会怀疑,他一定会从一座大山写起,那是他生命的源头和梦的源头。

大山是走出来了,但另一条路如何走下去,或者一条路是怎样走过来的这类问题是另一种性格的人关心的事儿。培静不是这样的人,当兵的岁月,他只是想尽职尽责地干好每一天。然后留些精力构思他的微型小说,依然是书写别人,唯独没有想到自己会被书写。

然而在我眼里,培静的从军理想并不寡淡:光荣与梦想。

光荣就是光荣,过去的光荣内容很丰富;梦想却在心中——文学、美丽、文明世界等等都存在于二十三年之中,像一口老井中的生满苔藓的古石,在培静这个老兵心里,现实中的酸甜苦辣似乎不必总结,或者,永远不被总结。它一直深埋于井中。

井是培静的心,古老、深邃,尤其宁静。

也许就因为山外的生活就是从井开始的缘故,井不但成了培静的关键词,也遮蔽了他的整个精神世界。

培静当兵的前六年一直在山西某部煤矿,他是一名挖煤的兵。六年,整整六年,井下,下井,井……从新兵到老兵,到副班长,再到班长,培静日夜重复着一个词,井。

"这没什么,就像其他部队的兄弟不停地重复着枪、炮,枪、炮一样,这是我们的工作。"培静在叙述这六年艰苦的挖煤生活时就是这般平静。

"直到某一天,我看到一个战友被抬出井口,我看到了一个军人的真正死亡。"

培静继续说:"那是一个夏天,牺牲的战友棉袄被解开了,炙热的阳光下,战友的胸腔蒸腾着热气。这是我们每一个人特别熟悉的热气,这才是我们那个部队的真实的生活。一个挖煤兵,冬夏一身棉衣,井下工作,无论是打眼、放炮、卸料还是装车,棉衣里永远是汗水,棉衣外却是一层冰。"

"我至今还清楚地体会到手握电动钻井下打眼时,那种全身上下、五脏六腑的剧烈抖动,抖动,连心都在抖。"

但井外的世界是令人神往的,冬天是皑皑白雪,夏天是碧绿的远山,清清泉水。处处充满生机。

培静这时就习惯性地把目光望向远方,远方也许是另一个样子,未必美好,但一定是另一个样子。

我不想过多记述那段日子,它应该属于培静和其他更多有培静这样经历的挖煤兵。他们的军旅生活是特殊的,就像当年的山洞兵(工程兵)、铁道兵和舟桥兵一样,他们付出了令人难以想象的劳动。我知道,一支军队的成长壮大,必得有无数种、无数人付出艰苦的努力。

更多的领导和战友转业退伍了,王培静却坚持着留下来,入了党,改选了志愿兵。

文学这个名词就是在这个时候被培静在并不确定的情况

下反复试验的。

在日夜亮着一盏灯的锅炉房里，培静开始了大批量的写作。

日记、小说、散文、山东快书、三句半、新闻通讯……培静像一只忙秋的松鼠，把这些杂七杂八的与文学沾边的东西都捡到自己编织的筐里。

但被印成铅字是困难的。可怜的培静，除了像《林海雪原》这样的几部国产老名著外，这时还没有真正读过像样的文学作品，契诃夫、海明威、欧·亨利、巴尔扎克、马尔克斯、卡夫卡、博尔赫斯等等洋老头，我的乖乖，一身煤黑的培静哪里听说过。

1987年，北京总部成立派出所，培静作为德才兼备的优秀志愿兵，被调往北京当"警察"。

告别山西大山的时候，已经长到一米八还多的培静成了一个真正的山东大汉。当发白的背包背到背上，战友们来送行时，这个汉子却怎么也控制不住自己的泪水。

十里山路，一步一回头，这让他魂牵梦萦的大山呵，从此再也走不出一个老兵的目光。

培静说，即使当兵离开故乡时，自己也没有那样伤心过，抱着像自己弟弟一样的战士，培静把他们的脊背拍了又拍——

"好好干，兄弟，等你当了班长，入了党，也要调走，那时你也到北京，班长到火车站去接你……"

四

　　北京在每个共和国公民心中都是最美好的城市。在像王培静这样的好兵心中，北京尤其神圣，而且不可侵犯。

　　原来，培静的入伍地就是北京。

　　在如今北京最繁华的电子一条街中关村，王培静和他几百名同乡度过了一个军人最具意义的三个月新兵生活。

　　艰苦与美丽同在。谈起新兵连，不论是将军还是士兵，都会有许多生动有趣的故事。但我后来发现：更多人记住的是班长的体罚，艰苦的训练和互相争夺的小名小利；直到今天，还有人因新兵班长或排长（连长以上那时是绝对的大官，很难提到新兵的记事簿上）没能把他们分到一个理想的连队而耿耿于怀。

　　当然，我也强不到哪儿去，记得新兵结束没有如愿分到汽车连，我当场咧开大嘴痛哭，那情景后来有战友形容：就跟他十爹死了似的。

　　可是王培静却记住了最美好最动情最可人儿的事儿：女兵。表扬。

　　关于女兵，有培静这样的片段文字为证：

　　　　天还没亮，起床号就响了。操场在营房的南边……我们这批男兵共二百人，都是一个县的老乡，还有二十五个女兵，都是北京兵。出操时女兵们跑在最后，队伍跑得稀拉一点儿的时候，首尾距离很近，所以女兵们永远跑不出我们的视线。训练时也是这样，虽然以班为单位，但练正步、走方队时四个方向来回转，总有看到女兵的时候。平常里打水、打饭近距离碰上，我们总是发扬风格，让女兵优先，但是真走近了，倒一点儿也不敢看人家了，只是偷偷看一两眼。还有一次，晚上拉紧急集合。领导队前讲话，说今天去圆明园捉"特务"，先用车把女兵送过去藏起来，让我们过去捉她们。路好长好长，跑到那儿，还要穿树林，过河沟。由于天黑路滑，很多战友还掉到水里。找到一个女兵，我们就欢呼一阵，有的女兵胆小，听到一点儿响动就尖叫着跑出来了。我有点替她们担心。经过努力，把女兵全捉出来了。她们又坐车走了，我们还得跑回来。可我心里非常高兴。

高兴什么呢？因为培静捉了一回女兵，说不定还真的就此拉过一个女兵的手，而且，这些娇弱的女兵，终于还是坐车回中关村了，培静担心累杀她们。

关于表扬，培静写道——

射击训练我老过不了关，瞄准、稳枪、扣扳机，不是这不行，就是那不行。我的左眼睛瞄准时合不上，合右眼用左眼瞄就行，但班长不让，说"你又不是左撇子，干吗闭右眼？"没办法，只能用帽子把左眼遮起来瞄，为此老挨训，常觉得脸火辣辣的，又怕被遣送回家。因为自己左眼闭不上，平日里我比别的积极分子更积极地抢着扫地、扫院子、打饭、刷厕所、帮厨、出公差。星期五开班委会能得到班长的表扬,是最高兴的事儿。可那时又替没捞到表扬的战友难受。

难受什么呢?无非是觉得自己抢了战友的表扬。

新兵连结束了,同许多其他战友一样,培静并没有像班长承诺的那样让他留在北京。

他没有哭,也没有找班长问一问,只是默默地收拾好自己的行李,然后一声不响地帮助一个"去找班长谈谈"的战友打着背包。

离京的列车启动了,月台上到处都是送行的人,培静这时最想看到的人其实不是班长或排长,而是那二十五个女兵。在他眼里,新兵生活因她们存在而美好。女兵们个个都像天仙,如花似玉。一个具备作家之心的战士把一种美丽的种子播撒在自己初春的心田,这对培静日后的创作将大有裨益。

事实也是如此,在培静以后的小说中,尽管也会有灰色笔调描绘灰色人生,但总体风格是赞美和阳光。

在开往山西的列车上,培静被带队干部指定为临时班长。一些情绪波动很大的战友在培静的影响下,渐渐平静下来。

二十三年后,和培静当年一个井下挖煤的战友在北京某饭店设宴聚会,他们当中绝大多数是上校军衔,而培静的军衔是几道">"形的银色杠杠,它代表的士官级别,很多人竟说不清楚。

但这时的王培静已经先后发表小说、散文、报告文学百余万字。

培静的主要作品有：小说集《秋天记忆》《怎能不想你》《王培静微型小说选》，长篇纪实文学《在路上》。作品先后获各类文学奖。

培静1994年加入中国作家协会；1998年加入中国散文学会。

王培静被誉为士兵作家。

五

文学其实并不玄妙，但弄明白它实属不易。从20世纪80年代开始，中国文学是在不断学习、革命，再学习、再革命中成长的。一个没受过任何专门教育的士兵成为作家，作为朋友，我真该举杯为培静庆贺，我知道耕耘的劳苦和汗水的滋味。

这些都不重要，重要的是在不知不觉中，一个从来不给自己立座右铭的人，竟在一条最蜿蜒曲折的小路上坚持着他的行走，摸爬滚打，几度沉浮，而且，二十多年痴心不改并斩获颇多。

公正说，培静并非一流作家，但他在文学求索上的足印，像一盏盏地下宝藏里的地灯，足以照耀一些迷途者前方的路。

自命不凡又不思进取者大有人在。以我个人为例，坚忍成了我永远越不过的高山，在文学创作方面尤其如此。幸运的是我及时成为一名文学编辑，因此也找到了一条活下去的理由。

关于文学和培静的文学成就，我必须就此打住，它还远不到被总结的时候。关于二十三年这个概念，我也必须绕开。二十多年中发生在培静身上的事儿多得让人无法选择。

我想说的是，生活中的培静其实更为步履蹒跚。

在这个越来越物化，越来越金钱的社会，生活困难倒也不算什么了。

从山西调往北京那年，培静已经结婚。嫂子姓沈，山东人，家庭背景不详。

我不知道其他朋友是否知道培静的恋爱和婚事，但我和培静却从来没有交谈过。在我的印象里，嫂子是典型的军嫂形象，她读过书，为人直爽，快人快语。

据说，也爱文学，这可能最为重要。

培静的儿子出生不久，意外得了一场重病，嫂子抱着孩子来到北京。

谁都能想象，一个士兵的妻子，抱着重病的孩子，千里迢迢来到北京看病，当时的情景不堪回首。

胆小而又木讷的培静不想给单位找麻烦，他在大院外租了一间民房，把母子俩安顿下来。

给孩子看病那段日子，我们几个文学爱好者常去培静家。孩子的病我们是关心的，但酒也是要喝的。

那个时候的嫂子非常好客，手脚麻利，不但做菜烧饭，而且陪酒。

现在想想那时我们真不懂事，这样一贫如洗的夫妻，又有生病的儿子，那酒我们如何喝得下去？多亏那时年轻，把友情当酒来喝。

感谢上帝，一年后，培静儿子的病终于彻底好了。但嫂子并没有再回山东。

我至今不知道这个决定的最终原因，因为，一个志愿兵的工资，在北京是无论如何难以养家糊口的。但有一点可以肯定，嫂子很爱培静。

后来了解，培静是兄弟中的老大，父母都已七十多岁，几个弟妹有的需要娶妻，有的正在求学，大哥培静成了一个大家庭的屋脊，他山一样的脊梁背负的不仅是重量，还有希望。

现在我必须忽略这方面的细节，否则将会跌进所有描写当代军人家庭困境的尴尬窠臼，太多这样的报道让人心生郁闷。

几年后，我和当初的几个文学青年无一例外地成为军官。

再到培静那间租住的小屋，一切都没有变化，但他儿子长得肥胖，并在某小学借读。

嫂子依然热情，除了多了几分憔悴，脸上还多了另一种说不清楚的表情。这表情被嫂子类似的话加以丰富。

她说："你看，多好呀，你和天宝他们，都成了大军官，多好呀！然后说，你看我们家培静……"

这时的培静讪讪地笑着，连忙让座，沏茶，倒水，催促儿子到屋外空地去写作业……

再去，嫂子依然热情好客，偶尔留饭，席间必会说："多好呀，你看你们……"

培静就举起酒杯说:"来,敬你一杯。看你们,多好呀,你看我,没本事……"说完干了,连忙再给我倒上。

我的心一阵绞痛。又一阵绞痛。我闭上了不停呱呱呱的嘴,突然变得十分小心,也变得客气。

我知道嫂子并没有丝毫抱怨或指责的意思,但我还是看到了培静的痛苦,尽管我知道他原本不是这样的,比如这样的客气,这样的讪笑。

在生活面前,在妻子儿子面前,他变了。原来井一样深的目光变得有几分茫然。

我和培静之间关系也变了,从平起平坐的朋友变成了一个军官和一个士兵。

再后来,我不再去看望培静,我们像互相遗忘了。

六

我调往另一个单位任职。

关于培静的消息偶尔从其他朋友处得知,无非是说,培静仍一心一意地当警察。抓小偷、赤手斗歹徒之类的事情发生了好几起,培静因此立功受奖。

在朋友们眼里,培静的胆子越来越像警察了,或许,培静的胆子从来未曾小过,只是在朋友看来,循规蹈矩的培静缺少一些怒从心头起、恶向胆边生的豪气。

我偶尔会在一些不太知名的报刊上看到培静的微型小说,当然会认真读读,多半都是弘扬主旋律、歌颂美好生活的故事，并不十分好，看过也就过了。

有一天突然听说，培静在一次扑火中受伤。认真打听一下情况，知道是培静租住地一家邻居家意外起火，居民先到培静家报了警，培静就第一个冲进火海，在十来个妇女老太的帮助下控制住了火势。

关键时刻他在火海中救起卧病在床的房主，当他把随时都可能被烧炸的煤气罐提到安全地带时，他的双手被煤气罐烫掉一层皮。

据说他一直裹着一个湿毯子扑火，但最后裤子烧烂了，连头发和眉毛都烧光了。居民们并不知道培静是个穿军装的"假警察"，居委会主任和几位大妈还跑到当地公安机关为培静请功。

一个士兵，干了十七年警察的活儿，听起来像个故事。但这个故事在警察实施警衔制的时候画上了一个句号。

2000年，脱下警服的王培静突然显得那么不重要了。似乎这时他才意识到，自己还是一个士兵，而且是一个很老很老的兵了。

二十三年，当年的战友有的成了老板，有的成为团以上干部。一批批首长家的炊事员、司机和机关兵提干了，考学了，转成军工了。

整个机关大院都把他当成了真正的警察，可是，作为一名士兵，总得有人知道他是士兵吧？

这期间，一位职工局的领导偶然得知了培静的情况，很是关心。他认为像培静这样踏实工作、德才兼备的士官，是具备改转军工条件的。如果这样，不但保留了一个人才，培静老婆孩子也能落户北京，一个老兵的一切后顾之忧就迎刃而解。

培静的档案需要上报民政部。当报批的材料放到总部的某个会议桌时，一位首长询问："是大院派出所那个士官吗？"得到肯定回答后，首长推开了材料，并没有在同意两字上画圈。

组织上找培静谈话了。他从军二十三年，现在是三级士官，按说士官还有四级五级，但领导说，机关没有这个四级五级的指标。

还是转业吧。领导说。

可培静没有在家乡找到工作，更重要的是他儿子现在正在北京借读中学，如果回山东老家……孩子的学业和前途让每一个做父母的都决心难下。

培静希望再干一年，但军人有条令条例限制。上级宣布：从下个月开始，停发王培静同志工资等一切经济待遇。

于是，培静的儿子于2000年6月从一所普通中学转到一个职业中专学校，为了尽快毕业，并能找到一份工作。

培静的妻子另外兼了一份职，每月能多挣一百多元。

培静突然病倒了。这像一个小说中的情节，但他的确病倒了，平生第一次住进了医院。谁都不会想到，人高马大的培静患有严重的肺病。

是那六年的煤屑起了作用。

从确诊的那一天开始，培静中断了坚持了二十三年的写日记习惯。

七

看来你准备放弃写作了？我问坐在沙发上的培静。

培静下意识地摇了摇头。

在这个正月初六的中午，窗外又飘起了零星的雪花，偶尔传来一两声爆竹的脆响，和孩子们愉快的笑声。北京禁放烟花爆竹的禁令老百姓常常置若罔闻。

说说那次爆炸吧。我对培静说。因为我听说，那次总部之所以没批准培静改转军工，是与一件爆炸案有关。

培静详细讲了那个案发的过程。与从前一样，培静仍然讲不好一个故事，尽管这个故事就发生在他身上，而且生命攸关。

那是1999年的初春的一天深夜。在派出所值班的培静突然接到某部分管兵员的领导打来的电话，他告诉培静，他在家刚刚接到一个电话，对方要求他爱人把某部财务室的钥匙和保险柜密码顺门缝递出来，如果报警，或者在一个小时内不递出来，他将立即引爆放在他家门口的炸药。

培静马上向派出所所长做了汇报。所长也很快赶到值班室。

这期间事主又连续三次打来电话，一次比一次焦急。事主说，他不能确定门口是否有炸药，他不敢开门查看。

时间一分一秒地过去，在自己的管片发生这样的事儿，培静非常着急。

这时事主又打电话说，恐吓电话说，凌晨一点前不送钥匙就引爆。

事主最后说："听声音，我觉得很像已经退伍的杨某某……"

杨某某当年希望改转士官，曾给事主送过烟酒，被拒绝后他把几瓶酒摔在事主楼下，并口出狂言……

离歹徒规定的时间还有二十分钟。派出所所长和培静必须尽快赶到事主家。

夜深人静。在确定楼下无人的情况下，两人决定上楼。楼道一片漆黑。

事主家在三楼。培静在前，所长在后。

培静说，那时他听到了自己的心跳声，整个楼道都是咚咚的声音。

手电照到了三楼三〇一室，门口赫然安放着一个不大不小的纸箱。一根铁丝从纸箱里探出来，紧贴在防盗门上，这显然是用来接收遥控信号的天线。

室内没有任何动静。屋里屋外的空气紧张得令人窒息。

时间像凝固了。但所长和培静心里都清楚，请专业排爆警察已经没时间了，必须在凌晨一点前移开这个炸弹。

必须抱走它。培静心里这样说。但他的心抖了一下。

对峙了两分钟，所长说："抱走它。"

所长的声音非常小，小得只能够让培静听见。在那一瞬间，培静竟不能确定这句话是所长说的，还是自己说的。

所长转身向楼下走，培静的心又抖了一下，随即跨前一步。

弯腰抱起纸箱时，培静分明听到自己的耳朵里发出像古筝弹拨出来的声音。

纸箱很沉。那根天线在培静的下巴颏上摇晃着。

所长提着手电筒快步走向一个广场。广场中心位置有一棵千年的枣树。每年秋天,大院的孩子们就来打枣。

培静和所长都熟悉这棵枣树。

但这棵枣树距离这幢楼足有三百米远。

培静深一脚浅一脚地走向枣树。

这个夜晚北京大雾,没有星光,所长的手电光离培静很远,显得非常微弱。

培静说:"这段路显得非常远,远得超过了从军的二十三年……"

培静说:"我下意识地把纸箱举得离自己的心脏远一点……"

培静说:"我盼着早一步到那棵枣树下,所长的手电指向了枣树……"

培静说:"我告诉自己,我是警察,我不能怕……"

培静说:"当时的每一秒钟我都在等待轰的一声爆炸……"

培静说:"我浑身冰凉,汗水顺着脖子流,我骂自己是个胆小鬼……"

培静说:"后来我突然平静下来,我想,真要炸了,我一定会死,那我就成了烈士,这样,我老婆孩子的户口就能解决了……"

培静说:"真的,我当时就是这样想的……"

听到这里,我眼里早已蓄满了泪水。我忍了又忍,还是没有忍住。

我真的百感交集。

爆炸终于没有发生。在确定了被宽胶带层层包裹的"炸药"是砖头和水泥后,所有人都吁了一口长气。

与此同时,增援的同志在大院一角拦住一个陌生人,经辨认,这个在深夜游荡的青年就是退伍回乡的杨某某。

杨某某被带往某部值班室接受讯问,派出所所长让片警王培静负责,另派大院四名战士协助看管。

当培静把一些物证安放好回到值班室时,几个战士同时报告说,杨某某从厕所跳窗跑了,还遗落了一把匕首。

培静立刻带人分头追赶,但黑夜茫茫,哪里能找得到?

以后的培静到处查找线索,竟三天三夜也未曾合眼。

但一切努力都没有结果。

事故重大,片警王培静难逃监管不力的责任。

一周后,培静人瘦了一圈,满嘴血泡。

八

与朋友培静的又一次聚会快结束了,这又像我们的友谊失而复得。

我和培静有节制地喝了两杯酒。饭间他沉默着,好像说完了一切。

其实培静远没有我想象的那样悲观,他告诉我,战友和朋友都很关心他,他自己也正在用积极热忱的态度打算着今后的日子。

"与战斗在青藏线和边防海岛的兄弟们比,我们一直生活在天堂。"培静再次下意识地把目光投向远处。

一扯到文学这个话题,就预示着我们将说再见。令人欣慰的是,培静有了写一部长篇的设想,就取材于那六年的挖煤生活。

他说,人活着应该有理由。凤凰卫视主持人刘海若死而复生,当她能够用言语表达思想时,她说,睁开眼睛是妈妈,闭上眼睛还是妈妈,当看到妈妈和所有爱她的人那么希望自己活过来时,刘海若说:"那我就撑下去吧!"

这次见面是认识培静以来,他说得最多的一次。我非常认真地聆听他的每一句话。我确信培静一如既往地爱他的军装,爱他的文学,爱他的妻儿和朋友,这是一种最普通的人最普通的爱。作为一个老兵,培静的平凡和奉献是有目共睹的,但很多首长和战友忽略这种平凡和奉献的存在。

更重要的是,我们没有给像培静这样的老兵以发言和解释什么的机会。

我也一样,作为兄弟和战友,我对培静的关心和帮助太少了。

最后我对培静说:"等你弟妹从老家回来,我们一家三口去看你。"

培静非常憨厚地笑笑说:"一定,我和你嫂子等着你们。"

字　　奠

2004年春天，我在青岛海军某部代职。某天，一个同事在电话里告诉我，校对科的老吴去世了。

我大约愣怔了几秒钟才反应过来。我不过才离京月余，却得到这样一个让人伤感的坏消息。

老吴死后的几天里，他的样子每天都会显现。这也许就是惺惺相惜——太相熟识的人猝然离去，会让活着的人恍如做梦，这种不真实感会持续很长时间。

我和老吴在一起共事整整十年。老吴离世时只有五十六岁，他还不老，脑出血夺去了他的生命。

记不得第一次见到老吴时是什么样子了。我想反正差不多，老吴属于那种看不清楚年龄的人，十几年中变化不大，他中等身材，微胖，皮肤很黑，说话的声音有些尖厉，好像是刻意要从嗓子眼跳出一支哨了，是带着安徽口音的普通话。如果你仔细注意看他说话的口形，会发现他是个多么认真咬文嚼字和讲究发音的人，老吴的牙齿和舌头为了尽力说好普通话，常常被控制得有板有眼。

老吴是个非常较真的人，较真有时就是古板的意思。这可能与他干了大半辈子校对工作有关。要说编辑和校对是狼和狈的关系显然不妥,这好比打仗,编辑和校对是唇齿相依的盟军,只有齐心协力才能尽可能多地剿灭文字丛林中错别字这些土匪。当然,文学编辑与校对的侧重点不同,编辑有对原稿删改增减、建议发表与否的权利,而校对原则上只对编辑过的原稿负有消灭错别字、核准纪年时间、历史事件、典故、人名地名等责任。

我没研究过外文书籍的编校人员是如何署名的,但在当代中国,图书出版是相当规范的,每一部正规出版物都应该在版权页和封底,或勒口上这样表述——责任编辑:×××;责任校对:×××;封面设计:×××。

事实上,在与老吴同事的十年中,虽然不比一个编辑部或一个屋的同事那般密切,但由于编辑与校对这种特殊的关系,我的心里必须随时装着老吴。当一个把不准的字词在我眼前晃动时,老吴的面孔马上就出现了,这情景就好像这个字是一个细菌病毒,而老吴则是一个病毒杀手。于是我就顺手抄起电话,按下号码66×××92,电话那头多半会传来老吴有些尖厉的声音。我无须报名,只管说那个细菌的样子就可以了,老吴更不废话,往往一针见血,张口就会在电话那头把错别字毙掉。

出版社在北京西什库没搬家时,我与老吴同一层楼办公,办公室就是斜对门。1996年出版社搬到白石桥后,校对科在三楼,编辑部在四楼。这时我才独立编稿两年多,老吴不仅是我最可依赖的校对,更是我心中文字之神。不仅是我,我相信老编辑们也一样,只有老吴过目的稿子大家才有理由放心。虽然老吴责校的书稿决然到不了不错一字的程度，但事实证明，老吴校过的稿子，绝大多数是可放心的；如果是老吴特别用心的书稿，单位抽检编校质量时，良好或优秀是有把握的。

可能老吴早就意识到了自己举足轻重的地位，工作中就格外珍视自己的名声，久而久之，难免也会弄出一两次推卸责任的事儿来。比如明明是他没有校出的错误，他一定要挖空心思找出没有发现这个错误的理由，一旦让他找到你这个编辑也可能对此错沾点边儿，他会毫不客气地让你来分担一些责任。

十年来，老吴在我的编辑文稿上差不多是一言九鼎，只要是他认为对的字或词，我只管放心排录就是。可是，老吴却常常另外一个样子——倘若你当面请教他某个字词，他一边肯定地告诉你，一边说："不信你查词典看看。"

你当然得说："不要了，不要了，你说了就算。"他却越发坚定地说："别价，别价，你看了就放心了，防止以后……"老吴的意思是防止以后有错说不清。出版无小事，一旦白纸黑字印出来，有些责任还是要负的。说着他会顺手抄起手边的《新华词典》，啪啪啪，最多两三下就翻到了他要向你证实的页码，准确得近似精确，然后挑着右手的大拇指，从上往下，或从下往上流畅地滑动，一两秒之内，那个已经被他确定的字就被他一根粗手指摁住了。

这时你得凑近了仔细看一下，否则老吴断然不会放下手里的词典。其实，就在老吴麻利地翻开词典时，人们的注意力却转移到别的事情上去了。于是我心想,这个老吴也太较真儿,明明很确定的字,说就行了,干吗这样非得翻一遍词典给你看?每当这时,让我转移注意力和印象深刻的绝不是那个我需要记住的字词,而是老吴手里这部最新版《新华词典》的破旧程度。软封皮早已不见,硬壳上的"新华词典"几个烫金字只隐约剩下几个字痕;厚厚的切口毛茸茸的,多数页码向上卷起;为了便于查找,老吴习惯在词典切口从上至下按顺序标出汉语拼音ABCDE……但由于不时翻动,字迹早已模糊不清,这倒加倍弄破了纸边,整个词典切口就黑乎乎一片,加上老吴爱用手蘸唾沫翻书,动作既不优雅,词典也没了文化味道。

某一年的某一天,我再次当面请教老吴一个词,老吴仍像往常一样,一边肯定地说这个词,一边拿起词典。此时那部烂词典已经彻底散架了,他刚翻一下,就有七八页纸飘落到地上。老吴骂了句什么,费力地从椅子上猫腰捡拾掉页。

老吴是微胖的人,这种体形的男人肚皮可能格外坚硬,要想猫腰捡个东西,看着实在费劲。我说:"吴科长,是不是该换一本词典了?"老吴就说:"早就该换了,那你给买本吧。数你的问题多,天天为你查词典,你今年奖金又不少吧?也该给我们买本词典了。"还没等我回答,老吴像突然想起什么,"对了,你请我们科吃个涮羊肉吧,上周为你那本书,我们连着三天加班。"我赶紧说:"好好,一定请一定请。"说着赶紧趁机溜出校对科。

后来还真有机会请了老吴一顿涮羊肉,是个中午,老吴带着他手下三四个女孩子。高高兴兴地吃完，回来的路上老吴悄悄对我说："可别到处乱说请我们吃了饭，这跟工作没关系，纯属私人友谊。"我说："对对，真跟工作没关系，纯属私人关系。"

老吴节俭过日子是出了名的。他几乎没什么爱好，不请客，不喝酒，也不钓鱼。据说早几年喜欢搓几圈麻将。但老吴打牌很规矩，输赢都很高兴，向外拿钱的时候数得也很仔细，就像数辛苦得来的校对费一样一丝不苟。我也曾多次说要和他打一回麻将，却终于一次也没打过。后来不知出于什么原因，老吴停了手，现在我猜想，老吴喜欢搓几圈麻本意并不在输赢，而是兴趣，可惜近些年朋友圈搓麻，虽然也多为兴趣，但下注数额往往较大。搓麻肯定是有输有赢的，老吴虽说并不一定回回都输，即使输点儿也能搞点外校挣回来，可他节俭惯了，又有两个成长中的儿女，所以忍痛歇了手。

早几年官家出版大社，没有太大的经济压力，午休时同事们会凑成四人打双抠扑克，老吴也喜欢打，却因牌技太臭，没人愿意要他当对家。于是他常常在吃完中饭后，凑到别人牌局后面扒眼看热闹。如果这时其中一位突然有事儿需要离场，他会迅速在那个位置上坐下来。对家肯定是不希望他上的，他也知道这一点，就很小声讪讪地说："就打两把，一会儿某某来替我。"他说的某某此时就站在旁边，其实某某心里很清楚，老吴一旦上手是不会让人替的，所以常常装作没听见，一声不吭，弄得老吴这句话好像是说给自己听的。遇到比较懂事儿的主儿，就说："好好，一会儿你累了我就上。"老吴就愉快地说:"行,你等着别走,我打两把你就上。"结果一直打到下午上班的钟声敲响,老吴和对家输得一塌糊涂。

知道了老吴的牌技,打扑克轮到老吴上手的时候越发少见,如果这时旁边还有一位扒眼的,对家宁肯选择哪怕是打牌也很臭的王望琳或尹长新,也不愿意让老吴上手。所幸老吴并不怎么在意,好像心甘情愿让别人上手似的站在背后继续扒眼看热闹。

这时的老吴,往往是一手剔着牙,一手习惯性地上下摸着自己的肚子。老吴微胖,可肚子并不显得特别大,谁知道他何时养成一个不停摸肚子的习惯,在我的印象里,老吴总是下意识地把一只手放到肚子上的。

看别人游戏其实挺折磨人的,何况常常作为看客。站累之后,老吴开始从一个人背后转到另一个人背后,直到把四家牌全看好了,然后等待结果。结果很快就出来了,不论哪家输了,老吴都会万分惋惜地说:"真臭,真臭!"其实,对决人都清楚,这个时候的老吴是要离开牌场了,他说中午得睡一会儿,要不下午校稿时眼花。他不说头晕,而是说眼花。果然,当人们快抓完下一圈牌时,老吴就干咳着离开了。我很奇怪老吴,他为什么偏偏在这个时候吭吭地干咳?一边干咳着一边向外走,可是根本没有人在意老吴和老吴的干咳,同事们都一心一意地继续打牌。

要是上了手的老吴呢?只要把一手牌抓完,老吴注定会长吁一口气,像一块石头落了地,他非常庆幸终于让他上了一次手。这时的老吴就会在裤兜里掏出烟来,很大方的样子,又有几分讨好地一一分给大家。

文化单位的特点是烟酒不分家。那时虽然还没出台室内禁烟令,但是出版社里吸烟的人并不多,也很少见老吴在吸烟人多的地方拿出烟来。当他很大方地让了一圈后,也许没人抽,他自己就点燃一支,吸进一口,然后又从容地把烟放进兜里。

老吴抽烟的历史不可考,平时也很少见他抽,更多的时候你几乎想不起老吴是个会吸烟的人;偶尔也会看见一两位同事抽烟时顺手递给老吴一支,这人多半是一个老同志,比如老编辑王侠(王侠可不是简单人物,他是单位唯一见过主席的人,由于年龄偏大,人也厚道,同事们都尊称他王大叔)。这时老吴什么也不说,笑眯眯地接过来,自己掏出打火机点上。当然,细心的人也许会从老吴掏打火机和熟练点烟的动作上看出来,老吴其实是个真会抽烟的人。

有两次我注意看了一下老吴的烟牌子,是红塔山。还有一次偶然听他对一个同事说:"我有盒好烟,但忘带了。"同事就问:"软中华?"老吴说:"待会儿你就知道了。"听老吴的口气,抽完同事这支烟,就会去办公室把那盒好烟拿来。于是同事就说:"去拿来抽一支。"老吴马上说:"喔咔,还得跑趟三楼,你别着急,待会儿我就去拿。"此时他们在四楼,老吴的校对科在三楼。接下来大家就转移了话题。老吴和这个同事很快抽完一支烟,然后分手,各忙各的去了。

……已经是青岛的黄昏了，5月下旬的青岛还很凉，有海风从南海岸直吹过来。老吴的影子仍在我眼前晃动，让人有一种时空倒错的感觉。我怎么也不明白，我下到海军青岛部队代职才35天，但在这短短的35天中，我的同事老吴却弃世而去。他究竟以怎样一种心情告别这纷扰的世界？！在尘世最后几分钟的清醒中他该想到什么？他留恋这个世界吗？他有遗憾吗？这些都不是我能够回答的。我想，我只是一个比他年轻一点儿的同事，我和他生前并不莫逆，也没有深交，而且，我们是截然相反的两种性格。对于并不轻易向人表达思想感情的老吴，即使是他至亲至近的人，恐怕也难说获得了老吴辞世前的真实感受。但我又想，都说人死后有两个去处，好人去天堂，坏人下地狱，那么老吴一定去了天堂。虽然我始终怀疑世人关于绝对好人与坏人的界定和标准，但我知道，人间还是有善恶之分的。老吴是个普通的校对，本性也很善良，他没有敌人，一生只把错别字、白字当成敌人，他的早逝，难道是因为"枪毙"了太多的错别字之故吗？

海军营区很安静，远处的楼群在轻纱一样的薄雾中若隐若现；在我单身宿舍前，是一个小小花园，花园门有一个装饰性很强的拱形小牌楼，拱顶是一个战士才俊用隶书体写的"翠微门"。我信步出来，一步步跨进翠微门，再拾级而上，小花园里所有的景物尽在眼前。

这个花园里的树木、花草大部分是野生的，不过是被历代驻守的官兵刻意保护下来。在花园四周，驳杂生长着高大茂盛的桐树、椴树和槐树；槐花刚刚凋谢不久，槐树的叶子生长得分外恣意。粉色、玫瑰红色的月季花在沉落的夕阳下一丛丛地拥挤在那里,正值花期旺季,注目细看,一团团一簇簇十分晃眼;另一种招人眼目的是野花,有白的、红的、深红的,还有黑的,它们在微风中慢慢摇摆着,但无论什么颜色,野花都透着一股轻浮的野妖之气。在花园一角,有一种叫不出名字的低矮灌木,小小碎碎的叶子,盛开着一层细细小小的白花,这种植物和白花像与世无争的闲散文人,平心静气地躲在一隅。不知为什么,看到这白色小花,我突然又想到老吴和老吴的亡故,心里不免蒙上一丝哀愁。人生苦短,阴阳两界,生活何故如此变化无常?!

再无兴致赏花,反身往回走,满脑子都在回忆老吴生前的事情,这时有一件事儿突然浮现出来。

大约是在1997年前后,正是我工作中不怎么顺心的日子。我责编了某青年诗人一部原创随笔。就在三校结束将出菲林的时候,顶头上司突然找我说,社领导通知他,立即从工厂撤回这部书稿重新审读。

我很惊讶,这是一部纯粹的文学随笔集,并无出版上的犯忌之处,而且经过严格的二审,这样突然被社领导召回,必有隐情。在我一再追问下,上司才说,可能是校对老吴向社领导特别提醒说,这部书稿中有不妥之处,文句中还出现了"阴茎""性交"等词。

我们是一家背景特殊的出版社,社领导怕引起不良反应,慎重起见,才这样下令召回重审。

我猛然想起来了,关于这几处细节,一校时,老吴曾半开玩笑地提示我删改，而我认为，在文学描写中，关涉到具体情节和细节描写，只要不太过分，有些字词是不好置换的，阴茎就是阴茎，你把他改成阳具它还是阴茎，总不能把阴茎改成其他更俗气的称谓吧？不想，我忽略了老吴是个异常较真的人，在三校时他发现我没有改动这几个词，于是直接向社领导做了反映。

彼时我正值血气方刚，顶头上司因为了解我的性情，于是竭力从中说解。他说，作为一个责任校对，老吴的提示是对的，倘若因几个不雅之词招来麻烦，是不划算的。

但是，此时我已经失去了理解力，一股怒火还是直冲脑顶。我一句话不说，从领导办公室直接来到三楼校对科。

校对科是一间套房，外屋大间坐着三四个女孩子，里间才是科长老吴。

见我如此气急败坏地冲进来，老吴显然猜到了原因。他表情复杂地咧着嘴，似笑非笑地希望我坐下说话。我却大声说："我为什么要坐！请问，书稿的事儿是你向某某提议重审的？"

老吴说："不是提议，只是顺便说了一句。"

我立即质问："你为什么不向我顺便说？"

老吴说："说了，我不是说过吗？可你忘了，一校时我向你提到过。"

我说："你是提到过，但你明确自己的观点了吗？那天你不是在开玩笑吗？"

我的声音很高，完全没有顾忌老吴是个科长，而且外间还有三四个女部属。

老吴这时费力地从椅子上站起来，把里间门虚掩上，然后尴尬地继续咧嘴笑着说——

"唉唉，发那么大火干吗？这有多大点事儿，我不过是顺便……"

"快请收回你的顺便！你完全可以向我顺便，向编辑部领导顺便，向副社长顺便，为什么越过这么多人直接向一把手顺便？！"

这时老吴脸开始变色，他说："你什么意思？"

我说："没什么意思，什么意思只有你知道，你什么意思？"

老吴说："我没什么意思。更没有别的意思。"

我说："你没什么意思是什么意思？"

老吴说："你说什么意思？……那，你说什么意思就什么意思吧！"

绕了这么半天，我再也不想隐瞒自己的观点了，冷笑了一下说："是不是嫌科长的官小了，权力小了，想再提升一级？你一个师级干部，认真做事可以理解，但能这样做人吗？"

老吴显然没有防备我把此事上升到做人的高度。他拉下脸来，说："你什么意思？作为校对，我提个建议不可以吗？你说的做人是什么意思？我在领导面前说你什么啦？我使坏啦？我背后捅刀子啦？……呵呵，真是的……"

我没再听老吴说完，就愤愤然地走出校对科。此时外屋已经空无一人，几位善解人意的女孩子不知何时躲出去了。

第二天上午，老吴敲开我的房门，笑嘻嘻地走进来。他一手摸着肚子，一手下意识地向前伸着说："真的，老弟，真的……我真不是有意的，也不是成心告你的状，那天正好领导谈起来出版无小事，特别是色情方面要慎重，我把不准那几个词能否发表，就顺便问了一嘴，我认为我有这个责任，我没像你想得那么多……"

我叹了口气，面对老吴如此诚挚的和解态度，我能说什么呢，反而觉得自己太过激烈，有些小题大做了。这时老吴又说："你看这样行不行，稿子返工造成的后果，我负责，要不，这本书的校对费就算了……"

现在，老吴那天一脸愧疚的样子就在眼前，就像躲在一隅的那杂白色小花儿，我突然很心酸。虽然这只是我和老吴在工作中唯一一次并不算太大的摩擦，但由于我的莽撞和老吴的突然辞世，竟成了我永远无法向他偿还的感情债。

老吴20世纪70年代调到出版社，是出版社名副其实的校对权威，也是我的前辈，与他相比，无论是工作业绩还是个人威望，我都望尘莫及。

现在想来，像我那样不知天高地厚、毫不顾忌地对他大吼大叫，老吴做校对几十年也许是第一次遇到吧？

老吴从科长的位置退下来后，做事更为谨小慎微。

我深信老吴是个不会记仇的人，每次一部新书校稿一到，就习惯性地直冲到老吴面前，要求他亲自安排校对。这时老吴就面露难色。有一次悄悄对我说："老弟，我不是科长了，按程序，你得先把稿子给科长，由她来分配任务才对。"说着,老吴向外屋努努嘴,意思是新科长在外屋。

仔细回忆,老吴和我最后一次合作是在2004年年初的事情。这部书叫《十年去来:一个台湾文化人眼中的大陆》。这是台湾著名文化学者林谷芳先生专门为践约创作的,但想不到节外生枝,历时三年多,三易其稿的书却因故不能在本社出版。由于太喜欢这本书,也觉得付出太多心血,再者也无脸向作者退稿,就请朋友帮忙推荐到另一家出版社。

承蒙该社赏识,不但同意出版,还希望我继续做这本书的责任编辑。于是,我找到老吴,请他担任本书责任校对。老吴听说这是一本外版书,有些犹豫。我说:"这是我帮朋友编的一本书,你就辛苦一下吧。"老吴最终接下书稿。一校返厂时,老吴对我说:"真是本好书,写得不错。"我的心由衷地热了一下。我说谢谢。老吴愣了一下,他并不明白我谢谢的含意。其实,很多老编辑都很在乎老吴的阅读感受,老吴说好的书,一般是不会差的。

这本书的样书出来后,我送一本给老吴。两天后,老吴对我说:"看了你写的副跋,才知道这原来是你约写的书,怎么给别人了?校对时我也没有看到你的副跋呀!幸好这篇跋没有大差错。"

我没再多说什么,事情过去了,伤心总是难免的。其实,老吴之所以没有在校稿中看到副跋,一是因为三校前我还在犹豫是否该写这篇东西,二是我刻意没请老吴来校这篇文字。林谷芳先生是土生土长的台湾同胞,著名音乐家、学人、禅者,我前几年策划责编、出版了他的有声读物《谛观有情——

中国音乐里的人文世界》，从此建立私人情谊。由于当时"文化台独"在台湾岛愈演愈烈，我想请林先生以十几年四五十次往返大陆的学人视角来谈谈两岸关系。结果，林先生倾情两三年创作的这部著作，却因故不能出版。坦白说，这篇副跋里很有一点情绪上的波动，更有一些主观上的意见，我知道老吴是个认真的人，也很胆小，如果他片面理解了这本书的出版过程，也许会增加他的不安。

老吴最后问："为什么你没署责任编辑的名字？"

我说："可能是漏排了吧。"

老吴没再问什么，将信将疑地作罢了。此书出版一个多月后，老吴第一次提到了校对费的事儿。但那家出版社的责任编辑解释说，他们出版社有规定，校对费每年年底结一次。……没有办法，我只好自己掏腰包先垫付了这笔钱。当然，以后我也没有再向出版社提校对费的事，也没有告诉老吴这是我自己的钱。

同事在电话里告诉我，送别老吴那天，除了几位出差在外的人，出版社认识老吴的人几乎全去了。已经休息多年的老领导、老同事也来见老吴最后一面。

后来听说，送别老吴那天，王侠大叔因为在外地，他没能送老友最后一程，我悲戚的心又格外凉了一下。

是啊，如果我还能够猜度一下老吴的愿望，也许临终前最想见的人应该是老编辑王侠。

老吴最早是在南方一个非常偏远的地方当兵，修理无线电，但他爱看书，尤其爱看《解放军文艺》杂志，而且，每看完一期刊物，就把错别字挑出来寄给杂志社。这个专挑错字的兵后来被王侠编辑发现了，于是，在后人一直尊称大叔的王编辑力荐下，老吴调到了出版社。

我到出版社工作，正好和王侠大叔一个编辑室，那时我并不知道这层关系，只是觉得，校对老吴每次来屋闲坐时，都会坐在大叔对面，离得很近，他俩也没多少话说，不过每次都是老吴递给大叔一支烟，王侠大叔就把虎背熊腰向后靠一靠，向上提一提行军锅一样大的肚子，很舒服很自得地吸着烟。我想，关于老吴与烟的细节，可能就是那时记住的吧。

王侠大叔已经退休多年，因为感情难舍，却一直在编辑部当个返聘老人。与老吴相比，大叔除了年龄大很多，肚子也大很多。直到今天，我还没有机会与王侠大叔谈到老吴的死，但我想：已经70多岁的大叔肯定比我更心痛，更难过；对于没能最后送老吴一程，大叔一定认为是最大的人生遗憾。王侠大叔是一个最讲感情的人，因为少年从军，曾亲耳聆听过毛泽东主席讲话，从此敬若神明。大叔对主席如此，对老吴也如此，对整个出版社也如此。

老吴的死是令人难过的，但我也并没想到自己会写一写老吴，但事情偏偏有出人意料的生发。2004年下部队代职我带了两部书稿，是想利用业余时间完成编辑任务，但在编辑过程中，常常遇到一些似是而非的字词，于是立即想到老吴，一想起在单位抄起电话问老吴时的种种情景，眼里蒙上一层泪水。

老吴不在了，他走了，去了另外的世界，我多希望老吴还活着,然后拿起听筒,他不需要问就知道是我,就是那个遇事不过脑子的青年编辑,然后说:"应该是这个字,应该是那个字,不信你就查《新华词典》某某页……"

可是,在这个深山营区里,我甚至找不到一本《新华词典》……那一回,我哭了,眼泪大滴大滴地落在密密麻麻的稿纸上。

时间又过了五六年,其间我换了两次新词典,但再规范和权威的词典也没有一个老吴重要啊!

走好吧,老吴!苍天既然召走了你,谁也无能为力。但请你相信,我这个并不怎么出色的编辑,因为失去了你这位优秀的校对而难过,我常常不由自主地想:老吴不在了,以后编稿就要格外用心了。

老吴的全名叫吴汇,他一生与错别字战斗,执着又坚决,那我就把这篇粗文取名《字奠》,以对吴汇先生做永远的纪念。

杨柳依然青青

一

我一直想写写天津的杨柳青,却一直没有写。前些年是没有时间,目标也散漫,不知道是该写初恋呢,还是该写写那条冰冷的子牙河,结果,从20世纪80年代到二十多年后的2011年冬天,都没有写成。

2011年12月30日凌晨,手机铃声把我惊醒,来电显示:海峰。

摁下接听键,却是海峰的妻子宝红的声音。宝红叫了一声哥,然后说:"海峰今天夜里走了……"足足有十秒钟,我都没反应过来。

海峰姓贾,是我的同乡战友。

从天津到北京,只有半个多小时的路程,然而,几十年来,我却忙工作,忙家事,很少回到那个刻在心壁上的地方。

三天后,海峰的丧事办完了。当天深夜,我坐下来想,是该写写杨柳青的时候了,但刚写下杨柳青青四个字,却有一团东西忽然堵在胸口,我写不下去了。

二

写不下去的原因，一是因为心痛，二是自责，三是费解。2012年元旦一大早，我再次收到海峰遗孀宝红的问候短信："祝愿大哥新年快乐。"我回复："弟妹吉祥如意。"我没有告诉宝红，2016年12月29日，我开始动笔写海峰与我的点滴往事，这一天，正是海峰去世五周年忌日。

海峰走后前两年，每逢重要节日，我都会接到宝红的问安电话。那短短的一两分钟，既是我的伤痛，也是我的安慰，可是我也知道，这也是宝红的伤痛和安慰。然而，几年里，我却很少主动联系他们母子，不是不想联系，而是不知道该说什么，该做什么。近两年，宝红改用短信问安了，我的心也慢慢平复下来。

心痛就不说了，这是一言难尽的感受。

自责的是，在海峰去世前一个多月，他给我打过一个电话。声音是正常的，却没有像往常那样笑嘻嘻地说话。

他说："老哥，来天津待两天吧，很想你，真的，很想你，来待两天吧。如果来，要穿着军装来啊，新式军装很威武，但我一直看不明白那些符号，就想和你照张相，永远留着。"

我因为开着车，什么也没想就说："哪有时间啊。等过几年退休了，再回杨柳青看你，好好待几天。"最后我问了一句，还在开饭店吗？生意怎么样？他说是，生意也可以，因为自己胃病犯了，前段时间做了个小手术，饭店主要是妻子在打理。我问，手术没大事儿吧？他说没大事，一个小手术。

其实，海峰这个电话，主要是告诉我，他得了大病，而且做了手术，甚至离大限不远，他很想和我见一面。然而，我天生心性愚钝，头脑简单，根本没有意识到这层意思，或者说，我平时太相信海峰，完全想不到，一个刚四十多岁的汉子，竟与死神握手了。

所谓费解，现在看来，事情绝不是多么严重和了不得。不过，当时的心境太糟糕了，消化这个不良反应，需要很长时间。但是，这件小事，却关乎一个军人对战友和战友情的理解和认知。我现在如实写出来，与大家共勉也好。

那天凌晨，宝红电话里告诉我，海峰临终前几天嘱咐她，他归天后，希望我这个战友能来看看他，并帮助料理一下丧事。宝红说，海峰只让通知我这一个战友。

这算是遗嘱吗？我想是的。遗嘱不是一个概念，而是一个有思想的生命，是一个人留给这个世界的最重要的遗产；我认为遗嘱的意义与这个生命的意义是等同的。

至于后事具体安排，宝红在电话里没说，只希望我尽早赶过来。她说海峰老家离得远，父母兄弟最快也得晚上才能赶到天津。

那天，虽然是正常工作日，但我所在的部门工作尚不算太忙。我一口答应，早晨上班请假后就赶过去。

放下电话，窗户刚刚泛白，那个冬天的北京，雾霾已经很严重，要是天空晴朗，太阳已经在楼缝之间了。

当我拿着《离京报告表》走进领导办公室时，领导还是惯常的领导表情。这个领导原本不是这个表情的，没成为领导之前，他素来以与群众打成一片示人，而且和蔼可亲。一年前他成为单位的主要领导，同事们私下说：是群众手攥手把他抬进这把交椅的。

领导看了请假理由后，一脸严肃地说：

"一个战友去世，还需要你去奔丧吗？我们谁没有战友？又不是直系亲属，你说，上班期间请假出京奔丧合适吗？"

我一时愣住了，大脑一片空白。

短暂的不知所措后，血一下子冲上了脑门，我似乎闻到了自己鼻腔里有一股血腥味儿。

"我只请两天事假。这个战友就像我的亲兄弟……"这是从我喉咙里发出的声音，却像来自遥远外空的另一个人的声音。这古怪的声音，像在冰雪中冷得发紧，有微微的颤音。

领导没有回答，冰冷的表情像一张白纸。

"要不，我下午下班后赶过去？"我的语气并不是坚定的。

"我看不合适，你还是再考虑一下吧。下班后干部出京，也要特殊情况才行。这样吧，你先去征求一下××的意见。"

领导把报告表推到办公桌右上角上。××是单位另一位主要领导。

我拿起报告表，在转身向外走的时候，我感觉自己像个陈旧的木偶。

请示了另一位领导，换填了一张表。给宝红打了个电话，告诉她我下班后走，我只能晚上赶到了。

下午6时许，我在北京南站准时登上了开往天津的城际列车。晚上7时许，已经转业在天津市工作的战友刘长海在站前接我。上了长海的车，谁都没有心思说话，直接驱车赶往天津西郊杨柳青。

三

我并不赞成作家把同事与自己和他人间的纠葛付诸笔端。因为，作家的笔保持不了中立场；尤其不赞成利用文学作品对曾经的上司或长官进行挞伐，甚至恶意丑化。近期，我读到汪曾祺先生一篇创作谈，他说自己的小说和散文之间，也许并没有太明显的界限，所以难免对生活中的一些人和一些事加以主观描述，以表达自己的主张。汪先生说，只要是客观真实的，善意的，即使写到亲友、同事或上司的某种缺憾，如果对方还是个听得进别人观点的人，也是无妨的。我觉得汪先生不愧是智者，短短两句话，道出了文学的功能之一，那就是惩前毖后，治病救人。如果，你明明知道某个人的某件事情做得不好，或者做人出了问题，不论这个人是领导还是朋友，哪怕是有血缘的亲人，你不指出来，这是你自己的心出了问题。现在，我接受了这个观点，所以如实写出海峰去世时，我请假奔丧遇到的一件小事儿。现在想来，领导当时也没有错误，清朝为官有丁忧之规，那是旧朝，封建朝规。而当今军队条令条例中，并没有规定战友病逝可以奔丧。中国军队很大，人人都有亲密战友，如果奔丧之风盛行，部队肯定要出乱象。我服从了命令,这体现了军队和军人职业的特殊性,官兵必须遵守"令行禁止"这条准则,有规矩才有方圆,这是一个军人要融入血脉的原则。

说到军队的特殊,当然也要讲到战友情谊,这是一个事物的两方面。以我所见所闻,全人类的友情当中,战友情是最令人刻骨铭心的情谊,如果和战友在战火中劫后余生,这种生死交情会世代相传。

心平气和地讲,之所以当时有一种屈辱感,也并非完全是因为我和海峰私交笃厚、情同手足,而是觉得,椎心泣血的战友情受到了某种侵害。领导也是军人,从职务、军龄和思想层次上,领导难道真不理解战友情深吗?非也。那为什么会有这个插曲?我必须在自己身上找问题了,平时的工作表现、为人处世、尊敬领导、团结同志等等方面,我做到位了吗?

就拿和海峰的交往说,北京和天津如此之近,我却和亲密的战友海峰十多年没有见过一面。

我离开天津杨柳青是1986年年底。五六年后,海峰写来一封信,说他退伍了,在北辰区青光镇找了对象,结了婚,就不再回故乡塞罕坝草原了。

又过了两三年,海峰夫妇带着一岁大的儿子回乡探望父母,路过北京时,到我家住了一个晚上。那时我的境状不太好,儿子也就三四岁,爱人没有工作,自己工资又低,暂借的一间平房四面漏风。那几年,坏情绪昼夜占据着我,我也没有多大心情坐下来好好叙叙旧——事实上,从我和海峰第一面相识，不知为什么，就有了主次之分。海峰在我跟前，很腼腆很被动，总像低我半头，说话办事总要顺着我。起初，我以为海峰就这种性格，后来发现，他对其他战友却不这样。

他是一个很有主见的黑脸勇士。代理排长五年下来，他所带的排成为全团军事训练尖刀排。看来，友情和爱情很像，喜欢一个人，服从一个人，是说不清理由的。

有了儿子的海峰不像过去那样爱笑了，人也发闷。我把这种变化归结于海峰的心结未解。海峰当兵七年，五年代理排长，最终没能提干，连志愿兵也没有转成。一家三口从我家走时，我努力凑了几百块钱。海峰没有推辞，默默地接过钱，抱着儿子上了去火车站的公共汽车。

又过了几年，天津老乡武叔家给孩子办喜事，我回杨柳青住过一晚。那天晚上是别人请客，在座的除了老乡一家，还有退伍或转业后留在天津的几位战友。

海峰很快就喝高了，临散时，非闹着要结账，把几个战友惹得不大高兴。他为什么要闹着结账呢？按他语无伦次的说法是，他当时在天津开了一家饭店。意思很清楚，这个在战友们眼里一直比较穷困的人，如今开了饭店，挣到了钱，他要好好请我和其他战友喝回酒。

之前还有另一个情节。

喝酒前，大家在饭店门前等我。我下车，一一与战友握手寒暄。海峰最后一个上来，握住我的手，半天也没有撒开。就在大家往饭店里走的时候，海峰突然一把抱住我，呜呜地哭出声来。我略有难堪，只能和海峰相拥着拐到门边一角。

我感到海峰很瘦，浑身都在颤抖，他的泪水是冰凉的，一大片泪水濡湿了我的脖子。其他人都站在门里望着我们，他们像我一样认为，海峰见到久别的战友，太激动了。

海峰去世后，当年在场的阿姨说："怎么也想不到，海峰是个短命人，那回老乡聚会，当时大伙儿也奇怪，一个大男人，刚一见面，还没喝酒呢，就抱头哭起来了，是不是他自己有预感？我当时就觉得不太吉利。"

现在我想，没有人知道海峰那天为什么泪如泉涌，他自己可能都说不清楚。事过之后，我想海峰会回想此事，他认为，虽然他连自己都不清楚为什么如此失态，但他认为我这个战友能懂他。

其实，当时我也不懂。如果我真的懂他了，当时就不会有那种尴尬感。回到现在，我才懂了——海峰在生活和精神上都承受着巨大压力——严重胃炎是当兵第二年就确诊的，但什么时候恶化成胃癌的呢？还有，海峰一个人背井离乡，虽然在杨柳青留下来，成了家，有了儿子，还开了一家饭店，但他遇到了什么困难？内心有何痛苦？我能不能帮助解决一下？这一切，海峰生前一字也没有向我提起过。

四

20世纪80年代初期，南方战事未决。隆隆的炮声似乎就在我们心里响着。尽管应征体检时没有人提到还在进行的边防战事，但我们知道，那几年，很多家境好、吃商品粮的青年不那样热衷当兵了。

天津的老百姓，都知道西郊杨柳青有个代号52914的部队，这就是隶属原北京军区的舟桥团。之所以驻军杨柳青，因为此地有一条著名的河，叫子牙河，江河是舟桥兵的训练场、阵地和战场。

杨柳青之名，因为太过诗意，还因为有传统年画，那是我最早记住的外乡地名。

大约在我小学毕业那年春节，父亲从镇上揭回一张杨柳青年画，是两个粉嫩粉嫩的胖娃娃合抱一条大鲤鱼。那年春节，多少个夜晚我侧躺在炕上，借着微弱的灯光，一心一意地欣赏这张年画，我甚至记下了鲤鱼有多少鳞片。有天晚上，竟发现鱼嘴动起来，一张一合的；哪怕父亲灭了灯，我仍不愿意闭上眼睛，幻想着有一天，能去看一看这个印年画的地方。谁能料到，十年后，梦想实现了，绿色运兵火车就在画一般的杨柳青停住了。

子牙河，一条传奇的内陆河。它北源滹沱河，源自五台山；南源滏阳河，源自太行山。两河交汇于河北省献县，东流直下进天津市区，最后入海河，长七百多公里，流域面积七万多平方公里。子牙河流经的天津市静海县（现为静海区），有个子牙村。子牙村边有个土方台，传说就是姜太公的钓鱼台，子牙村又叫钓台村。无疑，子牙河的确是因与姜子牙存在某种历史渊源而得名。

1985年11月中旬某天，一列绿色的火车把五百多个新兵拉到天津杨柳青火车站。火车站很小，也很破烂，列车停下时正值傍晚。那时大家谁也不认识谁，我们这些从北方南下的新兵穿着并不合体的卡棉军装，一个个歪歪扭扭，千姿百态。因为绝大多数都是农村兵，都没有见过世面，人人都很紧张兴奋，整个小车站乱哄哄的，只有接兵的军官可以大声喊话，不停地发出各种指令。

我们下车列队，歪七扭八，不成队形。按军官点名顺序登上罩着篷布的卡车。半个多小时后，新兵被送到舟桥团北营房。不巧的是，那天晚上赶上停电，整个营区黢黑一片。当我把背包放到指定的区域铁架床上，一转身，发现一口雪白的牙正对着我笑。

这就是我和海峰的第一次照面。记得当时只分了班排，床铺并不指定，完全是自由组合。那时的铁床是上下铺，等我转身时，海峰把自己的背包毫不犹豫地放在了我的上铺。

第二天号声响起，天也亮了。这时才正经看清一个排战友的模样。当年这批新兵共有三个连，我所在连是二连，我和海峰分在一排一班。

海峰身高与我相仿，说话声音不高，嗓子有点儿粗。最令人过目不忘的是，他的皮肤黑得吓人。应该说，海峰是几百名新兵中最黑的一个。按说，从北方来的农村兵，没有几个白净的，除了县城和塞罕坝林场吃公粮的几位战友是正常肤色，剩下的全是麻皮土豆一样的手脸。

我长海峰一岁，他十八岁，我十九岁。虽然出生在同一个地方，但因为故乡地广人稀，如果不是一起当了兵，直到老死，我们也未必谋上面，更别说友情了。

新奇而紧张的新兵集训开始了。开训日，我们这批新兵第一次看到最高长官团长，他高高地坐在主席台上。团长在训话中说——

"也许，你们这批兵，三个月集训没完，就得开赴前线。为什么？轮战。当兵就是为了打仗，我们舟桥团是军区里的特种兵，一个军区只有一个舟桥团，其他兄弟军区舟桥团都上过前线了，只有我们一直是后备。这对于一个有着光荣战史的英雄团是一种耻辱。"

应该说，备战的气氛是特别的。不论新兵还是老兵，人人都会有自己的想法。我因为有父亲的参战经历，虽然只是一知半解，但心却是定的。那个冬训最令人难忘的，也是我到今天都弄不明白的，就是天津杨柳青的冬天，为什么比一千公里外的家乡还要寒冷。

春节前后，整个北营房，除了伙房不时冒出的热气让人温暖，到处是冰天雪地。那时的老旧营房之寒酸，以及艰苦的集训生活，真是不堪回首。走队列半天下来，汗水浸透棉衣，队列一解散，十多分钟后棉衣就要结冰。来不及喝一口热水，开饭的号声就会响起。战士们立即列队，唱歌，然后依班次进入食堂大厅。

各班在饭桌旁立定，人人后背像驮着一块冰。肚子的咕咕声响成一片，只等新兵班长一声令下："打饭。"大家个个像白米冲刺奔向饭桶。霸气和手快的，会抢到两个馒头，其他的，只好吞咽半生不熟的大米饭，或者二米饭。

北方人喜欢面食，因为从小习惯了。虽然后来知道，比家乡更北方的东北三省也生产大米，而且，有的地方还产一流的优质大米，但我的家乡塞罕坝回鹿山地区，地处内蒙古、河北和辽宁三省交界，这个地方不产稻米。由于几个世纪都贫穷落后，穷人吃大米，那都是过大年的时候，也只是偶尔吃一两顿而已。

我和海峰都是穷人，虽然吃不惯米饭，但毕竟是大米，不能说不喜欢。但那种掺了高粱米的二米饭，因为常常蒸不熟，简直难以下咽。还不到两个月，我的胃痛就难以支撑了，常常在夜里疼得睡不着，可我强忍着，谁也没有说。

某天深夜，海峰从上床悄悄下来，小声在我耳边说："睡不着？难受吧？肯定是胃坏了，天天喝凉水，米饭半生不熟，你又不去抢馒头，胃不坏才怪。明天你不能再训练了，向排长请个假，去二五四医院看看吧。"

我没有同意。第二天，海峰背着我找过排长，我知道后很生气，为什么生气？我自己当然知道，主要是怕影响进步。其实海峰也明白了。从此，海峰再不提看病的事儿。每当开饭，他就不顾一切地去抢两三个馒头。我还没有盛上饭，他已经把馒头硬搋到我碗里了。因为我同意海峰对病因的判断，虽然有点儿不过意，也就接受了。为了不让其他战友说什么，海峰自己再也没有吃过馒头。

大约也是从那天开始，我泡在床下的衣服，总是还没动手，就被海峰抢先端走了。

他说，胃病最怕冷，一冷就疼得厉害。我当时并没有想一想，这个病痛的体会，他是怎么知道的呢？

那是一个多么寒冷的冬天啊！一碗温水泼出去，还没有落地，已经冻成冰粒儿。泡在脸盆里的卡冬装，十分钟后就结了冰碴儿，用手一提，硬得像一块浸在冰水里的塑料布。

现在我敢断定，海峰的胃病，是和我同一时期落下的，而且比我严重得多。

五

曾几何时，我对军队魔鬼化训练是有微词的。然而，兵当久了，年岁大了，中外战争的实例和影片看得也多了，终于领会，新兵集训乃至平时训练，教官如果对部下不够残忍，那就是对家国和部属的不负责任。

按惯例，新兵集训教官由全团选调，一般是骨干老兵或正副班长担任。

一班长是一位舟桥连的副班长，姓程，来自南方某省。行伍出身的人都有体会，新兵要过新兵班长这一关是非常难的。第一难是语言关。过去部队有一句著名的话：大家从五湖四海，为一个共同的革命目标，走到一起来了。既然来自五湖四海，乡音乡情就在所难免。特别是乡音，我们这些从来没有走出过大山的农家子弟，哪有机会接触外乡人外乡语！结果，一个叫徐俊的同乡战友，因听不懂南方话，第一个当了活靶子。

徐俊说他上过初中，实际也就是一个小学文化。文化水平低，理解能力就差。走队列是新兵集训中最基础部分。几天下来，徐俊同志除了听懂了立定、稍息、解散和齐步走、跑步走之外，程班长的其他话，他好像都听不懂。在走队列这个基础科目上，徐俊出尽了洋相。大家向左转，他向右转，大家向前一步走，他莫名其妙向后一步走。

几天下来，虽然战友们意识到，这个程班长相当狂躁了，但谁也没有料到以后的日子会是这样。

徐俊挨打，是在大家都没有任何思想准备的时候发生的。

某天上午，天空飘着雪花儿。在新科目"向后转走"这个环节上，"啪"的一声，程班长的手掌搁在徐俊的左脸上。声音很响，挽起耳朵的棉帽一下子甩在我的肩膀上。全班十个人，按身高列队，我排在徐俊右侧。徐俊下意识地哼了一声。帽子从我肩膀掉到地上，大家谁也没敢动。

"捡起来！"程班长吼了一声。我不知道其他人听懂没有，反正我没有听懂。徐俊肯定听错了，他晃了一下，竟向前跨了一步，出了队列。"啪"的一声，这回抽的是徐俊的右脸。徐俊又下意识地哼了一声。

"我让你捡起来！"徐俊还是没有听懂，他向后退了一步，站回队列。这回，排在徐俊左侧的海峰听懂了，他回身捡起徐俊的军帽。就在海峰刚直起身子时，程班长跟上来一脚，正踹在海峰胯骨上。

"谁要你管！"这句带有浓重南方方言腔调的话，我不知道有几个人听明白了，但我这次听明白了。海峰趔趄了一下，恭恭敬敬地向程班长举起徐俊的帽子。气急败坏的班长突然喊了一声"立定！"就走到一边生气去了。

雪下大了，全连只有我们一个班在风雪中被罚立定站姿，海峰就那样一直平举着徐俊的棉帽，一动不动。不知过了多久，"嗵"的一声，一个姓刘的战友直挺挺地向后摔倒在雪地上，他晕过去了……

好像就从那天开始，海峰在训练中的差错也多起来。于是，程班长的注意力，时常从徐俊身上转移到海峰身上。实在说，吼叫和打人也是需要力气的，常常怒不可遏的程班长把打笨徐俊的力量，一半用在海峰身上。因为，在程班长看来，有些错海峰根本不应该犯，但海峰却常常犯得恰到好处，犯得正是程班长很狂躁的时候。很快，整个新兵连都知道，一排一班有一个大迷糊，还有一个二迷糊。这两个迷糊像一对难兄难弟：常常结伴罚站，在冰天雪地里面壁思过；在训练场上踢正步；在熄灯号吹响之后，一前一后慢跑在空无一人的训练场上。

某天下午，队形散开训练，徐俊更是五迷三道。这次，他的双颊被程班长用手套连抽了十来下。每抽一下，徐俊都下意识地哼一声。可能这哼的一声被班长视为挑衅，所以班长每抽一下都要喝令一声："别吭！"

就在这时，海峰突然大声报告："报告班长，我要撒尿……"

"啪"的一声，这是海峰那张黑脸上发出的脆响。

就在那一天，一股仇恨悄悄涌上我的心头。也是从那天开始，我对南方某省的人永远是敬而远之。几年后，家父去世了，临终前最后一句话是"不要仇恨"，被我作为散文《回鹿山》的最后结语。

但是，在我当新兵那一两年里，即使之前我听到过类似的教诲，也根本理解不了。那个时期，我心里常常涌动着仇恨的暗流。特别是在新兵集训三个多月的时间里，常常是既后悔当兵，又仇恨这可恶的教官。

快过年了，思亲想家的情绪像传染病一样在新兵中蔓延。一天下午，分列式训练。忘了因为哪个地方不对，程班长的大棉手套又狠狠地甩在徐俊右脸上。徐俊这回没有哼，但一股口水却从他冻僵的嘴唇里甩出来，甩在我的左脸上。我没敢擦脸，却分明看到徐俊之前被打肿的脸和嘴唇，像气吹一样鼓起来。

也许，那是我瞬间的幻觉，但在那一刻，泪水突然像决堤的江河，从我双眼滚滚而下，在那短暂的一两秒内，我几乎控制不住自己而号啕大哭。

这次班长却没有吼我。他在队列前愣了一下，突然换了一种口气说："你！你哭什么？"

是啊，又没有打我，我哭什么呢？在以后的日子里，我常常为那次哭泣羞愧。其实，整个新兵集训期间，班长没有打过我一下，可我并非十全十美的新兵。做错动作，动作不规范、不认真、偷懒时常有，但我为什么没有挨过打？有时候，我真想让班长抽我几下，以减轻我内心的疼痛。或许，程班长是爱才的班长，我不过是文化程度高一点儿，平时会写几句短诗，会画鲤鱼、荷花和月季花，新兵连的黑板报由我和另一个战友来主办而已。

后来我明白，打人是极其容易上瘾的一种行为。就像一个人突然犯了罪，他会想，反正是罪犯了，犯一次也是犯，犯两次也是犯，所谓的破罐子破摔就是这个道理。而被打者好像也上瘾，越打越蒙，越蒙越气人，这时候的打人者和被打者成了同谋。

客观地说，过去部队练兵，老兵打新兵，也算个不好不坏的传统吧。在越来越难练的集训科目里，徐俊每天都会挨打。现在我常想：带兵之道，并不是父子之道；即使父与子，过去棒打出孝子之说，也早就被当作文化糟粕摒弃了。那么，像徐俊这样比较迟钝的战士，用什么办法取代体罚和打骂呢？令人欣慰的是，听说如今的部队大大改变了作风，依法治军将彻底根除旧时的打人陋习。

大年二十九，全团新兵用相当漂亮的分列式结束了三个多月集训。我记得海峰是二号标兵。大家知道，分列式一号至五号标兵可不简单，是在全团新兵会操中，直接由作训股长和参谋长选拔出来的，不是全能高手，绝对是当不上标兵的。由此，可见海峰在训练中故意出错的良苦用心。

不出所料，徐俊没能参加新兵集训结束的分列式会演。作为军旅人生的第一步，这真是个天大的遗憾。

但我永远记得，全班十名战友，只有徐俊和海峰两个人，踢碎了三双黑布棉鞋。分列式结束时，海峰的第二套的卡军服已经千疮百孔。

第二年，我从天津借调到原北京军区机关工作。后来知道，徐俊像绝大多数战友一样，三年义务兵期满，顺利退伍回了家乡。程班长也早两年退伍了。从此，我再没有这两个战友的消息。我不知道，其他战友会不会时常想起那段新兵生活，他们怎么看徐俊这个大迷糊和海峰这个二迷糊，但是今天，海峰已在天国的今天，一想到那个冷暖相交的冬季，海峰陪着徐俊挨打受罚，像一对相依为命的落难兄弟，我的双眼就会蓄满灼热的泪水。

六

南方轮战仍然没有确定消息，新兵连生活快结束了。很多新兵都开始活动，想方设法分到汽车训练大队、修理连，或者技术连。那时的基层部队，除了特别优秀的代理排长，士兵已经不能直接提干。农村人当兵的出路一是考军校，二是改转志愿兵，三是学一门将来退伍回乡能用得上的技术。我们这批农村兵，不论学历高低，学一门技术是第一愿望。在舟桥团，最大的热门技术是开车，或者汽车修理，而且，能学这两种技术的概率很大。即使是舟桥分队，也有一半是开车的，扛桥板的兵大约只占总兵员的百分之五十。

这时候，就要过新兵班长的第二个难关。因为，除了极少数出类拔萃的优等兵被团部内定，绝大多数新兵的分配，主要靠班排长的大力推荐。

程班长先是暗示我，两天后把我叫到背人处，明确告诉我，我可以分到汽训队，但是，需要花点儿钱，给各方面送送礼。我家太穷，当兵走之前两年，在七里八乡给人家玻璃窗和箱箱柜柜上画过油漆画，挣的钱到临走时也花光了。那时，新兵每月只给8块钱津贴费，我烟抽得厉害，一分钱也没有攒下。没办法，只得给姐夫雨生拍了加急电报，请求他无论如何寄100块钱给我。可是，直到新兵分配头三天，我也没有收到雨生的钱。

当天晚上，海峰在食堂帮炊事班杀猪。看我单独上厕所，就半道截住我，迅速塞给我一卷钱。他说："去给班长买两条好烟，要不你分不到汽训队。"我说："那你呢？"海峰说："我没多少文化，分到哪儿都没用，我身体比你好，要是你分到舟桥连，扛桥板你吃不消。"

在厕所我数了一下那卷钱，零零碎碎的，却有30块。第二天中午，我请假到营房附近小卖部，给程班长买了两条好烟和一副单皮手套——到今天我都不明白，当年为什么要给班长买一副手套。

新兵分配那天，一辆辆卡车庄严地开进北营房，依次停在操场上。我们三个新兵连几百名新兵，背着像模像样的背包，昂头挺胸，队列齐整。那时我们已经戴上了领章帽徽，经过三个多月的严酷训练，成了标准的军人，与在杨柳青火车站上的我们判若两人。

临近中午，突然狂风大作。为了让大家听清点名，军务股长找来一个手持扩音器。那个场面绝对令人难忘，不论风多大天多冷，每个人都屏住呼吸，生怕听漏了自己的名字。之前已经听说过，按往年惯例，越后叫到的越是好连队，汽训队是最后才能叫到的。

终于要开叫了。军务股长先对着扩音器吹了两下，试试声响。然后喊道："点到名字的，跑步出列，上一号车。"

随后，操场上空回响起三个字："特务连"，股长又重复了一遍。连队名称确定后，开始点第一个分到特务连的新兵。因为怕有重名重姓的，所以点名时，要报出新兵所在连、排、班。

即使再过一个世纪，我都不相信，那个冬天，全团第一个被点名分配的新兵竟然是我。

"新兵二连一排一班……"军务股长喊出我的名字。接着又重复一次。第二遍真听清了。真是我呀！要不是旁边的海峰架了一下我胳膊，我几乎要栽倒了。

客观地说，分我到特务连是非常合适的。我是同批兵为数不多的高中学历。特务连三个排，分别是警卫排、侦察排和通信排。应该说，特务连就是团首长的眼睛和耳朵。能写能画，正是特务连需要的特长兵。

海峰退伍后，有一回在电话里说到这次分兵，笑着说："这是命啊，就像御前点状元，要不是第一个点了你的名儿，哪有你今天。"想想也是，五百多同乡战友，我是唯一一个考上军校的，要是当年开了车，一定会走另一条路了。

然而，我当时却很难接受分到特务连这个现实。痛苦程度不堪描述。一周后，海峰来特务连找我，我才知道他果然被分到舟桥五连。五连和特务连都在南营房，相距只有几百米。

那天他安慰我说："特务连多好，住楼房，有暖气，是全团第一连,是最有前途的连。"海峰又说,"这多好,咱俩可以天天见着面,要是你分到汽训队,在北营房,指不定多少天才能见回面呢。"

那天,我特别注意看了一眼海峰的双手,手背还肿着,冻疮裂着一条条血口子,那是新兵连生活的烙印。

又过了几天,终于收到了姐夫雨生寄来的80块钱。后来知道,那是父亲在家卖了一对羊母了。羊卖得贱,就卖得快,但姐夫雨生办事磨叽拖拉,80块钱拖了好多天才寄出来。后来雨生说,那些天家乡下大雪,道路不能走,没有办法去镇上寄钱。

七

到特务连才一个多月,我的精神已经极度萎靡,胃痛再也坚持不住。每天凌晨三四点钟开始疼,吃上点儿东西会好一点,一两个小时后又疼;再吃点儿什么,又减轻一下……

我被批准到天津市区的二五四医院检查。胃镜诊断结果:胃溃疡和十二指肠球溃疡。是两个溃疡而不是一个,其中胃溃疡十分严重,医生担心胃穿孔后大出血。

二五四是军队设在天津最大的医院。那时的军医院,没有对外创收这种事情,对军人是很负责任的。门诊医生没有让我回部队,要求立即入院。

入院后第三天,赶上周末,海峰一大早来看我。医生说,上午还要再次做个胃镜检查,最终确定是否马上做胃切除手术。

听到可能切除胃，我绝望得不行。海峰劝我往好处想，不能悲观。他说，新兵连米饭生，凉水凉，训练又累，住上大医院，养些天就会好。他说他的胃也不好，情绪不好时，胃疼得就更厉害。这是海峰第一次向我说起他的胃病。

海峰陪我到胃镜室。嗓子先后被喷了两次麻药。几分钟后我躺到诊断床上，年轻的男军医却怎么也插不进镜管。小灯泡似的胃镜刚入喉咙，我就呕吐不止，浑身抖个不停。

医生说我太紧张了，紧张得整个食道在痉挛。一个毛毛眼女护士过来，俯下身用半个身体压住我。医生再试，这回伸进一截，但我干呕，呕得撑起下半截身子。医生有点儿生气，命令我下来平静一下。几分钟后，又喷了一次麻药，再躺上去，还是不行。医生一手举着像条蛇一样的胃镜管，一手捋下口罩，有些恶狠狠地对我说："最后再试一次，还不行，直接下胃切除医嘱。"

我整个脖子都被麻药麻木了，里里外外麻木，但耳朵却出奇地灵敏。听了这话，泪水忍不住在眼里打转。这时，医生喊门外的海峰进来说："你压住他上半身。"对毛毛眼说："你压住他双腿。"这次我尽全力张大嘴配合，但小灯泡还是停在喉咙下的两三厘米处。医生转了几个角度，停下了。

这时我感到海峰像一个磨盘一样，死死压住我的前胸，一只大手摁住我的额头。我听海峰对医生说："下吧，没关系，他没事的，他能挺住。"

这次胃镜检查，终于以医生失败告终。我被送回病房。

海峰临走时却悄悄嘱咐我："千万别同意胃切除，就是不同意，医院就不能切。"

他说他打听了，254医院自己生产了一种溃疡散，治胃病疗效很好，就是住院周期长一些。最后他说："大不了穿孔了，穿孔后胃出血，反正在医院住着，那时再手术也不迟，就算赌一回命。要是切除了，在部队的一切前途都切了，将来退伍回家，连农活都干不了。"

"咱赌一回命。"海峰又重复一句。

第二天，医生果然决定手术。

"只切除三分之二，不会影响以后生活，胃是能再生的。"医生说。

但我坚定地摇头……我再三请求医生开恩，让我先住两个星期院，保守治疗后，再做胃镜看看。看着我的泪水，医生心软了。一周后，胃镜检查成功。医生反复看了片子说："还真有明显好转，先保守治疗吧。"之后的每周一次胃镜检查，其痛苦让我终生难忘，但每次结果都有喜讯：好转，更好转。

这是我平生第一次住院，竟住了三个多月。胃保住了，我体重竟增加了八公斤，身高也增长了二厘米。

海峰和另一个战友米接我出院，欢欢喜喜的，回到杨柳青已经是夏天之末。

八

海峰在连队显然干得不错，还和炊事班建立了非常好的友谊。他第一次用挎包提着一大碗面条跑来找我时,是我出院的第三天晚饭前。那是一碗放了肉丝和芫荽的手擀面。我以为他调炊事班了,他说不是。舟桥连夏训苦,病号多,每天都要做病号饭。

"没事儿,放心吃,我没事就帮厨,和炊事班好得很,他们少浪费点儿都有了。你的胃是保住了,但得养,少吃米饭,多吃馒头和面条,养胃可不是一天两天的事儿。"海峰安慰道。

以后,海峰常常送面条过来,次数已记不清了。

1986年中秋节,连队会餐,各班可以自行组织。那时我在侦察排防化班。大家刚坐下来,海峰敲门进来,手里端着一个用盘子盖着的大碗。他对大家笑嘻嘻地解释,说我胃不好,特意下碗面送来。战友们当然觉得我这个老乡好笑,平时就算了,今天不同。大过节的,满桌子鸡鸭鱼肉,谁要吃碗面?我也觉得有些难为情。那碗面一筷子也没动……会餐结束后,一个战友顺手把面条倒进垃圾桶,这时我看到有两个剥皮的鸡蛋,圆圆的,像一双明亮的眼睛,在垃圾桶里望着我。

第二天,我和海峰说,我的胃病完全好了,不用再这样麻烦。其实我是有点烦了。海峰却笑着问我:"你没吃出来?那可是精粉挂面,是偷副连长的,两个蛋也是他的,他老婆来探亲了,有人孝敬精粉挂面和鸡蛋,咱也尝尝……"

谁都知道,在连队,骗吃病号饭是违规的,偷拿长官鸡蛋,事情也可大可小。但我知道,说什么也没用,就只好骗他:精粉挂面真不一样,好吃,那俩鸡蛋肯定是柴鸡蛋,更好吃。

过了中秋节没几天,全团突然暗流涌动。原来,到广西边防轮战的动员令终于下达了。随即,舟桥团正式得到一级备战的命令,所有休假探亲的官兵,三日内必须归队。团政治处开始有组织地安排特殊士兵给家里写信。那几天,子牙河两岸昼夜戒严,夜训也开始了。我是侦察排防化兵,由于住院三个多月,要加紧补上训练科目。

在这样紧张沉闷的气氛里,任何一次老乡聚会和私下谈话都被视为重要风向。某个深夜,我穿着闷死人的防化服,正在野地进行管剂侦毒训练,全副武装的海峰突然出现在侦毒现场。

我脱下防化服,与他并肩靠在一棵大树上。皎洁的月光下,海峰的白牙亮得耀眼。周围是半人高的杂草,树上的蝉叫成一团。海峰问我,是否给女友和父亲写了家信?我说写了。他说他也写了,可惜没有女朋友,只给父亲写了信,已经挂号寄走了。因为我要训练,不便多聊,告别时他说——

"还记得新兵时,团长说,当兵总是要准备打仗,真要打了,好像连空气也不一样了。但是不用怕,我们是舟桥部队,万不得已,不会冲锋陷阵。你耳功好,打起来时,判断好炮弹落点就行。要是真打成地面战了,你就跟着我,紧紧地跟着,记住了吗?"

海峰这回没有笑,黑白分明的大眼睛认真地看着我。这时我才发现,皮肤黑得吓人的海峰,有一双极其明亮的大眼睛。

但是,直到11月底,全团还在一级战备,轮战的正式命令一直没有下来。我在当兵一年零十六天那天，提着简单的行李上了一台白色伏尔加轿车。这是原北京军区某部首长的专车，不久，我在北京开始了另一种生活。

九

离开杨柳青三年后，我考上了军校。毕业后走上以笔墨为业的文字道路。我不知道，海峰生前是否知道，我在以后的两个中篇小说中，都以他为原型塑造了舟桥兵形象。其中《迷糊》的主人公是徐俊和海峰的混合体，而《兵屋》则是讲海峰本人的故事。

后来，一家出版社编一套鲁迅文学院学员文丛，选了我一个小说集，我特意拿掉了《迷糊》一篇。不论海峰生前是否读过这篇东西，我都认为，当年发表这篇作品，是我一生的罪过——为了博读者眼球，我有一种嘲笑的意味在小说里，被嘲笑的主要是海峰和徐俊的混合体，尽管也嘲笑了程班长，嘲笑了新兵连，嘲笑了我自己。

还有，《兵屋》的内容来自多种信息渠道，道听途说的故事并没有生命力，海峰的军旅人生应该是另一番样子。

海峰在舟桥五连很快成为骨干。第二年当班长，第三年代理排长。在某次破冰架桥训练中，他第一次荣立个人三等功。因为冬训，子牙河北岸，长期设立了看管舟桥器材的小屋，这个没有营区的营房，是条件最艰苦的地方。海峰和一个战士坚守了三个冬天。当然，谁也想不到，就在这个毗邻青光镇的小屋里,海峰意外收获了自己的爱情……

超期服役第四年,代理排长第五年初秋,一年一度的退伍工作又开始了。海峰是走是留,既是海峰的苦恼,也是连党支部的苦恼,延宕了几天,仍然没有结果。

最后一次退伍动员会当晚,海峰把一份退伍报告送到了连部。连长安慰说,支部最后还没有确定退伍名单,只是不知道团里这年能不能给五连一个志愿兵名额,如果给,怎么着也该是海峰的。

指导员说:"要不,再拖两天,摸摸团部的底。"

海峰却平静地对连长和指导员说:"我想好了,我还是走吧,再不走,挡着别人的路,压了好几茬技术骨干,连队的工作不好做。"

连长和指导员沉默了一会儿。指导员说:"你评残的事情,也还没有准信儿,好在评残不受走留影响,咱们舟桥兵,腰腿坏了的,每年都不少,今年也是超额申报评残人选,能不能评上,你心里要有个准备……"

退伍走的头一天早晨,海峰独自来到子牙河兵屋。11月的天空,止飘着星星点点的雪花儿。海峰穿着摘掉了领章帽徽的旧军装,单腿跪在地上,最后一次给兵屋的小门涂抹绿色的油漆。这是保证器材小屋来年不受风雨侵蚀的必要措施,每年都要重新刷一次……

我从来没有过问海峰退伍前后的细节。

只知道,海峰当兵七年,退出现役时,三次被评为优秀上兵,六次受团嘉奖,两次荣立个人三等功,连续四年被评为舟桥团优秀共产党员。他同时带走的，还有一个破损严重的胃，和他七年寒暑落下的腰椎间盘突出，以及严重的膝关节炎。

十

2011年12月30日晚上7时许，战友刘长海的车拐上了天津西郊的西青大道。开车的长海侧脸看了我一眼，突然说："咋还穿着军装来了？多不方便。"

我没有告诉他，一个多月前海峰那个电话。也没有告诉他，电话里海峰想让我穿着新式军装合个影的要求。更没有告诉他，"合个影永远留着"，竟是海峰一生对我的唯一一次要求。

二十五六年后的杨柳青镇，早已今非昔比，高楼林立，霓虹闪烁。找到杨柳青北边的青光镇，长海多绕了不少路。在海峰妻子宝红的手机引导下，我们终于来到村口。

宝红和儿子建军在村口等着我。我以为海峰会在某个医院和某个殡仪馆，但宝红却说，没有，一直在家里等着。

车开不进去，步行过一条小胡同。在前面一大间平房门口，高挂着几盏灯泡，隐隐有歌声从平房里传出来。

这齐声合唱的歌声，缓慢，悠扬，既似曾相识，又很陌生。我愣了一下，终于意识到，这是一首赞美诗《圣歌》。

宝红这时拉住我的手，轻声说："哥，千万别难过，海峰没了痛苦，他去了天堂。"

……我一下子不知所措，笔直地立在门口，我不知道，一身戎装的我，此刻该以怎样的方式面对即将会面的战友。我对基督和天主知之甚少；我甚至不知道，该从一个教友怀里，拿几枝带梗的菊花。当宝红拿起一枝白色的菊花递给我时，我怎么也抑制不住自己——难道，这就是我要献给海峰的礼物吗？一枝小小的菊花，难道真是生者与亡灵相见的信使？曾经的金戈铁马，曾经的铁骨铮铮，曾经想血洒疆场的战士，怎么会信奉了耶稣？

只有宝红一个人陪我和长海走进灵堂。

只见一群统一着装的教友，在为亡灵祈祷。祈祷的《圣歌》正接近尾声。不一会儿，歌声停了，教友们安静地一一退出。

我慢慢揭开盖在海峰身上的归主单。

他的面孔，在昏暗的灯光下完全暴露出来——这是令我意想不到的面孔，一副我从来没有见过的面孔。即使再过多少年，我也不愿意用文字描绘这副面孔。还有，海峰瘦小得令我震惊，像才几个月大的婴儿。

但是，正如后来宝红一再重复的那样，我相信海峰最后是安详地离去，没有痛苦，没有挣扎。

在那一刻，我知道，那个尘世中的海峰真的走了。

我重新盖上海峰的脸，希望一个人陪陪他。宝红和长海很理解，他们刚一走出灵堂，我的眼泪再次流下来。

宝红在门外告诉我，按基督教习俗，吊唁亲友是不能掉眼泪的，但我就是控制不住！控制不住！怎么努力也控制不住！

就这样，我和海峰单独相处了有三个小时。这三个小时，真如基督教义所说，是做尘世的朝圣旅程，且怀着希望，聆听了亡人的永生之言。

按丧事计划，海峰31号要火化入土。为了能让我第二天早晨9点赶回北京上班，最后的送别仪式提前到早晨5点钟。

海峰的遗体被移到门外的灵棚里。他仍然盖着信徒子民的归主单，但整个面容露了出来。

海峰安卧在玻璃棺中。在众教友一遍遍赞美声中，看上去，他比前一天夜里魁梧了许多。

告别仪式要费点儿时间。我和长海被教友们非常友好礼貌地安排在离海峰最近的地方。年老的人可以坐下祈祷，他们在我身后放了一把凳子，但我不想坐，尽管几乎一夜没睡，我的大脑却异常清醒。

信徒的告别礼，是教会最后一次把亡者交托于天主。借着这最后的致敬，那些教友们，为海峰的去世和分离，也因与他的共融和重聚而再次一起咏唱圣歌。

一曲诵毕，另一首赞美曲响起，我已经与这里的情境融为一体。事实上，不论是俗人还是教友，此时都坚信，死亡绝不能把亲人彼此分离，因为我们众人都要走完同一条道路，将在同一个地方重逢。

…………

教会司仪开始用他平缓的声音致主祷词——

"全能永生的主，海峰兄弟活着的时候善待生命，努力劳作，要离开的时候从容不迫，又满怀喜乐。永生的主，海峰曾受你的照顾和安慰，如今送他上路，死亡只是一个变化的门槛，跨过那道黑暗的门，将进入另一个光明的世界。所以,我们恳求你,收纳他到你天上圣徒的居所,并求你垂顾哀恸的亲友,恩赐大家永生重逢的希望。因主耶稣基督之名,求你俯听我们的祈祷……"

全套仪规完成后,全体教友起立,大家面对逝者,一排排站好,集体诵读一首长长的赞美诗。

最后一首告别曲奏响,司仪宣读结束语——

"全能的主,你是圣善的,是生命之主。求你接纳我们为你仆人所做的祈祷。你善察人心,亦知道海峰兄弟愿意承行你的旨意,求你满足他的心愿,以你的仁慈,恩赐他加入天上圣者的行列。正如他在世时,曾加入你子民的行列一样。因主耶稣基督之名,求你俯听我们的祈祷。"

……这是一场多么独特的葬礼!

我永远不会忘记这个场面!那是多么祥和平静的场面,没有我曾经历过无数次的生离死别,没有哀伤的风,没有领导歌功颂德的悼词,没有抱头痛哭。逝者安卧于此,亲人们手持一枝白色的菊花,安静地注视着他。

那些教友们,以兄弟之情,合唱一曲曲舒缓、悠扬的送亡曲。大家环绕着逝者,一圈圈缓慢地走。他们的表情如此平和,他们的目光如此真诚,他们的歌声如此直达心灵。

十 一

在海峰遗体运往火化场时,我如期登上了开往北京的列车。我必须兑现我对领导的承诺,由此看来,我这一生,真是俗人一个，注定是要戴着紧箍咒苟且地活着。列车开启那一刻，泪水又涌出来，原来，俗人的眼泪是流不干的。

海峰去世前七个月做了胃癌手术，胃整个切除了。但已经晚了。海峰知道自己得了癌，虽然看似平静，但心有不甘。他告诉妻子，不要把这个消息告诉如我一样的亲友，他怕麻烦别人，也怕给别人增加负担。手术不久，癌细胞转移到胰腺，这一转移妻子瞒住了海峰。眼见海峰昼夜疼得厉害。早已经信了耶稣的妻子，再劝他皈依基督，但海峰还是坚决地拒绝了。

当此文基本完成后，2017年元月5日下午，我打通了宝红的电话。我虽然对各种宗教充满敬意，但毕竟是陌生的。因要写到海峰的最终信仰，所以我很想知道，海峰何时接受了洗礼。

宝红说："哥，你知道海峰这个人，那么刚直强硬的人，他什么都不信。我也一直想，等你有空了，能来天津待两天，我好好给你说说海峰活着时候的事儿。他过得苦，我也苦。结婚时，连张床也买不起，四个板凳支块木板。孩子上小学了，还没有一件家具。海峰太要强。一个外地人，举目无亲，一张口说话就让人瞧不起。他当兵当得，一开始和社会融不进去。他看不惯一些社会现象，也不接受人家的思想和好意。他一直没有工作，啥烂活都干过，连去捡破烂的想法也有过。后来借钱租个门脸，说是开个饭店，其实就是一个小门脸儿，几张桌子。海峰好客，不心黑，小饭店几年下来没赚着钱，还借了外债。他老家穷，七姑八姐听说他开了饭店，啥事都找他借钱。娶媳妇盖房子，没有一样他不管。

"他这个胃病，当兵时就落下了，我和他结婚时就疼得很厉害了。一直说上医院检查检查，他就是不去，怕花钱。临去世前一年多吧，实在挺不住了，去医院一查，都晚期了……"

电话里我插不上话，听着宝红自顾自地诉说，我一阵阵心如刀绞。是啊，这是一对多么恩爱的夫妻啊，这是多么真实的一个普通退伍军人的生活啊。我想起来了，在海峰刚结婚不久，他电话里笑嘻嘻地说："老哥，说了你都不信，咱这种人，从来没有撒过谎，更不会骗人。这回为了能娶这个媳妇，我说我属鸡，只比她大一岁。你以后见了面儿，可别说漏嘴啊……"

我说："那你到底大人家几岁？"他嘻嘻嘻地笑，像怕被别人听见似的，降低声音说："五岁呢！"

电话那头的宝红，听说我要写一篇关于海峰的文章，就说："其实，我也一直希望你写写海峰。他活着时，经常提到你，就总想见着你。海峰的生活过得虽然不大好，但他人是多好啊。他要知道你写了他，他在天堂准会特别高兴。"

我听不下去了……放下电话，就在止伤心的时候，宝红发来短信："哥，来时提前告诉我，我好安排时间陪着你。"

我知道，关于海峰的故事，我其实还没有写，可是，我能写好海峰吗？

我说了，不论生前还是死后，海峰一家从来没有得到我实际的帮助。海峰死后，我为他独子读书和工作的事情，也主动询问过，也求过几位天津的朋友，但都因为孩子学历低，或者是孩子自己不愿意，没有找到一份特别满意的工作。海峰去世几年后，天津的战友对我说："你该劝劝宝红，她还年轻，有合适的再成个家吧。"听了战友的话，我好像打个愣儿。但我想，海峰是一个重情重义的人，宝红也是。如果宝红后半生有个着落，海峰一定是高兴的。后来和宝红通电话，我仍然没有勇气，说出劝她改嫁的事儿。于是又问到孩子。宝红说25岁了，有份工作，是在一家医院当保安，是他自己愿意干的。

我想起来了，1993年八一建军节，海峰打电话向我报喜："老哥，儿子生了，挺白净的，不像我这么黑。咱就叫他建军怎么样？长大了也让他当兵。"我说："八一是咱当兵人的节日，这天得子，可谓双喜临门，小名建军，最有意义。"

最后，我问到海峰老家的母亲，宝红说还健在，跟大姑姐一起过。

十 二

杨柳青是美的，依然是美的，美得天下闻名，不论是在年画里，还是在生活中。我与这个地方的感情是特别的。我常常梦到这个美好的地方，梦到那条子牙河，以及子牙河河面上，一群群飞舞的红蜻蜓。听说近年来，天津环境治理得好，子牙河的水涨了，河道也宽了，水也清了。我听了特别高兴。因为大家知道，以滹沱河和滏阳河为代表的子牙河水系，也是海河流域的标志性水系。在人们普遍感到华北地区水资源紧张的情况下，它们的现状将具有某种不可替代的典型意义。应该说，子牙河是华北人民的母亲河，有子牙河在，我的老部队就在。过去的番号是52914，现在是66319。据说舟桥团完全是机械化作业了，部队伙食也大大改善了。我想这回好了，再也不会有那么多战友落下腰腿病，再也不会有那么多年轻官兵伤了胃，每年，也不用为了评残而你争我斗了。我准备今年开春就去一次。那时，天津西郊野花盛开，杨柳青青。我要到青光镇的海峰墓，去给他唱一首家乡小调。

我要告诉他："海峰，杨柳青真好，它从来没有嫌你黑，嫌你穷，也不嫌你太过耿直，它以杨柳之美完全接纳了你，还把当地最美丽贤惠的女儿宝红嫁给了你。宝红为你生了个儿子，为你送终。这是你的福分。"

另外我要告诉海峰："我的胃保住了，当年二五四医院自制的溃疡散真好，要是我早点儿像你关心我那样，关心一下你的胃，你说不定也能治好，也不至于癌变。"

最后我想对海峰说："海峰，看来我上不了战场了，太老了，面临军改后，可能要脱下军装。你不用再担心我单薄的身体扛不住子弹，其实呢，我和你一样，也舍不得这身军装。如果有一天，祖国还需要，以我这样老旧的身体，还在乎几颗子弹吗？海峰，请你在那边好好的，等着我们战友重逢那一天。"

师 者 王 干

王干先生是鲁迅文学院的客座教授，过去是，现在还是，很受学生拥戴。我读鲁院的时候，他是我的导师。其实，不仅在鲁院，即便在整个当代文学这所"大学"里，先生的师尊地位也很显见。先生的本职工作是编辑，业余写作，以评为主，这就使他有无数学生。这些年，记述先生为人为文的文章很多，作者有名不见经传者，但也不乏名人大家，但以我今日所见，少见以师为题者。年轻人不敢这样写，是因为王干先生名望太大，怕有拉大旗之嫌；名人大家不以此为题，多半是年龄相差不多，也知道先生赞美青春，崇尚青春，他像水边一堆旺火，日夜燃烧，噼叭有声，心理年轻得堪比少年，如以师为题，怕把他写老了。

说王干先生，就得说到文学圈。文学圈是个新词，归有光时代未见，曹雪芹时代未见，徐志摩时代未见，沈从文时代未见，汪曾祺时代未见。等到了王干时代，这个词出现了。圈是环形一个圆，现代汉语有三个读音：第一个读音quān，是形象，环形的圆；第二读音juàn，是用处，牛圈、羊圈、猪圈等；第三个读音juān，是动作，关闭的意思，比如把鸡鸭关起来，把牛羊关起来。如此一说，构成圈的物质和圈内核心可以同类，也可异类，总之核心很重要。当代文学圈是由文学艺术相关的机构和人士构成的，核心大致分两部分：一部分是各级作家协会；另一部分由知名作家、评论家、编辑出版家和读者组成。王干先生无疑是文学圈一个核心人物，如果在过去三十多年，圈里圈外还没有形成共识，不妨读一读《干干文集》，一切自会证明。

有文论者认为，作为一个文学批评的"在场"者，平台阵地很重要。王干先生先后供职《文艺报》《中华文学选刊》和《小说选刊》，但让他威名远扬的阵地却是《钟山》《小说评论》，甚至是《大家》等报刊。

正是《钟山》等刊物，让王干先生始终置身于文学前沿，先生"以横溢的才华与艺术天赋、对文学现象的敏锐观察与深刻认知"，参与到"新时期文学"和"后新时期文学"纷繁复杂的建构之中，提出了一系列具有真知灼见的文学概念与理论见解——从"新写实""新状态"小说思潮的发起，到"后现实主义"和"写作的情感零度"观念的提出……凡此种种，如果你认为，先生可能是受西方文艺思潮影响，那就错了，王干先生三十多年批评史，你嗅不到一点儿洋味儿，他是靠阅读本土作家产生批评冲动的批评家。先生的文学理论根源在中国，甚至就在里下河地区，那个"中国最后一位士大夫"汪曾祺先生，对王干先生到底产生了怎样的影响，连先生自己也未必说得清楚，尽管先生写过汪先生很多文章。

前不久，先生当年任教的中学，几个学生倡议，以"老师"为题，组织一批文章，准备出版一本专著，以纪念先生四十年的传道、授业和解惑生活。这提议恰如其分，如果不是这样，人们或许完全忽略了先生的园丁本色——他青年时期，是多么迷人的语文老师。如今，先生以近四十载的光阴，从南到北行走了一圈，又以花甲之年，回归母校扬州大学文学院当教授了。一个著作等身的文学批评家，从教师中来，再回教师中去，这样的典型当代文坛并不多，扬州大学中文系的学生何其有幸。我一直认为，教师、批评家和编辑家都是与灵魂打交道的人，假使取得一些成就，是要格外关注和点赞的。优秀教师，会早早点亮学生心中一盏灯；出色的编辑人和批评家，会帮助指导学人或作家成为人类精神的领航者。

　　王干先生的从教之路其实很简单。1979 年，师范毕业的先生，在他的家乡兴化县（现为兴化市）陈堡中学，当了一名语文老师，三年后，他考上扬州大学中文系，离开陈堡中学走了。当年的班长兼语文课代表颜德义告诉我，先生离开时，很多学生难过得近乎绝望。过了好多年，先生才知道，他所教过的三个年级学生，上大学时百分之八十选择了文科。

　　听了这番话，我心里禁不住热了半晌，突然想起我中学语文老师刘全成先生。他在"文革"时期，被剥夺老师资格，我读初中时，他刚刚恢复教职，但已经很老了。他微驼着背，喜欢背着手走路，两只细小的眼睛是混浊的，像常常含着泪。刘老师镶一口假牙，可能技术有问题，镶得不牢固，讲课时，假牙一上一下地翕动，常常发出咔嗒咔嗒的响声。如果喝了酒，他就用舌头来回捣鼓假牙，咔嗒声越发响亮而有节奏。就是这样一个年纪颇大的老师，在我即将熄灭的文学星火上，添了一把柴,让我有勇气把中学读下去。中学时代,我最大的人生梦想,是当一名语文老师。有一天,我梦见全成先生倒背着双手,独自走在校园的雪地上,周围全是枯树,一大群喜鹊一声不响地在先生前后翻飞。我悄悄跟着先生,小心翼翼地踩着先生严重的外八字脚印,耳边回响着先生鼓弄假牙的咔嗒声。可恨我四十多年后才想起这些,全成先生若地下有知,会原谅我这个学生吗?

后来我从了军,苦学苦写了几年,成效不大。在王干先生文学理论、文学批评大放异彩的20世纪八九十年代,我成了王干先生的同行,落脚军中一家文艺出版社,从此开始了我长达二十多年的文学编辑生涯。

当编辑,免不了常常为作家作品开研讨会,这是要请一些评论家到会的。那时,在北京召开作家研讨会,王干先生等三五个著名批评家是否到会,甚至决定着这个讨论会的规格和质量。

王干先生很难请,在文学热潮中,信封的厚薄,并不是先生难请的原因,他看作品轻重。即使分量很重的作品,哪怕是名家新作,他也很可能抖擞精神,一枪命中作品软肋。这难免让作家和主办方略有难堪。再者,让一些学院派理论家不太舒服的是,王干先生的文学理论并不系统,但你就是不能忽视他的理论。不同时期、不同风格的作家作品,先生总是率先眼到手到,或者说,先生一直与中国当代文学实力作家双峰并峙。另外一点也有趣,王干先生的文学批评意旨,自由奔放、海阔天空,语言有时精准到只有唯一,有时又文学化到朦朦胧胧，但就是这朦朦胧胧，作家和读者都会会心一笑。"王干式的烟火气"批评，在当今文论界，真是独树一帜，难怪初入文坛的后生，常常把先生的评论文章当随笔来读。

第一次面晤先生在何时何地，记不清了，总之在读鲁院前，我们交往不多。依稀记得，20世纪90年代中期，好友兼同事刘静的中篇小说《父母爱情》被先生看中，选载《中华文学选刊》。彼时先生文坛大名正如日中天，刘静兴奋得面若桃花，大呼小叫了多日。经多方努力，刘静和几位女作家，终于约出先生喝了一回酒。那次，先生没被刘静喝倒，刘静却被喝倒了。这是极其不让人相信的事情，因为，军中女杰刘静，为人豪爽，做人披肝沥胆，酒场战无不胜。刘静后来说，王干先生这个"白净的南方人"酒风正，又有趣。刘静还说："王干很干净。"这话准确，刘静是我的知心朋友，她不喝酒时，很少看对人，喝了酒，却看不错一个人。可惜刘静这样一个好人，2019年3月竟英年早逝，空留一部《父母爱情》继续温暖着人间受冷的人。

成为王干先生的学生，这要感谢鲁迅文学院。鲁院是中国文学的圣地，创办于1950年10月，原称中央文学研究所，1954年，改为中国作家协会文学讲习所，1984年以鲁迅之名改称。

当代文学大家，不论是老师还是学生，绝大多数结缘于此。新千年之初，为扩大文学人才培养数量，鲁院开始不定期举办中青年作家高级研讨班。我是第十九届学员，那一届

50名同学，白发者仅我一人。当时为什么要读鲁院，不过是人过中年，身心疲惫，蓦然回首，才发现不知何时弄丢了自己，为了给自己重新注入一点精神活力，我上了鲁院。

鲁院校址有两处，新鲁院小地名芍药居，是京城北面一块静心安神之地。院子不大，与现代文学馆浑然一体，有一点宁荣二府后花园的味道，只是少了几处亭台楼榭。在桃红柳绿、碧水蛙鸣之中，巴金、茅盾、丁玲、冰心的雕像以各自不同的姿势迎接来访者。鲁院的景物，被历届学子写了又写，连一只蚊子的爱情都写成了文章。我无新见，不敢多说，只记得初春赶上一场雪，其他地方积雪不存，但教室门前，那几棵低矮的油松上，厚厚的白雪，却与墨绿的松枝相依相偎，难舍难分。还有，在院子西南角，数十根古代石制拴马桩，整齐地排列在一隅。石桩有方有圆，高矮不一，桩头多塑猴身，或蹲或立，虽然历经风雨侵蚀，多半眉目不清，但神态一如旧时，仿佛活着，这给邂逅者一个无解的疑问。

开学不久，王干先生和其他几位教授端坐在主席台上。学生们在台下看着老师，各揣心腹事。一个很喜气的红色方筒摆在桌子上——导师以抓阄的形式确定学生。抓阄，这算不算鲁院的一个特色呢？反正，我没有在其他学校见过这种形式，但的确很有戏剧性。

两天后，王干先生自掏腰包，召集我们两男两女四名学生晚餐。酒前，先生第一次对学生的指导，竟是每人赠送一幅黑宅斗方，内容绝不是"宁静致远"一类，都是他自己句子，与学文和做人有关。就如他的理论文章和批评，洋洋几百万言，绝少重复别人的话。说来惭愧，我家杂物太多，书刊成垛，先生当年赠我的斗方，早已不知隐在何处。那日，几杯酒过后，先生笑称，抓阄前，他向学生们扫了一眼，希望看到几个美丽的女生，但第一个却看到我这张老脸，"心里想，可不要被我抓到"。结果，先生第一个就抓到了我。说完，先生朗声大笑。这笑声是大家熟悉的，他不会一下子笑完，中间必要停顿几次，每次停顿，都哼着鼻音，哼哈之间，像在自我肯定，更像等待朋友情绪饱满，然后和着大家的笑声，完成这一次又一次欢乐。

师生者事大。按说，有压力的是我。虽然小先生几岁，但我们是同龄人；虽然我们做着共同的事业，但先生的成就和名望，哪里是我可比肩的。至于我有限的文学作品，相信先生也没有任何印象。但是，先生却用这种自谦和蔼的方式，巧妙给我减压。他在告诉我和同学们，虽然我作品不多，年纪偏大，但在先生心中，我还是一个认真对待文学的编辑人。

同情弱者、善待他人，用自己的肩膀扛住别人负担，王干先生的这个品质，被我坚定不移地捕捉到了。

几个月的鲁院时光很快过去了。我是那一届的班长，没有新作品，整天心神不宁，替班主任日夜看着同学们，怕女同学逃课，怕男同学喝酒，怕男女同学日久生情。其实，班主任孙老师青年才俊，老成稳重，他从来没有这样交代过，那么，我为什么要这样做，只有天知道。

终于临近结业，王干先生来鲁院座谈。都谈了什么，也忘了。只记得先生最后对我说："你读了鲁院，就应该去争取获得鲁迅文学奖,你应该有信心。另外,你可能太累了,人是紧张的,为什么?得放松下来。以后有机会,要多出来参加文学活动。"

先生那句"另外"我领会了,却没有在意争取鲁奖的话。两年后,我的散文《回鹿山》果真获得了鲁迅文学奖,记起先生当年所言,心下想,那时,我成了先生的学生,先生对我的了解,其实已经超过了我对自己的了解,这难道就是做老师的道理吗?

一年后,王干先生果然约我一起到西安参加笔会。那是一次难忘的笔会。与会者大多数是我神往已久的作家。晚宴在一家老店,灯光幽暗,埙乐低回。东家端出一坛杏花老酒,每人面前,安放一个黑釉仿介休窑酒盏。山西女作家葛水平正好坐我旁边。她朱唇慢启,轻声细语,缓缓倒,慢慢喝。酒过三巡,我眼花缭乱,仿佛置身孙二娘店中。王干先生看得明白,起身过来挡酒,语气少有的严肃,既是对我,也是对水平。水平不依,不紧不慢地说:"军中男儿,又不是女流之辈,哪有不能喝酒的!"一听此言,我断然拒绝先生挡驾,平生第一次豪迈表态。"喝!哪个男人能拒绝美酒美意!"结果大醉。第二天醒来,污秽满地,完全不能参加采风活动。葛水平款步移来,轻声慢语地对我说:"知道你昨天晚上都干了什么吗?有照片为证。"或许王干先生早有预料,立即安慰我:"别信水平的,你醉了,不是因为美,是因为赤诚。"

以后,先生又在不同场合,介绍我身在行伍,为人赤诚。每每于此,我都心生感动,赤诚美誉,仅仅是因为一场酒醉吗？我想不是。说到赤诚，先生何尝不是如此，他行走文坛，言为士则，行为师范，赤诚得有如一团烈火，直从南方烧到北野。先生的赤诚，不仅体现在为家乡文学后生披荆斩棘，谋求生活之路，更体现在为当代文学的现实尽力，为中国文学的远景谋篇。作家陈武曾说，王干先生近年虽然锐评少了，但他一刻也没有远离文学潮头，先生心中的文学，永远是神圣的。

2018年初，十一卷本《王干文集》悄悄出版。以先生文坛地位和影响，说悄悄出版是准确的。没有座谈会，没有研讨会，没有众声喧哗，先生自己也未置评一言半语。文集不包括先生的小说，甚至不包括重要专著《夜读汪曾祺》，即使如此，十一卷数百万字，先生的勤奋和努力令我等汗颜。文集出版一年半后，我看到一则消息，《王干文集》在高邮举办了一次阅读分享会。我虽然无缘参加，但能想见，先生在家乡父老面前的欣喜与感动。其实，这已经足够了，这符合先生谦逊的品性和思想。有时我也想，王干先生一定是水生的，要不这火一般的炽热如何持久，关照别人的心思又怎能如玕一般温润。古人说，水火不相容，我却在先生身上看到水火和谐，相濡以沫。

说到水火，不由得想到文人相轻，这似乎成了中国文化不被批判的传统，但与先生结缘以来，不论是从前的笔战对手，还是负心先生的青年作家，我从未听先生说过他人的是是非非。文人相聚，即便聊到某某最不被常人理解的糗事，先生总是哈哈一笑："故事，故事！人嘛，哪有十全十美。"

先生所言正是，文学圈是圈，有时也是海，风大浪高时有，水天一色时有，有人遇险，是驾舟相救，还是掉头离去？先生常言：与人为善则文善，文善则德厚；助人者自乐，不伤人者，怎会害人！当然，对待太不像话的作品，不论作者地位多高，名声多响，先生的利刃却也刀刀见血，这时的先生是另一种形象，这也是先生的另一类风骨。

钟情文学，痴情批评；重情做人，多情世界。一个情字，大致可归纳王干先生半生。应该说，中国文学塑造了王干先生，而中国当代文学如果缺少了先生，文学史一定是不完整的。

很庆幸，先生以师尊待我；若论起来，先生并没有具体指导过我的创作技能，但先生却是最好的导师，他的情感态度和价值观影响并指导着我，我是否算得上先生一个好学生，那要看我何时参透并继承先生的人生哲学。

年初，先生微我：抽空到里下河一游。我立即想到里下河的文脉，一个秦少游，一个汪曾祺，再有一个王干，足以说明天地恩宠这片多情的土地，可惜，我是地理盲，关于泰州、兴化、高邮几个县市，到底谁大谁小，谁隶属谁，一直没弄明白，只知道都在江苏境内，江苏多水，水生灵气……

先生当年的学生，提议出这样一本书，没有任何功利心，近四十年过去，他们欣喜先生又回到水边，太值得纪念。王干先生懂他们，所以没有阻拦。这一点也给我启示，无论过去还是现在，我常常拒绝亲友的好意，尽管我本意是不想给别人添麻烦，但别人却不这样认为，误解，有时像伤人的一把刀。

几年前,我终于圆梦大学讲台,当上了教文学创作的老师,再回想与王干先生交往点滴,自然将心比心,越发感慨与王干先生为师的差距。师者,必须天然有一种春蚕到死丝方尽,蜡炬成灰泪始干的品质。王干先生始终如此,只要是文学需要,只要学生们需要,把他整个人拿了去,他也会哈哈地笑着说:"好的好的,可以可以。"

前日,再与先生聚会,我特别想问一问,当年他离开陈堡中学时的心情,但先生这团火,却一如既往地时刻燃烧着。整个晚上,他双目灼灼,欢声笑语,一刻不停地照顾别人,调节着雅集的气氛,而这个聚会,在座的差不多都是先生的学生,有陈堡中学的,有鲁迅文学院的,也有他扶持过的中青年作家。

我只好按下这并不适宜的话头,心里却再次闪过刘全成先生的背影——先生离世久矣。我恨自己错失刘先生,而对于王干先生,一切才刚刚开始。

王干老师安好,来日方长。

高 山 流 水

一

人之一生，如朝阳东升而西落，不过半日之功，生命之宝贵，无与伦比。因而不论达官富贾，亦不论贩夫走卒，于人世间留下足迹，层层叠加，千年万载，终会成为人类文明进步之标记与范本。这标记范本之流传，在远古或结绳记事，或龟甲刻文。到了文明时代，艺术诞生——图文影视，音乐之声，艺术把光明和美好之人生故事，汇集成滚滚洪流，滋润大地，影响世界；而作家作品，当然不独作家作品，不论名头大小，不论作品高下，乃历史洪流中一股艺术清泉，昼夜奔流。

李一鸣先生，文艺批评家、散文作家，自喻中国作家"服务生"。

二

壬辰（2012）五月，首都北京。春夏之交，鹅黄柳绿，天地祥和。中国作家协会向社会公开招录鲁迅文学院副院长。

霎时，如鼓击春雷，文坛瞩目，盖因鲁迅文学院名声太大，高山仰止。

中国作家协会鲁迅文学院简称"鲁院"，与昔日"鲁艺"血脉相连，又难分伯仲，乃当今世间公认之文学圣殿、作家摇篮。副院长，职位特殊，不可小觑。出人意料，先生之名出现于报考名单之中，其职为山东滨州医学院副院长。

笔试、面试、考察，结果令人惊愕，名不见经传者，却一鸣惊人。

有问，试题难否？或言不难，然考生若对中国文学史、文学理论、文学生态和作家作品缺乏把握与洞察，盖试题之难，足可令人戛然止步。

彼时，先生业已担任近12年副厅级领导干部，连续数年被省委组织部考核优秀……

壬辰十一月，先生接到中央组织部调令，不日从山东启程，赴京履职中国作家协会鲁迅文学院副院长。

先生就职演说，题目大意：被选择之神圣与光荣。一千五百言，四个关键词统领全文：学习、团结、尽责、为人。

后有同道著文称：此乃一次非同寻常之招录。中国作协党组以宽广之视野、博大之胸怀，于众多精英中选择了先生……

三

先生就职鲁院，如雄鹿失群，地远人生，一切从头开始，其言其行，无不引人注目。此乃人之常情，自古使然，不以为怪。然圣人云：行脚至此，必有来路，必有因缘。先生自山东入京，若问何也，不过君子藏器于身，待时而动。此器奇也不奇，文学理想及人生追求而已。

先生乙巳（1965）十一月，生于山东博兴县。博兴地处鲁北平原，黄河下游南岸，西南临淄博，东望入海口，北倚滨州城。

先生15岁首次公开发表作品。其文学启蒙，与大多受惠乡下艰苦生活之馈赠者并无二致。幼年贫苦，塑其性敏感而早熟。彼时尊翁工作于辽宁煤矿，父子离多聚少。年假探亲，尊翁总不忘带回少量画书。此举在闭塞乡村，并于20世纪六七十年代，当属另类。如此稀少之文艺读物，成为先生精神食粮，亦成为先生瞭望外部世界之窗口。一颗向往文艺之种子，从此在心田埋下。小学三年级，首篇作文即获老师赞赏。当众宣读，对懵懂少年来说，意义非凡！此事最大之意义，乃促成先生对师者责任之认知。

启蒙如迷途旅人找到大路，虽则路途曲折漫长，目标就在前方。关于启蒙，不在早晚，因人而异，早可幼年，晚到而立。先生青年行旅最可赞誉者，乃不忘来路，走不多时，必定停下回望，思索一番，停一停，等一等，等到精神之灵与肉体完全融合。每提及此，先生总要无限感慨。及至近年，台上台下，先生常常引身为喻：启蒙者，父母之劳、师尊之劳也。特殊境地，关键时刻，父母或师尊一言半语，足以影响晚辈之兴趣爱好、职业选择，甚至影响一生命运，所以，为人父人母，为人师者，不可不察矣。

读初中，先生语文成绩卓尔不群，曾在学校作文比赛中获头奖,其作常被抄写于教室外黑板之上。高中就读,始迷古体诗词,曾写诗作:挥笔墨幻黄浦江/搁管迹潜未名湖/李贺神驰化名诗/太白情逸梦花雨。诗言志,此诗乃青涩学子对北大、复旦之向往,诗借对李姓诗人之赞,道出自己于文学之痴迷与未来之志向。

后读大学,先生放情游弋于书之海洋,激昂放歌于文学高冈。乙丑(1985),山东省大学生文学创作评选,所作散文《串杨叶》获散文榜首。以此势头,毕业入高校执教中文之想,并非痴人说梦,然造化弄人,阴差阳错。先生大学毕业,却在医学院落脚。先生却坦言,一切自有道理。

众所周知,政府各级、企事业单位、科研院所,最繁忙之部门,办公室是也。先生任办公室之职,忙乱辛劳之余,夜深人静之后,文学星火重新点燃。数不清之日月,先生用整个心灵去苦苦感受,默默追寻,陆续发表了《野地漫步听黄昏》《礼拜》《婚期》《磕头》《岳父的眼神》《产房门前》《我的理发馆》等散文。部分佳作被《中国散文年选》《散文》《散文选刊》等选载。

岁至丁亥(2007),先生以教授身份,考取华中师范大学中国现当代文学专业博士研究生。有人不解:青年才俊,顺风顺水,安居乐业,博士并非雪中送炭,乃锦上添花而已,何必费心劳神!噫!社会百态,人生旅途,总有人醉,亦有人醒。先生有言:工作、家庭、上老下幼人人共有;尽责、尽孝、尽慈既是中华美德传统,亦是做人标准。此理言多无益,然人有不同者:一求物质丰沛,生活安适;一求精神饱满,学而勤思。精神何来？生活馈赠之外，读学精研，一以贯之。有精神追求之人闲暇读书如饥似渴；夜深奋笔，不愿一刻缓停。西哲施本格勒言道：人，不唯生命本身，除拥有长度、宽度之外，更为重要者，乃拥有第三维度——深度，深度即人文维度。不言而喻，生命有长有短，生活面有宽有窄，然，靠人文维度生活之人，精神之满足乃最大之满足，理想之追求乃最好之追求。以文学世相而言，文学创作与文学研究、文学批评看似相异，实则紧密交织，殊途同归。中国乃至世界著名作家，之所以比常人站得高，看得远，想得透，写得精，极大程度得益于学养深，而语文、文理学研乃学养之基础，更乃涵养人文情怀之渠道。学习又如登泰山极顶，作家只有眼界宽、思维深刻者，作品才可能富有穿透力。作家，也唯有清晰地建构其文学史框架，才更容易找到自身文学之定位、发展之方向。先生博士论文《中国现代游记散文整体性研究》出版，最终获得冰心散文奖散文理论奖。导师王泽龙先生序评此著："从文化心理论与审美艺术论的视角，该论著初步建构了一个中国现代游记散文的研究系统。"

己丑（2009），先生获"首届山东省十佳青年散文家"称号，此时先生任滨州医学院副院长已8年矣。

壬寅（2022）八月，先生出版新作《在路上》。《那些年》《那些人》《那些事》《那些地》四辑，构成先生半生自传，亦呈现半个世纪中国社会之变迁。一本书即可拨云见日，先生于当代文学，尤其散文创作，虽不致读者德宏才羡，屡屡怀慕，却也躬身力行，卓有贡献。

四

常有学子问师：人生何为长久？师曰：人生无长久。乍听悲观，实则真理。人活百年者曰寿，百年之后终归泥土，生命不存，何说长久！学子又问：人生至情如何？师曰：情重重情，可，然不可靠。夫妻反目、兄弟失和、父子成仇者比比皆是。

先生则言：人生有长久者——艺术也；人生至情——感恩、赤诚、爱，可而可靠。

至亲以孝，孝以顺先。先生祖居齐鲁，家风纯良，儒文化耳濡目染，孝行父母自始至终。然先生并不讳言，孝在祖德，上行才会下效。当年携新婚妻子回乡敬祖，正值春节，举家欢腾。按乡礼俗规，新婚夫妇要挨家给长辈下跪磕头。先生少小离家，一路读书入仕，接受文明教育，如今妻子在侧，不免踌躇，但依规矩、尊乡俗，年轻夫妇磕遍同宗同族，还到了邻家百舍……

含辛茹苦，母子情深——那年秋天，先生十一二岁，尊翁工作在外，母亲生病卧床，兄妹三人鸟儿般看着脸色苍白、不能动弹的母亲。先生心中升起一种莫名之感……更于多年之后，先生出差千里之外，终未能见上母亲最后一面……关于母恩难报，先生言必哽咽。兄妹三人，童年困苦，母亲顶天立地。先生20岁，足穿母亲手做布鞋，初次落脚北京长安街。是夜，先生作诗《诗人》："妈妈也是诗人／她一针一线写成的诗／被我发表在长安街上……"

如今父母先后离世，先生常怅然若失。幸好兄妹在——先生为弟者，思而事兄；为兄者，关爱小妹。孝悌躬亲，先生半生走不出故国文化目光。

从古至今，文人多避谈自家爱情婚姻。先生则异，朋友间，文章里，常以激昂明亮之声调，赞美娇妻爱子，誓愿把余生献给所爱之人！"……一次挫折。心灰意冷，生活无绪，每晚，独坐单身宿舍，外面的夜温柔而危险，平静中蕴藏峭厉和艰难……微笑的你，总在这时来抚慰我。你细嫩的手指，清风般抚弄着我的头发！……是的，这娇小的女人将要成为我的妻子，她将和我手挽手走完一生。痛苦，欢乐，失败，成功，将交替着在我们身边盛开凋落，没有什么可以再使我心灰意冷！当生命的黄昏来临的时候，我们将搀扶着来到我们年轻时相恋的地方，彼此默默地回忆着过去，让天边的晚霞把我们的白发涂染，我们以深情的目光把爱情的时光一寸寸点燃！然后，我们会紧紧拥抱着快乐地死去，我们对自己的一生将了无遗憾！"

……文短情长，多少人生况味！每读至此，难抑百感交集。

先生事公，拼命三郎，几十年如一日，尽职尽责，披荆斩棘；然对亲人、爱人、友人则百转柔情。如此忠义两全者，世殊少见也。

前日，先生友人王兆胜君评先生新作《在路上》乃"逆旅中之心曲"。兆胜君言，先生散文，除将自己心曲弹奏给路人听，还于逆旅中静下心来，听别人之心曲。尤其那些悲苦者、柔弱者之倾诉。此言不虚。先生常乘地铁上下班，某日于地铁入口处见一年轻母亲坐地哺乳婴儿,衣着不整,面带愁容。先生立刻上前,嘘寒问暖……先生言:"我看那母亲,想到我母亲;看那孩子,就像看到幼时的我。"先生体格健硕,面膛微黑,然其心思缜密、侠骨柔肠无人不晓。先哲有言:"吾亦携家累,媪人谁可怜。"而先生绝非多愁善感,秉性使然。

通读《在路上》,除讴歌历史名人文天祥、苏东坡、王懿荣之外,现实如岳父宋公,儿子李响,恩师王鸣亮,乡邻老宝、九奶奶,朋友清华,鲁院学子朱珠、温青、鱼禾、张幸福等等诸人,既无高官,也无显贵。此等凡人小事,轻言细说,一一道来,但掩卷沉思,终各有其明亮温暖在。

更有读者言,先生最具思想之光、大爱之巅者,应推《蟋蟀》《礼拜》两篇。前者一虫乃见宇宙之大;后者尊重之下寓大爱大善于胸也。

五

人常言,高山流水,知音难觅,其实不然。王兆胜君评先生之作乃"逆旅中的心曲",真知音也!一语道破先生为人、为官、为文之品行。兆胜君言此文在生命意义上,其实人之生命意义,就在不断探索前行中,所有生灵都要经过逆旅,无论顺遂还是坎坷。只是有人更喜欢写人生欢歌,有人则陷入悲情,少有人能穿越成败得失进入一个觉悟的空灵境界,而先生,恰成这少有之人。

10年履职中国作家协会,先生事必躬亲、认人益处、予人可近、不食言信、赤诚待人。10年已过,先生之身影有如天边彩霞,吸引着众多文人学子之目光——以其忠诚于信仰的品性践行承诺,成为作家同人们优秀之"服务生"。

六

李一鸣先生,吾师是也。虽为同龄,然师严道尊,不敢造次。吾生乡野,南征北战,不过一行伍人也。吾平日无他好,素喜读史,才疏学浅,幸早悟人生三事,师亲并重。

吾尝言,读史就是读人。及年长,渐渐爱上散文,盖因散文起笔收锋皆有"恕"字在。恕乃将心比心,"用我心换你心"才是将心比心。人与人相交,唯心心相印才得长久,然这心心相印,必得有志同道合做根底——这志同道合,亦有如两心之间一条汩汩而流之血管,不然哪得两人之同心共振,哪得两人之情感相融!行伍人平生重友,虽不敢奢望伯牙子期之缘,幸有可托生死之友。吾之知己有两种,一种是日久生情,一种是一见如故,其实这两种之根本并无不同,如果不是一样之理想,一样之德行,相近之学识,这"如故"何来?朋友如是,师生同此不悖。

癸巳(2013)三月,吾以学子身与先生初识鲁院,一见如故。自此先生竭人之忠,亦师亦友;我与先生情同手足,而先生予我尤多矣!

值此机会,恭祝师父师母安!

故 乡 说

　　故乡是人类的精神财富，但人对故乡的理解并不相同。多数人是因为自己离开生养之地，久之产生故乡情思，这是人之常情；也有是因为祖上在某地定居或生活过一代或几代，一旦涉及此地，后辈顿生好感。我们熟悉的中国公务履历表有两个选项，一是"民族"，二是"原籍"，我以为，这非但不多余，而且必要。中国是多民族国家，不论文化如何交融多元，时代如何更替，这两项都意味深长，无意间印证中国儒家传统文化的经脉；同理，再没有比"祖国"一词更让海外游子动情泪目的汉语了，这就是故乡精神的核心力量。

　　故乡情有浓有淡，因人而异，于我来说，有时明晰热烈，有时模糊混沌，很是复杂，直到近日细读乡兄李利民的诗词集《心灵放歌》，忽然悟到，故乡并非地理和精神上的，还是心灵上的。心有大爱的人，一时一地皆成故乡。你昨天在塞纳河的东岸流连，今日从黄河的西岸回眸，万里之遥那棵秋柳的每一片落叶都可能拨动你的心弦，昨天的过往和细碎生活因逝去而珍贵。利民兄的《心灵放歌》是一首别样的思乡曲，这曲以"情"定调，以"真"贯穿。假使用文学意象"乡关何处"对照古人，诗家李白、贺知章和陆游先贤的乡恋诗，格局也许还有提升的空间。

利民兄是故乡承德人,我却无缘早识。大约2009年前后,偶然结识利民兄之子,一名警官,单位就在我隔壁。不知何故,我虽身在行伍,却从小对警察敬而远之。但这个青年警官不同,其谦虚朴实和文质彬彬,令人印象深刻。过了一两年,自然认识了利民兄。当时,他刚从承德农工委领导位置退居二线。初次见面,难免客气,以我有限的职场观察,利民兄除了一双发亮的眸子有几许官气,举手投足,则更像吃笔墨饭的教师。聊起来,果然是从乡到县的笔杆子。"我不懂格律,年轻时喜欢读古诗,却不敢动笔。写乡村调查报告我行,也愿意写,和农民在一起,有写不完写不尽的东西。现在好了,退居二线,有时间向你们学习创作。"这是乡友在聚会闲聊文学时利民兄的原话。

从军几十年,利民兄是我结识的故乡官员级别最高的,尽管我至今不知道农工委书记或副书记是何级别,以后不时联系,我还是客气地称利民兄为书记。

现在我终于明白,很多家乡官为什么不愿意结识如我一般的文人游子。文人果然事多,有九泉下的父母在,有兄弟姐妹七姑八姨在,就有管不完的小事琐事。我明知这极其令人厌烦,但还是不停求助利民兄。是啊,故乡于我,我于故乡,都有些陌生了,不求他我能求谁呢?比如给家侄找工作这件事,利民兄一次次操心不说,后来连介绍对象、操办婚礼都尽力为之。这样的友情,是我始料不及的。

直到利民兄把二百多首诗词发给我,这个"不懂格律"

的乡兄,让专干文学工作的我吃惊不小。

《心灵放歌》共分六辑,没有预设主题,没有惊天动地的大事,无非是春秋意象、岁月悠长、新风雅韵、山河览胜和海外拾贝。这些细碎的人生小事,一一呈现,娓娓道来,集中凸显出四个鲜活温暖的汉字:忠、孝、慈、义。

先说忠。古人说,"诗言志";古人还说,"文章功用不经世,何异线窠缀露珠!"任何体裁的文章没有灵魂、不为社会服务,就像把露珠缀在丝窠上,那是毫无益处的。心里有百姓,感恩和赞美家国,作为一名出身贫寒的共产党员,作为一名见证百姓由穷变富的基层干部,这就是忠。细读全书,绝大多数诗篇都在抒发作者由衷的感恩和赞美——

天　　路

昔日入川藏,恰似蜀道难。

今朝进拉萨,两道铁轨线。

汉藏千山远,情谊鲜血换。

藏区幸福路,时代致富篇。

悼袁隆平

隆平驾鹤西天行,水稻之父留美名。

中国人人有温饱,袁老英雄盖世功。

九十高龄不停步,心系人间温饱情。

培育"杂交"岁月苦,风雨寒霜任平生。

水稻亩产三千重,华夏大地乡村兴。

亚非人民脱贫困，山河奔流送神农。

利民兄出身农家，与农民有深厚的感情。从政后从最基层干起，长期在农村奔走，接近社会现实，了解人民的生活。后任县市地方官员，十分重视农事和水利。从为数不少的自述诗中，看出他十分善于总结农事经验，为上级写了若干"三农"改革的调研报告。我所说的"忠"，就在于此。像《悼袁隆平》和《天路》这样的诗，每辑都有，通篇不见一个"忠"字，却让人立生忧国忧民之心，感到肩上责任之重。

再说孝。庄子有言："事其亲者，不择地而安之，孝之至也。"利民兄父亲早逝，对母亲的含辛茹苦，诗词中常泪不能禁——

所　思
中秋佳节谢娘亲，十月怀胎晨有音。
育子成长多苦难，万世难报慈母恩。
——2017年10月4日于承德家中

望 月 思 亲
楼台望夜天，明月空中悬。
夜静江城寂，思亲难入眠。
——2020年2月19日于云南西双版纳景洪市

全书关于母亲的诗词竟占四分之一还多。而且，"父母在，不远游，游必有方。"我在少年时，家父曾多次吟哦此句，如今读利民兄思亲之切，总是心有戚戚然。利民兄退休后在国内外的山水之游，多数带着年届八旬的老母。偶尔老母不在身边，他总是怅然若失，如《望月思亲》这样的伤怀诗，绝难有忘情山水之感。书稿给我后，利民兄电话中特别强调："我对老母亲的感情，总觉得表达得不够……"是啊，对父母亲的恩情，用文字如何表达得够！然而我想对利民兄说，天下母亲都是了不起的哲学家，儿女的心只要动一下，第一个感知到的，一定是母亲！

第三是慈。利民兄是慈父。他的警官儿子为何如此业有所成，为何如此彬彬有礼，与慈父的教养关系很大。当孙子出生后，带着老母来京探望孙子成了利民兄退休后的主要工作。孙子渐渐长大了，会读诗了，会写字了，会骑马了……每首离别诗，都让我们看到爷孙之间难以割舍的依依情愫。孙子追着汽车跑，大声喊着爷爷，爷爷在车里偷偷抹泪！这人间至情至美，难道不是诗歌存在的理由吗？

最后说义。荀子说："义之所在，不倾于权，不顾其利。"全书写友情的诗分量也很重。我虽然从没有走进利民兄的朋友圈，但有限的几个相识都可谓谦谦君子。古人说物以类聚，人以群分，我却认为不然。因为当今真是职场混乱、物欲横流，君子成群近乎梦想。我和利民兄的相识相知，如春风一缕，清茶一杯，缭绕氤氲。想我一介书生和子侄等平平草民，与利民兄建立如此清澈舒缓的情谊，该是多么值得歌之咏之！

当然，不论是我还是利民兄，我们也明白："父慈子孝，兄友弟恭，纵做到极处，俱是事当如此，着不得一毫感激的念头，如施者认德，受者怀恩，便是路人，便成市道矣。"这古语说的是说亲情，但友情何尝不是！因此，故乡情也好，朋友缘也罢，一切"事当如此"，如果过分强调施舍和感恩，我们如何面对这人间一个真真的情字。

最后我想说，按年龄，我不该称利民为兄，但若不如此，作为晚生，我何敢写下这段粗鄙的文字。

再见梅娘

梅娘老人走了，一个作家，在 2013 年 5 月 7 日。

我在当天微博发布这则消息时说，老人九十二岁，但几年前也有学者考证，老人生于 1916 年 11 月，2013 年 5 月应该九十七岁。梅娘生前对此不置可否。对于年龄、身份、职业，对于历史和灾难，对于政治于个人命运的影响，等等，梅娘生前从不愿意多说，因为她知道，该来的，一切都会来，该走的，一切都会走。

梅娘老人走了，带走了属于她的一切，唯一没有带走的，是她卓尔不群的理想、母仪足式的情操、拳拳爱国心，以及并不算多的文学作品，还有个人日记、书信和对亲友的真挚情谊。

只有为数不多的人知道我是梅娘的义子。但其中并不在少数的相识，心存疑惑，且有种种猜测，但我不想再多说什么。这是一段传奇，在中华传统伦理标系不再明晰的今天，而又在梅娘这样思想早已西化且开明的跨世纪作家身上，况且我又人在行伍，促成母子关系的根源如何说得明白！

二十世纪末某个秋天，北京一家叫枣园居的餐馆里，亦师亦友的陈飙见证了我们母子相认的全过程：我为梅娘戴上一枚蓝宝石戒指,梅娘为我穿上特地从日本购来的佳能牌专业摄影服——那年梅娘79岁,我28岁。

所以,除了陈飙和家人,这段传奇只属于梅娘和我!我十三岁失去母亲,十几年后竟像失而复得,生母给我生命和乳汁,义母却言传身教我做人和作文的道理,我是幸运之神眷顾的孩子。

无从知道梅娘当年为何要认下我这个义子,但在2011年5月8日,她在赠我的《梅娘近作及书简》扉页上写道:"谢谢你对我的感情,这是生命中的珍贵,这是汉文化浸润的两个生命的相知。真的,对于甘愿称儿的你,我非常非常满足,真心地感谢你燃烧了我的暮年。"

关于我和梅娘,老人如下文字竟成了一个作家的绝笔。这或许就是人们说的天意——

  钟情了文学的人,都希望自己创作的文字能落实在印刷体上,这是一项真诚的愿望、一项无华的奉献,更是一项心声的袒露。

  侯健飞告诉我,他准备出版一册自己的中短篇小说集,这是好事,我举双手赞同。

  我与侯健飞的相交,按世况评说:颇有传奇意蕴。

  我们天各一方,完全没有相通,是他读了我的书,升起了与我相识相处的愿望,便展开了寻我的行事。经过旷日的找寻,终于"搜孛"到了我,其时我还在受难。

  健飞的生母,和我是一个年龄段的女人,在20世纪风云瞬变的时光中，背着自己躲不开的坎坷，用濒死的勇气，拼搏过来，抚育了儿子，自己却含恨而死。这就成了侯健飞挥之不去的心病。他找我，就是想为受难的母亲奉上一颗赤子之心，一颗未来得及献给生母的赤子之心。健飞认为，所有受难的母亲，都应该拥有这样的宝贵。

与健飞长达近二十年的交往，既有文字上的切磋，也有文学中的碰撞，他极尽了为子之责：有什么好吃的，总忘不了我，当我遭遇困难时，他总是及时出现，为我解困纾难，填补了我的丧子之痛。我感谢苍天，赐给我这份亲情。

我没有读过健飞的小说，这是他的有意封存。他忙于编辑，热心于为他人作嫁，并乐此不疲。他的近作《回鹿山》出版后，还是我索要，他才送我一本。

健飞的新书，题名为《故乡有约》。故乡之约是人文之本；是不能，不可能不履行的约定。

这是侯健飞的生命之约，是他的风骨。

这是梅娘2012年11月29日写的文字，发表在我的小说集里。

文学和志趣相投是我和梅娘结缘的基础。她最早看过我的一篇文字，应该是《又见梅娘》（陈晓帆编选，人民文学出版社2002年版）一书中《我和干妈梅娘先生》。在我的期待中，梅娘对此文没有一字置评，尽管这篇文章很长，这就是梅娘这样的作家，对一篇作品不满意的态度。没有直接说出来，因为她知道，虽然作品火候不到，幸好我真喜欢文学。梅娘多次说过，热情和热爱是很难得的品质。

其实，我清楚知道，做人作文梅娘都是不满意我的，就如她总不满意亲生女儿柳青一样。

在过去十几年里，每周或半个月左右，我会去梅娘那里小坐，多半是晚上。我们灯下交谈，谈读书，谈写作，更谈种种家庭琐事儿——在孩子教育、家长里短方面，梅娘常常"骂"得我坐立不安、无地自容。此时，她手握一支笔，谈到重要的地方，她会把要强调的语句再写一遍给我，这是她多年养成的交流习惯。

我们相聚的时候不算少，但在生活上，我一点儿忙也帮不上，这个独居老人从来不麻烦别人，吃喝拉撒、迎来送往、环境卫生，都是亲力亲为。行走不便时，甚至不让我们扶一把，能上下楼时是这样，不能上下楼时也这样。生命最后一年，她竟坚决地告别了楼下的阳光浴——她不肯让亲友把她背着或者抬下三楼。梅娘活得精致、清爽、有尊严，毕生保持大家闺秀的做派，已深入骨髓。

2002年冬天某个下午，梅娘打电话让我过去。这情况是少见的，我以为会有特别的事情，但整个晚上，梅娘都在说她父亲和她生母的故事，然后说她自己青年时代的恋情和几个孩子的生死——这是我决然想不到的，这些话题梅娘过去连碰都不会碰一下。关于爱情、女性命运和男人的财富地位，梅娘年轻时只会写成小说。最后，梅娘看了一眼门厅上面一幅俄罗斯少女油画说:"知道我为什么请人临了这幅画吗?"我摇头。"因为她太像我那个死去的二女儿了。淡黄色头发,大大的、微蓝的眼睛……在我劳改时,二女儿得病,没人管,死了,只有十四岁……我死了不止一个孩子,这是让我最不能原谅自己的地方,想都不愿意想。我尝过从小没有娘的滋味,也几次尝过母亲失去孩子的滋味!"说到这儿,梅娘突然说,"行了,你走吧,我该休息了。"梅娘常常如此,在她回忆往事时,不愿意有人在旁边,她习惯了一个人承担痛苦。

梅娘去世后,妻子才告诉我,那次是她瞒着我,找老人哭诉,我对不好好学习的儿子多次施暴,她准备离开这个家,独自带着儿子生活。梅娘静静地听着,前后一个多小时,始终一言不发。直到歇斯底里的妻子突然意识到什么,主动停下来。梅娘仍然没有一句表态的话。送走妻子,梅娘拨通了我的电话。

然而,我同样不能告诉妻子:老人对她这个儿媳也是不满意的。

"你那个来自草原的小海燕,单纯得近于草莽!""小燕为什么要把头发烫成那个样子?这种发型和她的衣着、气质不搭。""小燕总是到超市买菜吃吗?为什么不到菜市场买?又新鲜又节省!""小燕这样溺爱孩子,早晚是祸,加上你这个大男子主义的粗暴教育,孩子将来哪会有出息!"

当然,关于妻子,梅娘只有和我单独在一起时才表示不满,如果妻子和我一起出现,梅娘总是穿戴整齐,热情上前,拉过妻子的手,把她拉到自己身边坐下,嘘寒问暖,极尽夸赞。每次从国外回来,给妻子的礼物是最讲究的,一条围巾、一对耳坠等等。在我和妻子面前,梅娘对我最爱说的一句话:"得啦,小燕比你更懂得人情世故!"

梅娘对外,看似从容处世,但亲人们都知道,"右派"经历和动荡的岁月,让梅娘虽身处安平的日子,却总是堪惊。当年,军人曾是直接执行她劳改的人,而我性情急躁、鲁莽,对上司和工作常有微词,与我相交日久,梅娘就日日担心起我来。有一回她在灯下幽幽地看着我,良久,又良久,然后才叹口气说:"你呀,真是的!要是生在40年代,在反右和'文革'里一定会惹上大麻烦……"不久,梅娘从加拿大写信给我,其中一段谈工作环境:"一介草民,难脱环境的制约,这在全世界都一样。你那里,明里暗里仍是人身依附,管制你的上级瞧你不顺眼,你就休有舒心的日子过。在这个富庶的国家里(指加拿大),也仍然是个上级顺眼不顺眼的问题,只不过,这里是利字当头,这个利是业绩,只要事情干得好,其他因素都不很重要,特别是少有那个'平衡'……"正因为梅娘发现我对社会复杂性的无知和政治上的幼稚,就随时有保护我的欲望。比如,在有记者和外籍友人来访时,如果她认为我的插话欠妥,就会笑着打断我,对客人说:"他什么也不懂,一介武夫,当兵时间太长,又算不上职业军人,说是能写文章,其实就一个农民……"说到这儿,梅娘会用手拍打着我的肩膀,一下,两下,直到我羞愧地低下头。

不知从什么时候起,每当有客人来,梅娘总是把我拽在她身旁坐下。梅娘家那个布面沙发用了很多年了，质量很好，布艺换了又换，一年四季干净整洁，我和梅娘并坐在沙发上，常常挨得很紧，彼此的体温清清楚楚。

年轻时我喜欢留长发，梅娘有一次问："这符合军人标准吗？"我知道骗不了这个老人，只好承认，因为自己脑型长得不好，长发遮丑。梅娘没说什么，顺手拿起笔，写个纸条递给我："腹有诗书气自华。"

某个晚上，我穿了军装去看她。她认真地端详着，询问了各种符号和标志，然后不无自豪地说："你柳青姐说得对，一个草原上的苦孩子，虽说不是什么官儿，成长成这样威武的军人，也真不容易，你是赶上了好时代呀。"接着梅娘话锋一转，突然问到我的工资收入，等我答完后，她说："过去老听说你今天请这个，明天请那个，一个小编辑，这么点儿工资，真够你请客吗？"我懂了梅娘的意思，之前她也曾多次暗示我，国家公务人员，最要紧的是要有公民意识，勤俭节约、廉洁奉公、清白做人才称得上是国家公务员。

1999年4月，客居佛罗里达的梅娘在给我的信中写道："正像我常说的，你有侠文化成分一样，你身上也有'道'的品质，这使我宽慰。按一位思想家的诠释，道的价值符号与价值关怀，如耻于言利、正派、守法、忠诚、助人、不争、不贪等等，试想想看，你几乎都有，当然这都是美德，正是这些价值关怀凝聚了我们的华夏一统。问题在于不是照搬照用，比如耻于言利这一条，就该区分什么是该得的利，什么是不该计算的利。你那洋洋洒洒的大笔一挥，九页厚纸便画满了思念。那纸很厚，完全可以两面利用，这样减少了一半重量，便可以得到不超重，不以挂号寄的双重方便，于时于钱都可节省，完全不影响倾吐心曲。你说这个'利'该不该算？……"梅娘给我的所有海外飞鸿，都是双面写满娟娟小楷。内容除了异国美丽风光，多半是不同主题的谆谆教诲。

梅娘另一个不满意的人是我的儿子。儿子上初中时的某个春节，梅娘终于同意在我家待两天。除夕之夜，梅娘把压岁钱递给儿子说："我小时候拿了压岁钱，就盼着街角那个书店早一天开门。买书读书是最幸福的童年经历。"我儿子自幼画画，但却不爱读书，梅娘多次忧虑。她接着说："画画仅凭兴趣哪够！不读群书而画画，不读文学而画画，画到老最多是个匠人，称画家，简直瞎掰！"我和儿子面红耳赤，随后悄悄收起给奶奶显摆的一大沓素描。

儿子画画总算用了心，但文化成绩上不去，失望中我想，或许是"冠男"这名字起大了，儿子哪像个男人中的冠军啊。改名动议了很久，梅娘都不以为然。有一天柳青在场，我又旧话重提，梅娘问："名字虽然是称呼，也得有意义，你非要改，先说说你喜欢的汉字吧。"我想了一下说喜欢"恕"。梅娘说."将心比心才是恕，我给你加个'人'字，什么是人？顶天立地才是人，人最好写，却最难做。克己恕人就是做人的道理。"

2009年，儿子恕人如愿应届考取民大美院油画系。第一个学期结束后，带着自画像去看望梅娘。老人那天非常高兴，满眼都是赞赏的目光。后来老人家在那张自画像上题了"恰同学少年，祝恕人成长"，落款"奶奶梅娘"。临走，梅娘又拦住儿子说："你必须得减肥了！一个十八九岁的小伙子，浑身没有骨头全是肉，一点精神气儿都没有……这都是你妈惯的，吃喝起来没个挡……"

现在想起这些小事，历历在目，就像刚刚发生的一样。坦白说来，妻子和儿子都很怕这个老人，柳青姐姐也怕。梅娘敏锐、锋利、明察秋毫。妻子有一天对我儿子说："你爸是个怪人，没妈非得认个妈，天天骂着。"然而，妻子哪里知道，每次被梅娘"骂"过后，我的身心就会轻松好多天。与梅娘老人的思想高度、人生境界，我们还离得太远，而与梅娘的苦难经历相比，我们的生活是多么美好灿烂！

但从 2012 年 5 月开始，梅娘不再数落我了。因为在那个月，我的左臂出了症状。经过几家大医院会诊，结果都很吓人。梅娘第一时间给国外的柳青打了电话，请她在美国和加拿大联系越洋诊断。

那个晚上，我和梅娘隔着餐桌对坐，一时没有话说。梅娘拉过我的左手，从手腕到手指，正着捏了又捏，翻过来捏了又捏。我的手是冰凉的，而梅娘的手却柔软而温暖……那一刻我真的很悲观。沉默一会儿，梅娘说："你忘了，一年前我怎么样？生命可以创造奇迹！愁眉苦脸有什么用？！找到病源，积极治疗。"我想起来，2012 年春节前，梅娘不幸摔折左膀，高烧入住北大医院，几天后处于昏迷状态，在医院无可奈何的情况下，她竟奇迹般痊愈生还。

那天离开时，梅娘把准备好的一大堆富硒麦芽粉、胶原蛋白营养片和氨基酸螯合钙胶囊等让我带走，这些都是柳青从国外买给她的。

以后的日子因为我到处看病，加之柳青也留在国内照顾她，我来看望的时候少了。但是，只要两周左右不见，梅娘必定打通我的手机了解情况，她甚至学会了发短信。每次见面，梅娘都警惕地观察我的一言一行，以便判断我的状况。为了不让她过分担心，我报喜不报忧，有时故作轻松地开她的玩笑说："您都能活过一百岁，我才四十多，怎么会死。"

转眼2013年春节到了。节前我和妻子来看她，她又认真地问起治疗效果。我笑着说感觉很好。

想不到梅娘突然拉下脸来，正色说道："健飞，我觉得，你过分了，大半年了，我一直得不到你的真实情况，每次问你，不是闪烁其词，就是嘻嘻哈哈。这种不严肃的态度，你觉得对吗？我们的情分在这里，让我不惦念是不可能的！"

我和妻子一时无言以对，我惭愧得浑身是汗。告别下楼，我的泪水再也忍不住，在寒风中簌簌地流下来……

我终于没有像医院宣判的那样走掉，几个月后，当梅娘楼下那株迎春花刚刚开放的时候，梅娘却走了。

得到梅娘不适住院的消息是两天后的事情了。2013年5月6日上午，我赶到医院时她还很清醒。她躺在床上，旁边是刚刚摘下的氧气面罩。

"怎么样？"她用一贯的口吻问，声音很微弱。我知道她问的是我的病。我说很好。她点点头，看了一眼在阳台上打电话的柳青说："你告诉柳青，我要回家！"

5月7日早7时许,我在医院大门外一个藏民地摊上买下那个嘎乌——藏民外出背在身上的佛龛,我想以此祈福给梅娘,盼望她渡过难关。

返回病房,发现梅娘戴着氧气面罩,大口喘气,几位医护人员、柳青和邻居好友纪兰英守在一旁。我握住梅娘的右手,是冰凉的。她半睁的双眼转向我,迷离了几秒后忽然亮了一下。她试图用左手摘下面罩,但被护士按住了。

"我要回家……"梅娘冲着我拼尽力气喊出来,这是她最后一次清楚的诉求。

上午9时许,又来了多位医生。他们建议采取切喉插管等抢救措施,柳青却拿不定主意。已经七十岁的柳青姐,这些年国内外不停奔波,想尽一切办法照顾妈妈,此时身心交瘁。

10时许,医生说再不采取插管措施就没机会了。柳青一边询问切喉后最好的可能,一边把无助的目光再次投向我和通宵守着梅娘的邻居朋友纪兰英。

又挨过几分钟,非常艰难的几分钟,梅娘每一口呼吸都异常痛苦。我把柳青叫到门外说:"放弃吧!别再受罪了!"说完这句话,我的心像被剜了一刀。但我没有流泪。我给上班的妻子打电话,请她赶过来最后看一眼老人。

10时35分,梅娘停止了呼吸。最后的三十五分钟,柳青一直趴在妈妈耳边诉说着,讲妈妈的伟大、爱、德行和善良。最后柳青说:"妈妈,我知道您对我们都不满意,但我们知道,您真爱我们;您一生吃了很多苦,都是为我们吃的,我们虽然做得不好，但我们也真的爱您，永远永远爱您！"

一个作家就这样走了，不！在我看来，芸芸众生中，不过是一个有着不凡经历的老人走了。如果说不同，仅仅因为她是一位作家，一个有理想有追求的作家。但直到今天，一想到竟是我决定了这个老人赴死，心里就异常难过。这是梅娘生前根本想不到的，也是我没有料到的。

妻子赶到时，梅娘遗体已经清理完毕。我和柳青推着永远睡去的梅娘在楼门口与妻子迎面相遇，妻子的表情既震惊又不知所措。在通往太平间的路上，妻子压抑的哭声令人心碎。后来妻子说："太怪了，本来二十分钟的路，竟然遇上大塞车。可能这个婆婆不喜欢我，老天就不让我给她送终。"我安慰妻子："是不太满意，而不是不喜欢。对子女不满意的父母才是真正的父母，母爱是不会掩饰和虚情假意的。"

在简短的告别仪式上，没有颂歌和悼词，没有领导和记者，来告别的多半是梅娘落难时的难友、邻居和文学挚友——最远的是香港的黄志民夫妇，他们带着一对女儿越海而来，只为这短暂的告别。而这对女儿芷渊、茵渊从几岁起开始与梅娘老人通信，并有通信集《邂逅相遇》存世。

后事简单得让我一度难过好久，也许，真正了解母亲的还是女儿。柳青让妈妈一直安静地躺在鲜花丛中，直到入炉那一刻，梅娘身上覆满了水灵灵的百合花。

骨灰被装入汉白玉石盒。从殡仪馆到墓地，需要四十多分钟，我有幸一直怀抱着梅娘的骨灰，这段路我不记得都想起什么，内心是平静的。但汉白玉始终是冰冷的，尽管我试图用自己的体温暖热这沉重的石头，重新体会和老人常常并坐时温暖的时刻，然而这冰冷却是现实的、残酷的、无情的，原来，阴阳两界永远不能调和的就是冷暖。

梅娘走后，我突然变回从前，像二十五岁时那样暴躁、易怒、绝情。不会再有一个像梅娘这样的老人数落我、骂我了，我恢复成一个任性的孩子。在关于出版《梅娘文集》的商讨中，有一天我在电话中突然对柳青姐姐大发其火，我说："以后您不要再给我打电话了，老人走了，把一切都带走了，我们以后不会再有任何联系了。"

放下电话后，我独自哭了，我生气柳青这个姐姐从来认人不准——就在梅娘去世半个月后，柳青认识的一个女记者，以组织派她写梅娘传记的名义，拿着某机关介绍信，到梅娘生前所在单位，拷贝走了梅娘七卷本个人档案。这件事情非同小可，是不可思议的，连亲人都不给看一眼的个人档案，而且是梅娘这样一个有特殊经历的人的档案，一个记者，持一封官方介绍信就轻易拷走，事后又矢口否认，意欲何为？梅娘活了九十七岁，是多灾多难的一生，更是理解历史、包容历史、宽恕他人的一生，幸好还有梅娘的作品在，还有人活着，我们在看，天地良心在看……

梅娘现在也算团圆了，她和早逝的爱人及四个早逝的儿女同室而居。非常好的墓地，柳青姐选的，十三陵后身的景仰园，依山傍水，安静异常，阳光每天都早早落在墓碑上。梅娘去世一年时，我仍没有勇气再到墓地去看望她，我想用这篇文章再见她一次，是再次见到，而不是最终告别。我想等到哪一天，在罗马美术学院读研究生的儿子回来，我们一起去墓地。儿子终于想读书了，我花了近千元邮费，把精挑细选的十册书寄往意大利。此时我想起来了，梅娘下葬时，恕人抱着奶奶的遗像，当我小心翼翼地把老人的骨灰盒放入墓穴时，我看到站在旁边的儿子哭了，哭得很伤心，抖动着还很肥胖的肩膀。

半亩花田

这是一个关于母爱的故事，也是一个用文字感恩的故事。田维，一个普通的北京女孩，她无法为这个世界留下更多的物质财富，但她却在人们的心中烙下了一枚红印……

——题记

一

自打怀孕那天起，王春荣就被要当母亲的喜悦笼罩着，她太爱肚子里的这个小生命了。没有多少女人能够体会到这位女工的心——她从小失去母亲，还是当小女生的时候，她就暗想，将来自己有了儿女，一定要把所有的爱都给孩子，永远不让孩子失去母爱。

然而，孩子并没有如期降临。已经超过预产期5天，王春荣明显感到胎儿停止了胎动，惴惴不安的她来到医院检查。没有胎音。医生宣布胎儿已经死亡。

泪如泉涌的王春荣瘫倒在地……

手术立即进行。没有呼吸的女婴像个透明的胡萝卜一般，被护士倒提着用力拍打背部，却没有任何反应。一直清醒的王春荣哭声震天，刀口还未缝合，她便挣扎着爬起来要抢夺孩子。

就在医护人员准备对婴儿做最后处理时，母亲的哭声戛然而止，产房顿时一片安静。就在医护人员愣神儿的工夫，一声极其微弱的婴儿哭声吓了大家一跳。

奇迹就发生在这个初春的早晨——王春荣的女儿死而复生！

王春荣不顾一切地抢过婴儿，紧紧地抱在怀里。婴儿的哭声逐渐响亮起来，母亲的泪水还在肆意横流，但这已经是幸福的泪水。

二

这个失而复得的女婴姓田，母亲给她起名叫田维。

田家是北京最普通的家庭，田维的父母都是工厂的工人。田维从小就喜欢看书，喜欢写写画画。

上初中时，田维已经读了不少中国古典文学作品。《聊斋志异》和唐诗、宋词是她的最爱。刚上初一，田维就开始记日记，并做阅读笔记，但没有谁能看到那些文字，连母亲也不能。

从小学到初中，虽然田维的作文一直被当作范文，但她的学习成绩一直都是中等，几位老师都说，这孩子就爱看闲书，功夫都花在看书上了，否则成绩会更好。

母亲却宽容地支持女儿读书和买书。很早就懂事的田维知道家里经济不宽裕，就尽可能买旧书。北京地坛每年两次特价书市的日子成了她最期待的节日。有时她在那里一整天不吃不喝，省下来的钱都买了书。

三

2001年，田维读初三。

寒假结束不久的一天，田维放学回家，表情有些异样。母亲问她缘由，她犹豫了半天，然后伸出左手中指对母亲说，上体育课时，觉得这根手指有些疼，仔细一看，发现中指是苍白的，没有一丝血色。体育老师说，应该上医院检查一下。

母亲赶紧把女儿的手抓过来认真查看，却并未发现异样。田维怕母亲担心，就说，可能是当时不小心撞哪儿了。

后来有一天，田维左手的四根手指同时变白了，还伴着钻心的疼痛。老师让田维回家，父母赶紧把她送到医院。

一系列的血液化验结果出来，医生已经心中有数：田维得了类似血癌的病。这种病多因父母血型不配引起的，儿童的发病率在十万分之一。

四

噩耗就这样突然之间降临在这个16岁的美丽少女头上，

就像当年"胎死腹中"那样,令全家人猝不及防。

母亲千百次祷告:奇迹还会出现吗?田田还能起死回生吗?

就在大人们把注意力都集中在田维的病上时,田维却忍着不时袭来的剧痛,把注意力全部转移到学习上来。

初三这年,田维在校的学习时间不足三个月,她却以优异的成绩考入北京中关村中学。

高中三年,田维差不多有一半时间在家里养病或住院治疗,但她又以优异的成绩考入北京语言大学中文系。

田维知道父母为自己付出了多少。她知道,为了给她治病,家里几乎花掉了所有的积蓄。她没有其他方式可以回报亲人的爱,只有以乐观的心态,一边积极配合治疗,一边奋发学习。

这期间,流泪最多的是母亲,但她很少在人前流泪,更不会在女儿跟前流泪。每当看到女儿疼痛难忍时,母就想方设法逗女儿开心。母亲说:"田田,难受就不上学了。'女子无才便是德',田家几辈子没出过状元,你爸照样娶好女人!"母亲突然变得幽默起来,但善解人意的田维知道,母亲从来不是爱开玩笑的人,自己痛在身体,母亲痛在心上。在一个个寂静的夜晚,田维在疼痛中失眠,或从疼痛中醒来。她知道,在黑夜的一角,母亲在簌簌地流泪;她知道,母亲最最想做的事情,就是替自己承担痛苦!

这点点滴滴都被聪慧的田维感受到了,她把每一次感动和幸福都用文字记录下来。渐渐地,田维觉得,每当自己用感恩的心记述母亲的爱，或者一花一草、一木一石时，血脉不通的手、脚和头颅的剧痛就会减轻；每当自己用感恩的心回忆父母亲人、同学老师对自己的鼓励和帮助时，灰色的天空就会明亮起来。

写作，成了田维生命中最鲜艳的颜色。

五

2004年，北京大学的校园网上出现了一个叫"花田半亩"的个人空间。随感式的写作风格，平常如短歌般的散记，吸引了无数真诚的视线。一片秋叶，一汪潭水，一缕咖啡的记忆，在那里仿佛都有了生命的呼吸。当然，细心的人也会看到，在这优美得如诗一般的文字后面，有一种淡淡的忧伤和对人生、命运的多重拷问。

如此充满灵性和智慧的文字，在世风纷扰、人心浮动的大学校园里，像一股轻轻的风，在浮躁之海上荡起一丝丝涟漪。或许是天意，病中的田维在这半亩花田中意外地收获了一份爱情。

一个后来被她昵称为"大熊"的高年级学长经不住"花田"诗意的"诱惑"，一定要找到花田主人看一眼："到底是怎样美丽的人写出如此美丽的文字？"结果他们一见钟情。

大熊快毕业了，母亲把大熊请到家里来吃饭，最后她试探着问："田田的病你知道吗？"

大熊认真地点点头说："田田什么都和我说了但这不是

问题……"

这时,田维从隔壁的房间里冲出来,扑到母亲怀里,痛痛快快地哭了一场。

后来她悄悄地对母亲说:"妈妈,我一定为您披上最洁白的婚纱!我要让您知道,您有全世界最漂亮的女儿!"

然而,她终于没有等到披上婚纱的那一天,死神就收网了。

2007年8月13日晚上,二十一岁的田维闭上了美丽的大眼睛。当时她正读大学三年级。

"花田半亩",一语成谶,一个仙子般的少女留下半亩花田,化蝶而去。

六

田维的几位大学密友为了纪念她,整理出了她的电脑日志。令同学们大吃一惊的是,从得知病情开始,一直到离世前一天,她都在写,每一篇文字无不是一个感恩的故事。田维从小学玩伴忆起,点点滴滴书写着成长的感动。当她得知自己这种病尚属世界医学难题,中国有很多患病的少儿因为家穷无钱医治而死亡时,她就给选修课老师梁晓声写了一封求助信。梁老师是人大代表,"如果梁老师提交一份议案,政府能建立一项基金,患这种病的孩子就有希望了"。

田维的高中密友静说,她在南京上大学,田田总是亲笔写信给她,每一次生日都不忘亲手制作一张卡片。如果较长一段时间没收到田田的信，静就知道她的病情加重了。"田维从来不在情绪低落的时候给朋友们写信，她通报给大家的一定都是让人快乐的消息。"静还说，有一次她从南京回来约见田维，田维推辞说那两天有事儿，想过几天再见面。静就知道，田维不愿意一脸病容地见她。三天后，田维突然出现在她面前，阳光一样鲜亮，明澈的大眼睛闪着光，就像从来不曾生病一样。

田维在日记里说："如果可以，只让我的右眼流泪吧。另一只眼，让它拥有明媚与微笑。"

关于母亲，田维写道："妈妈说，'如果能够再孕育你一次该多好呀。'您仿佛在怨恨自己，将我生成多病的身躯。您觉得是您造成了我连绵的苦难。妈妈，我却时常感激您，您给了我生命。即使这身躯有许多不如意，但生命从来是独一无二、最可宝贵的礼物。我感谢，今生是您的女儿，感谢能够依偎在您的身旁，能够开放在您的手心。妈妈，不幸的部分是我们共同的命运，幸福却是更深切的主题。"

如今，在北京西山脚下，有一个叫温泉的墓园，仙子般的田维就安眠于此。在小小的墓碑前，常年放着一束龙胆花，这是田维生前最钟爱的一种花。

狗　殇

　　河北省最北边的塞罕坝下，有一个颇具文人名号意味的营子，叫扣花营。营子是清王朝传下来的叫法，与狩猎有关，其实就是一个村庄或小镇。扣花营坐落在围场满蒙自治县的最北端，历史上这里一直杂居着旗人和蒙古族人，他们的祖先都有过辉煌的伟业，但时过境迁，如今的人们难免活得捉襟见肘。从20世纪五六十年代开始，草原深处的猎物不常见了，各种颜色、大小不一的牛羊猪狗就成了营子内外自由"公民"。特别是狗，由于它对主人的绝对忠诚，并肩负看家护院的重任，就显得格外受宠和自由。几十年前营子还很穷，那时没有宠物狗，也没有拴狗的习俗，因为穷，也没有小偷，草原和林海上的一切都不紧张，空气新鲜，牛羊淡定，朝晖初透或夕阳西下之时，常常会看到某户人家大门口外伏卧着一条狗，虽然很瘦，却也是唯一让陌生人感到紧张的动物。

　　扣花营当年只有几十户人家，离我就读的中学不远，有一条黄白相间的母狗在我的中学时代一直吸引着我。它是北方常见的杂交狗，非常漂亮，虽然五短身材，却性格温顺，有一双亮晶晶的、长着双眼皮的大眼睛。在我的印象里，它好像一年四季都拖着三五个大奶子。不论何时见到它，它都对外界视而不见，而是神情专注地盯着地面，一溜小跑着回家，想必它一定是一个多产又多情的母亲。

当然，这条花狗如此吸引我的原因不是它的漂亮和它丰满的奶子，而是因为它有一个小主人，是一个让我一见倾心的女孩儿。那时我刚上中学，情窦初开，至今都没法形容我是怎样迷恋这个苹果脸女孩。以后的很多个日子，在营子的某个地方，一双少年的眼睛长时间地注视着这家门口，只要花狗出现了，小女孩多半就能出现了。

当时少年家也养了一条狗，是黑色的"四眼"，我在一本书的序言里提过"四眼"的惨死。最为重要的是，当年这条黑狗很瘦弱，而女孩儿家那条花狗却很肥胖，这说明狗主人贫富差距是很大的。

不久，这个忧郁的少年从军离乡。三四年后的一个午后，我回到扣花营，一声不响地走进这家院子。迎接我的不是苹果脸女孩儿，因为她早已在外地参加了工作；也不是女孩的父母，因为他们并不知道这个不速之客是谁。首先做出反应的是院子里用锁链拴住的一条狗，这是一条有异国血统的狼狗，体格健硕，威风凛凛。

大狗在军人进院的一刹那坐了起来，它虽然一声不吭，却警惕地竖起耳朵。看到这样一条凶悍的大狗，任谁都有点儿胆虚。那一刻我却想：不是一条花狗吗？怎么变成了一条狼狗？

这是一次至关重要的探访，没有任何退路，我必须从容镇定地通过大狗的领地走向屋门。因为，女孩儿的母亲已经从窗口看见了我，她正在惶然地迎出屋门。

相反，此刻一直盯着我的大狗，突然抿下竖立的耳朵，欢快地摇起尾巴，嘴里还发出见到至亲主人才会有的吱吱的叫声。

匆忙迎出来的女孩儿母亲见到这一幕，显得非常吃惊。我向愣怔中的主人叫了声阿姨，然后向大狗摇了摇手。大狗更加兴奋起来，它匍匐在地，拼命摇着尾巴，就像见到了久别的亲人。我猜想，大狗一定是漂亮花狗的孩子，它在娘胎里就见过我这个鬼鬼祟祟的青年，现在，我们一见如故，已经成了朋友，一如当年的少年和"四眼"。

其实，在这次造访前几年，我写下了大量情书，并源源不断地寄给在外地工作的苹果脸女孩儿。但一开始事情并不顺利：首先，苹果脸声称从来没有感觉到我的爱情——很明显，作为一个长着苹果脸的女孩儿，完全有理由这样拒绝我，她只承认，印象中有我这样一个同级不同班的同学；其次，我贫寒的家境和黯淡的前程才是我们之间一座高山。"……你，想办法去见见我的父母吧！"就这样一句暧昧的话让我立即行动，不顾关山阻隔，请假回乡。

在扣花营的四五天里，我与女孩儿的父母进行了针锋相对的斗争。最后一天，女孩儿赶回家，她父亲正色对女儿说："要么选择父母兄妹，要么选择这个狂妄的士兵！"

苹果脸明智地选择了后者。第二天黎明时分，女孩儿和士兵准备告别故乡。没有任何人送行，女孩儿母亲伤心地哭了，她送到大门口，又被丈夫吼了回去。女孩儿开始还意志坚定，但还没走出大门，她已经泣不成声。

拴在屋门外的大狗似乎明白了一切，它先是安静地注意着屋里的动静，当我和女孩儿向外走时，它突然伏身在地，发出呜呜的低鸣。我不由自主地停下脚步——我听懂了它的语言，这是对亲人依依不舍的告别，这也是一条狗对亲人最深切的爱。这一刻，我的心一阵翻腾。我反身走向大狗，大狗也低鸣着迎过来，快接近我时，它突然直立起来，两只前爪搭在我的双肩上，它大狗伸出温热的舌头，一下一下舔着我的脸……要知道，我和它相识不过十几个小时。

苹果脸女孩儿终于成了我屋里人，我不用再写情书了。有时看着身材娇小的屋里人，禁不住就想起五短身材的花狗。这也成了我常常打趣妻子的私房话。再说起花狗的往事，这才知道，现在的大狗并非花狗所生，而是大舅哥跑运输生意时，他妻子从外地抱养回来的。大狗一直没名字，岳母有时一语双关地称它"缺德的"。据说全家人没有一个人喜欢大狗，原因是这只狗六亲不认，营子中人见人怕，除了喂养它的主人，不要说家里所有弟妹子侄一概进不了院，即使一只邻家的鸡也休想越过墙头。大舅嫂一直与公婆不和，用岳母的话说，儿媳是个见利忘义、视财如命之人（只是岳母个见）。这样的人抱来的狗哪有不"缺德"的道理？

又三四年后,我的儿子出生。岳母先于岳父承认我这个女婿。她引以自豪的是:我们家"缺德的"连亲爹亲妈都不认,就认这个当兵的,可见他天生就该是我们家的女婿!

远离故乡,我还是常常想起那个拖着大奶子的花狗,想起它嗅着地面、急急忙忙回家的样子。屋里人终于顿生醋意:"你以前到底是爱我还是爱花狗?"我无法争辩,用无辜的眼神看着妻子。妻子最终妥协了,她告诉我:花狗是误食了农药死的。其时正在哺乳期,一向温顺的花狗临死前变得疯狂,它不顾一切地将五个子女圈在怀里,谁也近前不得。妻子说花狗死时岳父哭了,这是女儿唯一一次看到父亲流泪。然后,岳父一个人把花狗背到营子外深深地掩埋了。就从这一刻起,我原谅了岳父,原谅了他曾对我的恶语中伤,原谅了他的嫌贫爱富。

一家三口正式回岳父家探亲时,儿子已经六岁。我有意先让妻子和儿子留在门外。我想知道,几年之后大狗是否还认得我。其实这是愚蠢之想,对如此重情的狗来说,这是小人之心。果然,刚一推开院门,大狗就立刻跳起来,嘴里发出欢快异常的呜呜声。如果不是结实的锁链拴住,它一定会兴奋地将我扑倒。

在门口探头探脑的妻子和儿子刚一进院,大狗立即竖起耳朵高声吠叫。在我的示意下,它虽然停止了狂吠,但仍满怀敌意地注视着妻子和儿子。妻子领着儿子紧张地快步走过,回头恶狠狠地骂道:"缺德的狗,瞎眼啦?!"岳父岳母一前一后,满脸堆笑地迎出来。岳母一边抱起外孙,一边冲大狗骂道:"缺德的,真是谁抱养的随谁,六亲不认的东西!"

这一次在岳母家待了十天。除了应酬和读书外,我基本没怎么与岳父母交流,我们之间的隔阂一时难以排解,相反,我更愿意与大狗待在一起。我亲自喂食喂水,和它一起嬉戏,还拍了很多照片。有一天,我突然想,大狗还没有名字,我给它起个名字吧!叫什么好呢?我很费思量。妻子一旁悻悻地说:"那么喜欢,把你的名字给它得了。"一句话提醒了我:"对,就叫城邦好啦!"妻子顿时瞪大了眼睛。她知道,城邦是我的乳名,我一直认为这是天下最好的乳名。

从此,我正式称呼大狗为城邦。

与岳父家的关系渐渐改善了,之后数年,我每年夏天都要回扣花营住一段日子,那真是一个再好不过的避暑胜地。

城邦一如既往地亲近我。它有两种最亲昵的方式表达感情:一是直立起来舔我的脸颊;二是四脚朝天躺在地上兴奋得发抖。每每这时,儿子就羡慕得没办法,但他从来不敢走近,而妻子则是一脸不屑。

这一时期,大舅哥离婚了。这一点似乎验证了岳母对儿媳的判断,于是岳母对城邦的态度就更加复杂。但碍于城邦和我的感情,也基于城邦的尽职尽责,它生存尚无大碍。可我并不放心,有时电话里就有意无意地提醒岳母:一定要照顾好城邦。说得次数多了,妻子就有些不耐烦:"不就是一条狗吗?你至于那么矫情吗?"我沉重了好大一会儿,然后看着她的眼睛，一字一顿地说："你变了，再也不是那个苹果脸女孩儿了！"

"滚蛋！"老苹果脸说。看来妻子真是烦透了。

2003年元旦，岳父突然病逝。为了不妨碍来发丧的人，岳母想把城邦牵到邻居家暂住几天，可是城邦打着拖儿，说什么也不肯走。我看不下去，就让岳母放宽心，我保证城邦不会伤害任何人。在我的劝阻下，城邦被留在家里，一连三天，它一声不吭地看着忙里忙外的人群。

邻居们都很困惑，这只凶恶的狼狗，何时变得温顺了？但我知道，它的内心充满悲伤，只有和我的目光相对时，它才很懂事儿地摇摇尾巴，而后默默地把目光移往别处。很显然，它知道家里发生了不幸，与它朝夕相处的主人不在了。

轮到我守灵那一夜，天冷得出奇。我和城邦一同蜷缩在军大衣下。有了城邦柔软的休毛和温暖的体温，我对岳父无比愧疚的心绪得到稍许平静。

2005年7月18日，我们一家三口暑期回乡的第三天一早，城邦突然发出吱吱的叫声。这是一种很焦躁的叫声，岳母以为它饿了，送一点食物给它，但它嗅嗅走开了，然后继续冲着窗子叫。我走出来，它高兴得直立起来。我拍拍它的头让它安静下来，它服从了，摇着尾巴趴下来。当太阳升到中天的时候，草原的气温已经超过40摄氏度。因为我有些不适，需要到县城开点药。临走，我给城邦食盆里加了一些清水。

城邦舔了两口，依依不舍地看着我离去。当我走出大门口时，我听到城邦再次发出焦躁不安的呜呜声。

当我再回到院子时，第一眼就看见城邦前腿伸出，直拖拖地伏卧在凉棚下。与它相识以来，它第一次没有起身迎接我。

我叫了一声，城邦没有反应，当我快步走到它身边的时候，它还是一动不动地卧在那里。我用手在它大睁着的双眼前晃了一下，它仍然没有反应。我突然明白了，竟发出一声连自己都难相信的惊叫……

城邦果然这样走了，才一个多小时的工夫，之前也没有特别的征兆。

岳母、妻子和儿子都跑出来，谁也没有说话。儿子这时小心地走近它，用手抚摸了一下它漂亮的尾巴。从上午10时到下午3时这五个小时里，我一动不动地坐在城邦身旁，全家人都没有吃中饭。我看着死去的城邦，这么多往事总在眼前晃动。家里人透过窗子看着我，看着我一遍遍抚摸城邦有些干枯的体毛，直到城邦原本明亮的眼睛慢慢变得混浊，直到它原本健壮的身体慢慢变硬，岳母才强硬地拉起我。

城邦是条雄性狼狗，在这个世界上生活了大约十三年，却被铁链锁了十三年，没有自由自在的权利，没有恋爱、婚姻的权利，受尽人们的辱骂和白眼，但它始终忠于职守；它表面虽然凶猛，并被人误解，一生却没有任何伤人的劣迹，连一只鸡和一个老鼠也没伤害过。还好，它生前终于有了一个名字，又专门等我回乡才死去，它似乎知道我喜欢它，也会好好安葬它。

下午,正巧两个表兄来看我。他们安慰说:"这样快就死,多半是热病和脑炎。"以后我常想,城邦虽属老年,但还不至于老死,是无情的病魔和我们的轻视夺走了它的生命。

两位表兄和我一起把城邦安葬在营子外一棵百年榆树下,就像安葬了我瑰丽多彩的童年。当岳母听说我把城邦葬在榆树下时,突然自语般地说:"花狗就埋在那儿,那时你爸还活着……"

我好一阵百感交集。是啊,城邦不是花狗的孩子,又是条公狗,如果上天有灵,它会不会和美丽的花狗在另一个世界结为夫妻呢?直到现在,我也不太明白,城邦何以对我一见如故?但无论如何,我会永远地怀念城邦,就像我一生都在怀念童年和初恋一样。

用爱吟唱爱

我在一家文艺出版社从事文学编辑工作，眨眼二十个春秋。我很知足，因为我能为很多作家夜做犬马、日作嫁衣，编稿时流汗，感动时流泪……大学同窗刘亦鸣，深知我热爱文学，递来胞弟刘见龙将要出版的散文集《吾乡吾土》，希望我写个序文。

我没读过见龙兄的作品，很为难，推谢再三。一来我非名人名家，写序言对图书销售并无影响；二来我秉承已故作家梅娘先生遗训，从来没给作家作品写过序文。梅娘是一代名家，写了很多好作品，2013年5月不幸辞世，活了96岁，生前对我多有教诲。她说，当编辑不是出头露面的差事，尤忌徇私情说三道四。编辑可以公开发表批评文章，从学术角度，可以褒，也可以贬。如果不值一评，非要说些鼓励性的话，应该与作者私下交流，推心置腹，相互提高，增进友谊。我非常赞同梅娘的观点，因为我比她更了解，时下流行的名家序文，多为互相吹捧、拔高、阿谀或应景之作，对作家和读者都不负责，有百害而无一利。我做编辑多年，只给自己责编的图书写导读、推荐语，虽然那是我的工作，但还是要求自己尽量平实客观，不言过其实。

认真阅读《吾乡吾土》后，的确很受启发，也有话想说，于是决定把想说的话借机记下来，并与见龙先生共勉。

我年长见龙几岁，我们都出生在乡村，他在安徽，我在河北，尽管一南一北，但童年时代的乡村文化底色不分南北，同样单调，同样没有多少色彩，更没有多少书可读。然而，恰恰是阅读成了我们生命的共同部分。从《吾乡吾土》中我知道，见龙的阅读起点比我高。他的父亲是有见识的。见龙少年时期，不仅能读到《三国演义》和《红楼梦》这样的名著，父亲竟给他们兄弟订了《读读写写》《少年文艺》《中国少年报》和《萌芽》。这样的少年生活，真是令人钦羡不已。

俗语说，人以类聚，物以群分，相同的人生经历会让素昧平生的两个人觉得亲近。我断定，是读书让我们与众不同。这种不同，不是金钱地位名望的不同，而是心灵感知世界的不同。阅读使我们比其他人多长了一只眼睛，这只眼睛长在心里，暗夜中也能看见别人看不见的东西。可是天知道，这样一只眼睛，又怎样纠结着我们的人生？！

历史证明，喜欢阅读，多半会转化成喜欢写作，这又注定我们有别于其他同龄人的成长。渐渐长大，现实生活张开一张大网，童年一个个金色的梦想从网眼里溜走。求学无望，奔走无门，迷惘和痛苦开始撕咬我们脆弱的神经。有幻想的青年，给人的直觉常常是好逸恶劳、不务正业，其实，并非完全如此。我们并不害怕生活的苦和累，我们害怕精神孤独；我们甚至不怕身体受到伤害，但我们害怕与乡情、亲情、友情、爱情别离。

《吾乡吾土》正是这样一本记述乡情、亲情、友情、爱情的结集。读着读着,我把作者看作是用爱吟唱爱的吟者——一篇篇,一句句,每个人物故事都闪耀着人性的光辉,散发着爱的温暖。祖父祖母、外公外婆、父亲母亲、兄弟姐妹、儿女子侄、七姑八姨、恩师学友、乡里邻居……在他们身上,在他们的故事里,我没有看到倾轧、背叛、中伤、诬陷,也没有看到你死我活的争夺,甚至连抱怨也没有看见。爱让吟唱者倾诉爱、怀念爱。在作者的歌词里,永远是亲友们美好闪光的一面,充满着爱的温暖、人性的光芒和生命的意义。

曾经爱,现在爱,将来还爱。以我所见,刘见龙的每一篇作品中都潜藏着这种品质。这就是一种最应该受到重视的、有较高境界的文学品质。试想,哪一部文学经典中缺少爱?即使写到恨,并把恨写得椎心泣血,作家最终追求的目标还是爱。我的一位文学老师多次说过:好的作家都具有一颗悲天悯人的良心;好的作品是作家把苦难嚼碎咽下,转化成沃土,培养出鲜花,把美好的芬芳奉献给世人。作家梅娘先生矢志不渝,一生追求文学的最高理想,直到人生谢幕那一天,老人家就是我的榜样。

很惭愧,我所缺少的,正是见龙先生接纳喜忧、谛观有情、包容万物、放眼天地的达观思想。无论经过多少曲折,无论创业多么艰难,无论生活多么窘迫,也无论社会多么不公,见龙都用爱的吟唱影响着周围的人,而且,走到哪里吟唱到哪里。从安徽乡村走到浙江杭州,从江南古镇走到塞北草原,几十年如一日。他一边谋生,一边行走,几乎没有停下脚步,重要的是，他一刻也没有停下爱的吟唱。我猜想，见龙一定明白一个道理：生而为人，苦难从此相伴。不管你是达官贵人，还是一介草民，只要有健全的思想，困难不会绕过你。所以，我要说，文学需要谎言，但必须是美丽的谎言。

坦白说，在人人都是作家的时代，见龙像我一样，是寂寂无名者。仅就《吾乡吾土》而言，见龙的写作是缺少训练的，文字表达也不够精细。自然天成的抒怀，随时随地取材虽见才情，但在写作手法上却不够娴熟，题材的选择也比较狭窄，人性的探究与刻画还不够深刻。这些都需要见龙在今后的创作实践中去努力突破。或许，未来某个时段，作者会慢慢领悟：在作品里，深刻分析一个人的复杂性，结构一个故事的多面性，哪怕写到人的罪恶和人性的丑陋，最终也不会减少佳作大美大爱的成色。这也是我对他的期待。

《吾乡吾土》部分作品，作者虽然取材真实的人物和生活，但文学手法表现生活的企图显而易见，有的篇章也可以当短小说来读（但这并无大碍。汪曾祺先生的小说，很多我都当散文来读）。《吾乡吾土》大部分作品古典散文的特性更明显，文字老到，观察细致入微，描写贴切灵动，并具有古法语文的张力。不难看出，作者是偏爱中国古典文学的。古腔古韵不时闪现，这给行文添色不少。

《吾乡吾土》给我的另一个启示，是作者的勤奋，这使我想起一个典故。鲁迅先生12岁进"三味书屋"私塾，师从寿镜吾先生读书。"三味书屋"原名叫"三余书屋"，是寿镜吾先生的祖父寿峰岚先生定的名。汉末魏国人董遇，当年教育其弟子要抓紧"三余"的时间攻读。董遇解释"三余"为:"冬者岁之余,夜者日之余,阴雨者时之余也。"寿峰岚先生据此为书屋定名,意在引导学生珍惜时间,勤奋读书。后来寿峰岚读到苏轼赞扬董遇"三余"的诗句:"此生有味在三余"。细细玩味,觉得"三味"比"三余"好,培养学生读书兴味,引导学生积极苦读。读书三味,其乐无穷。我个人则既喜欢"三味",也推崇"三余",因为这的确是两种不同的意境。

事实上,《吾乡吾土》中的很多篇章,正是见龙先生利用"三余"时间创作的。其胞兄亦鸣同学多次感叹:"一个打工者,为了生活,多年背井离乡,东奔西走,几乎没有闲暇时间,能写这么多东西,想想都很不容易。"从胞兄的谈话中,不难想见,刘见龙先生不仅是一个值得尊敬的文学爱好者,也是一个孝悌为先、尊师敬长的好人。这次亦鸣希望我说几句话,无非是请老同学对弟弟,从写作上有所点拨。其实,很多中外大作家都说过了——写作没什么诀窍,除了热爱,勤奋很是关键,勤能补拙。以此观照,见龙已经找到了通向文学圣殿的钥匙,但我重点想说的是:文章再好,都没有做一个好儿子、好父亲、好丈夫、好兄弟更重要,这几个好相加,就是一个好人。

至于出版这个集子,亦鸣告诉我,胞弟见龙名利观很淡,读写了这么多年,甚至连出版这样一本书也没有兴趣。我其实已经在作品中读出了这种散淡和忘我,这让我欣慰,似乎看到了魏晋文人的影子,是我所心仪的影子。这使我不由得想到一个问题：读书也好，写作也罢，到底读书成长比读书成才更重要，还是写作成名比写作成长更重要？我不比见龙的胸襟宽广，在某种程度上，我是个悲观主义者。我认为，人这一生，大多数是碌碌无为的，有人可能成为某一方面、某一领域的栋梁之才，在读书成才差不多成为铁律的今天，我个人的理解是，读书成长比读书成才更为重要。读书能让自己安静地面对自己的生活，读书还能让自己知道，自我生活之外，还有另外的生活，另外的人生。写作也一样，写作成名远不及写作成长。人生百年，说短也短，说长也长，写作是一个作者在分泌无价的精神养分。当我们的心里，荡漾出一串串文字，文字就成了监督我们心灵的天使。写作，让我们每天都清楚自己的内心世界，是污秽还是纯净，从而让我们发现，人活着的新的意义。

最后我要说，刘见龙先生是幸运的吟唱者。亲情永远，他用爱吟唱爱的举动，他的坚守，得到了真诚的回报——他已经有不少读者，特别是在他的家乡安徽庐江县，在他很大范围的亲友和同道中，他的文章已经深刻影响了他们的生活和思想。

见龙的胞兄刘亦鸣说：父母兄弟、知己好友都为这个弟弟早早失学没有接受更好的教育所憾，为他生活和创业面临的困顿所念；同道文友也为他的文字没有被更多人所了解感到可惜。希望大家共同努力，克服困难，帮助出版这部散文随笔集。话已至此，我别无选择。我觉得，这部书的意义，不仅成为刘家宗族文化意义上的"家谱"，也是中国南方这个叫庐江的地方,一个时代挥之不去的乡愁,更是一个内心充满爱、认真做人、真诚写作的吟唱者自己的心灵颂歌。

我相信,有缘的读者读到此书,都会像我一样,不由自主地想到自己——关于爱与被爱,关于亲情和友情,关于自然与人生,因为,我们都身在其中。

谨致祝福。

第二辑 三镜斋随笔

萧红，一个伟大的战士

今天我们谈中国的抗战文学，确乎不比苏联，甚至英美，没有太多让人脱口而出的名篇佳作，然而，如果把当下一些否定中国有抗战文学的论调，当作基本事实，则是罔顾历史和没有省察自身的结果。

抗战文学是中国的抗日战争和世界反法西斯战争这一特定的历史时期的产物，是"五四"文学革命以来，中国新文学发展的一个极其重要的阶段。抗日战争一开始，很多作家就坚定勇敢地站在抗日救国第一线，他们用笔蘸着热血写作，他们的作品既是锐利的武器，也是唤醒中国民众的号角。即使中华人民共和国成立后，除了"文革"十年空白期，老一辈中国作家，包括后来到了台湾地区和欧美的作家，并没有在抗战书写阵地前失位，可惜的是，近些年来，我们对抗战文学的研究、推广和宣传不够，特别值得深思的是，当下的中国作家体系，虽然组织健全，但体制内作家实际成了过分自由的撰稿人，一些青年作家，对日本蹂躏中国的惨痛历史和中国人民的斑斑血泪，要么视而不见，要么就在市场洪流的冲击下，"创造"出一幕幕让国人脸红的抗日"神剧"。

幸好还有人记得萧红,这个伟大的民族战士。尽管更多后人在谈到萧红时,可能会想到《呼兰河传》和她与萧军的感情生活,然而鲁迅先生当年却不这样认为,如果先生能够长寿到中华人民共和国成立,他一定会说,萧红的《生死场》,是一面抗战文学的伟大旗帜。

"九一八"事变四年后,萧红的小说《生死场》以《奴隶丛书》的名义在上海出版,鲁迅作序言,胡风写后记,曾在文坛上引起巨大的轰动和强烈的反响,萧红也因此一举成名,从而奠定了萧红作为抗日作家先锋的地位。

《生死场》以沦陷前后的东北农村为背景,它的发表,标志着中华民族意识的真正觉醒,对坚定中国人民抗击日本侵略的斗志,起到了很大的鼓舞作用。

值得一提的是,鲁迅1935年11月14日晚,在上海居所灯下为《生死场》写序,他是以自省吾身的态度落笔的——

> 记得已是四年前的事了,时维二月,我和妇孺正陷在上海闸北(现为静安区)的火线中,眼见中国人的因为逃走或死亡而绝迹。后来仗着几个朋友的帮助,这才得进平和的英租界。难民虽然满路,居人却很安闲,和闸北相距不过四五里罢,就是一个这么不同的世界,我们又怎么会想到哈尔滨。
>
> 这本稿子到了我的桌上,已是今年的春天,我早重回闸北,周围又复熙熙攘攘的时候了,但却看见了五年以前,以及更早的哈尔滨……然而北方人民的对于生的

坚强，对于死的挣扎，却往往已经力透纸背；女性作者细致的观察和越轨的笔致，又增加了不少明丽和新鲜。精神是健全的，就是深恶文艺和功利有关的人，如果看起来，他不幸得很，他也难免不能毫无所得。

因国人麻木而弃医从文的鲁迅，自省自己做不到的同时，话锋一转写道——

> 听说文学社曾经愿意给她付印，稿子呈到中央宣传部书报检查委员会那里去，搁了半年，结果是不许可。人常常会事后才聪明，回想起来，这正是当然的事；对于生的坚强和死的挣扎，恐怕也确是大背"训政"之道的。……

无疑，鲁迅先生的笔锋，直指当时的国民政府的软弱，和甘当亡国奴、混混沌沌混过日子的中国民众的可悲嘴脸。与此相反，在战火纷飞的年代，即使得不到"政府"的支持，萧红、萧军等具有民族气节的作家，却写出《生死场》和《八月的乡村》这样不朽的抗战文学。吊诡的是，被后世文坛反复提及甚至被格外尊崇的张爱玲，其时正在充分享受着迷人的自由写作，她和同样被后世尊崇为文学才子的大汉奸胡兰成，在抗战时期的文艺而甜蜜的私人生活，却成许多后生一世追求的梦想。这才是我们应该警觉并加以反思的。

作家与读书

西汉大学者刘向说:"书犹药也,善读之可以医愚。"汉末魏国人董遇,当年教育弟子要抓紧"三余"时间读书,董遇解释"三余"为:"冬者岁之余,夜者日之余,阴雨者时之余也。"

羊年之尾,金猴报春,正是董遇所说的岁之余,不由得想起已故作家梅娘先生。她十六岁以《小姐集》成名,活到九十七岁,其间因被打成"右派",中断写作三十余年。近日因帮助整理先生文集书信部分才发现,这位饱受人间磨难的作家,一天也没有离开读书。先生在日记中说:"不能写,还有一双能看清字的眼睛。"为了有书能读,她多年给书香之家当保姆,为的是在洗衣、做饭、带小孩儿的间隙能有书读。歌德说,经验丰富的人读书用两只眼睛,一只眼睛看到纸面上的话,另一只眼睛看到纸的背面。正是这样会读书、善读书,梅娘先生才能在七十多岁重新提笔,一篇篇情感真挚、格调激昂、清新隽永的散文随笔不断见诸报刊。先生说,当一个作家因为外力不能写作时,阅读就成了维系生命的重要能源,放弃读书,生命很快就枯萎了,哪还有能量写作?其实,这并非梅娘先生一家之言,巴金、冰心、杨绛、孙犁、汪曾祺、黄永玉等等文坛大家，之所以能活到老写到老，无一不是博闻强识的善读者。在读书成才成为旧话的今天，这些作家前辈却用自己的行动和成果告诉我们，读书成长比读书成才更为重要。人生百年，说长也长，说短也短，书籍是无价的精神养分，不论是作家还是读者，不论是将军还是士兵，也不论是农夫还是教授，读书都能让自己安静地面对自己的生活；读书的另一个功效是能让自己知道，生活之外，还有另外的生活，人生之外，还有另外的人生。正如梅娘先生有一天看着我的眼睛说："编辑之余，你坚持读书了吗？所谓读书益智，就是当我们与他人的生活对照之后，才会清楚，自己的内心世界是污秽还是纯净，从而发现人活着的新的意义。否则，你怎么写作？写什么？"至于作家的成就，梅娘先生多次说过，其实不在作品的数量而在质量。有的人一生只写一本书，却像山一样，永远矗立在那里。梅娘走了快三年了，面对案头即将付梓的文集，我发现，与她九十多岁的高龄相比，她的作品真不算多，但她所影响到的人却不会忘记她的作品和读书生活。最可思量的是，这样一位饱经苦难、曲折一生的女作家，留给世人的竟是如此热爱生活、热爱家国的拳拳之心和重道守行的优良品性。

梅娘先生在作品里努力表现的，是为国家强盛、民族富强和家庭幸福而奋勇前行的人和他们朴素的情感，这才是作家和读书的全部意义。

关于J.M.库切

诺贝尔文学奖获得者J.M.库切的作品我读得不多。几年前偶然在《书城》杂志上读到许志强先生的文章《J.M.库切：青春无乐》。作者在文章中这样评述库切的作品："库切的作品原本是透过双重性的诠释建立它的视界，是由内向外的默默张望，一种细腻而不乏审慎的勘测，而它最终达成的效果却是那个观看的对象似乎更具说服力，造成外部世界对于内心的窥视。"如果是这样，我想有必要重读库切的自传体小说《青春》和获奖作品《耻》了。

在这篇文章中，有很多描绘非常契合文学青年们的内心感受。在记述库切来到伦敦后的生活时作者这样写道——

> 他在地铁车厢里打量那些女孩。"伦敦充满了漂亮的女孩""她们的美发从两侧耷拉下来盖住面颊，眼睛涂黑色眼影，神态温文神秘。最漂亮的是高个子、蜜黄色皮肤的瑞典女子，但是杏仁形眼睛的妖娆的意大利姑娘有自己独特的魅力……"于是他在口袋里放一本诗集，在车厢里阅读，希望那些女孩因此而注意到他并且赞赏他。"但是火车上没有一个女孩注意到他。这似乎是女

孩子们到达英国之后首先学到的本事之一：对来自男人的表示不予注意。"他甚至意识到，"在英国，女孩子对他根本不予注意，也许是因为在他身上仍然残留着一丝殖民地的傻气，也许仅仅是因为他衣服穿得不对。"

库切觉得失望的是，伦敦这座富于魅力的城市对于他似乎是关闭的。他原想过一种游荡艺术家的生活，结果却进入IBM公司做了小职员，不缺乏那种在伦敦终于站稳脚跟的殖民地人的宽慰，还有那种外乡人可怜的寂寞感，下班之后自己跟自己下棋，消磨夜晚的时间。伦敦以这样的一种方式逐渐掌握他，而他也不得不努力听从它的摆布，靠自己好不容易争取到的机会，在这个仍然是求知的世界里谋生。

库切常常发问：自己为什么要到伦敦来呢？南非这个国家是自己的国家的吗？但他始终没有回答自己第一个问题。倒是美国作家托马斯·沃尔夫到伦敦从事文学创作后，在日后的《一部小说的故事》中回答了这个问题。他认为，人们跑到巴黎或是跑到西班牙、意大利，无非是在寻求一种逃避，"逃离并必要的严峻的矛盾和劳累，多少也是逃离开我们自己精神中的懒散"。库切虽然没有对此做出回答，但他那种困惑是显而易见的。"它存在于《青春》主人公的内心之中，甚至为他日常生活的行为蒙上一层神秘而阴郁的色彩；他不抽烟不喝酒，仪表整洁，举止慎重，却像是从深水中浮现出来，披戴着一身古怪的盔甲。他的困难是，在很长一段时期里，他不知道如何去做才会符合自己的意愿。"

对于第二个问题，库切却回答得斩钉截铁。"他是布尔人的后裔，他对南非文化的村俗气一向抱有抵制的态度，在成为蜚声国际文坛的大作家之后，他仍拒绝称呼自己是'南非作家'。——如果明天大西洋上发生海啸，将非洲大陆南端冲得无影无踪，他不会掉一滴眼泪。"

库切这种心境与年少时期的我何其相像！很多时候，我一直固执地认为自己并非草原上出生的孩子，我的家乡和人民何止是"村俗文化"，那是一个根本没有文化可言的半封闭草民部落，很不幸，我却在那里生活了整整18年，如果不是母亲和父亲先后埋葬在那里，我宁愿说自己出生在南非。不过，我的"出逃"不是移民，而是以从军的形式，尽管我如此厌恶故乡，但终因我最亲爱的母亲的故去，在那片山谷里有了故人，从此，我的心注定被那里的一切牵扯着。

非常巧合的是，初读库切那天，正是母亲的忌日。1981年的端午节早晨，母亲在老屋的炕上溘然长逝。从此，在遍布母亲长声长调呼唤我回家吃饭的远山近谷中，在绿树和艾草丰茂的山坡上，也有了属于我和后代的坟冢。

1988年中秋节后第四天，父亲又被埋入此地。如此，有了故人的土地，能说不是我的故乡吗？

诗人成幼殊

我是通过干妈梅娘先生认识诗人成幼殊先生的。

成幼殊先生生于1924年,是20世纪40年代即活跃于诗坛的女诗人,当时她还是上海圣约翰大学的学生。后来她参加了中国共产党领导的上海地下工作,业余仍不倦写诗,曾以金沙为笔名写出了许多人们传抄的好诗。抗战胜利后所写的纪念昆明"一二·一"死难烈士的歌曲(词作)《安息吧,死难的同学》,及《姐妹进行曲》曾广为传唱。她把几十年的诗作,连同背景照片、说明文字,编成一本《幸存的一粟》出版,成为人们关注的独特的一本诗集。这不仅是她个人创作生活的总结,也是给当代诗坛的一份珍贵的献礼。诗集在诗人81岁时荣获鲁迅文学奖。另有《成幼殊短诗选》等著作存世。

大约在2005年三四月份的一天,干妈梅娘先生委托我到北京的东三环成幼殊先生家送一封信,信的内容是给上海的丁景唐先生贺寿的事情。

干妈梅娘先生、成幼殊先生和丁景唐先生都是当年的大"右派"。平反后,这些新社会的旧文友,因共同的蒙难经历联系更为密切。

这之前我只知道文坛有一个八十多岁的女诗人成幼殊曾获鲁迅文学奖，但对诗人的生活经历一概不知。

那天到家里见到成先生，发现她是一位异常谦逊持重的老人，举手投足都流露出大家闺秀的娟秀气质。之前干妈说到她时这样说："哎呀，人家可是名门大家，和我们小老百姓可不一样。"干妈这是谦辞，她常常是这样一种口气来说有身份地位的人，但我理解，这正是干妈一辈子不能释怀的心结。干妈是东北大资本家的庶出，但由于从小没有母亲的关爱，父亲又早亡，所以对出身门户有自己的看法。"我父亲半个东三省都不要了"，这个现实让干妈一生都没有完全超脱出来。如此的出身和后来的人生际遇使她养成了一种对名门地位看似超然度外，其实不然，门第观念终生相伴。

与成幼殊先生这个难友比起来，干妈的感慨并非完全是"吃葡萄心理"。成先生的父亲成舍我，是我国现代杰出的报人，民国时期的社会主流精英，一生创办了《世界日报》《民生报》和《立报》等多家报刊。这个报界巨头有四女一男，那个叫成思危的男孩，16岁从香港回到内地，后曾任全国人大常委会副委员长。成幼殊先生排行老二，是才华横溢的女诗人，曾随丈夫出使联合国、印度，是中华人民共和国第一代外交家。大姐成之凡精通音乐，定居法国，曾三度竞选法国总统。大妹成嘉玲，在夏威夷大学获经济学博士，曾任台湾东吴大学商学院院长，后接续家业，先后出任世新大学（前身台湾世界新闻传播学院）院长、董事长。

因为是第一次见面，告别时，诗人赠我那本获鲁迅文学奖的精美小开本诗集，并在扉页上认认真真地签上她的名字。

2008年4月某天，又逢上海的丁老大寿，因之前干妈和成幼殊先生相约，要一起买礼物寄给老友，不巧那几天干妈生病住院了。一时找不到干妈，诗人就打电话给我，希望我代转她的意思：如果干妈身体情况不好，能否允许她代表干妈写几句话寄到上海去，否则时间来不及了。我打电话给医院的干妈，她同意。诗人听了我的电话回复很高兴。从这一件小事可以看出，她们这一代知识分子如此重情重义，做事严谨谦虚而又一丝不苟。与她们比起来，我们这一代人中的有些人显得薄情寡义而又粗陋无文，那就期冀我们的下一代越来越好吧！

干妈梅娘先生于2013年5月7日不幸辞世，享年九十七岁。怕成先生过于悲伤，没敢告诉她与梅娘先生辞行的日子。但诗人很快写了悼文《梅娘姐，你永在》。2014年5月7日，纪念梅娘先生的追思会暨《再见梅娘》新书发布会举行，这位梅娘先生的难友还是来到现场，整个上午，她都平静地坐在轮椅上，认真倾听亲友们对梅娘先生的深情缅怀。

时光飞速，又一个十年飞过，诗人成幼殊先生一切都好吧。

正 龙 拍 虎

"正龙拍虎"最应该被文协纳入成语辞典。这个成语,足可以成为流传千古的中华典故。虽然中国成语典书中还没来得及收入这个词条,但此成语的知名度,十多年前已经超过了任何一个成语典故。

话说公元2007年10月12日,陕西省林业厅召开新闻发布会,宣布"镇坪县发现野生华南虎"。证据是有一个五十多岁、叫周正龙的本地农民在10月3日用相机拍到了华南虎的活体照片,并当场出示了两张虎照。周正龙在会上领到两万元奖金。

由于华南虎为中国特有珍稀野生动物,野外是否还有华南虎存在一直存在较大争议,这次发现野生华南虎不啻晴天霹雳,一时间全国媒体纷纷重点报道。一周后的10月19日,中国科学院植物研究所种子植物分类学创新研究组首席研究员傅德志具名在博客中指出华南虎照片造假。

一石激起千层浪。网上迅速响起一片质疑声。11月16日左右,有网友在论坛上粘贴了一张名为《老虎卧瀑图》的年画照片,画中的老虎与虎照中的老虎姿态、斑纹极其相似。12月3日,网上公布了有关民间机构的鉴定报告,认为周正龙虎照中的"华南虎影像是不真实的"。12月19日,国家林业局(2018年3月,经职责整合后,组建为国家林业和草原局)表示,已要求陕西省林业厅委托国家专业鉴定机构,对周正龙所拍摄的华南虎照片等原始材料进行鉴定,并如实公布鉴定结果。

2007年12月19日,陕西省林业厅宣布启动华南虎照片二次鉴定工作。

2008年2月4日,陕西省政府办公厅对陕西省林业厅在"华南虎照片事件"中"违反政府新闻发布制度"进行公开通报批评。同日,陕西省林业厅就"草率发布发现华南虎的重大信息"发出《向社会公众的致歉信》。

2008年6月29日,陕西省政府召开新闻发布会宣布,华南虎照片系周正龙造假,华南虎照片是用老虎画拍摄的假虎照。

在高科技手段大发神威的今天,一个如此破绽百出的照片造假事件,政府在全国一片质疑和声讨声中,居然拖延了二百六十一天才给出说法。更令人难以置信的是,在长达八个多月的华南虎真假之辩中,核心人物周正龙居然如姜太公一般稳坐钓鱼台。此前很长一段时间,周正龙多次面对各种媒体,绘声绘色地讲述"惊险的拍虎经历",俨然成了最大的明星。而出于发现华南虎的巨大"欣喜",在公布周正龙华南虎照片的同时,镇坪县就成立了野生华南虎保护办公室,划定了野生华南虎特别保护区,打出了"闻华南虎啸"的旅游业名片,而陕西省林业厅也筹备申报建立镇坪县野生华南虎自然保护区。

更令人惊奇的是，就在传出警方介入调查期间，周正龙在配合警方指证拍虎地点时，又发现"虎迹"。雪地上清晰虎爪印一经发表，再次引起一片质疑声浪。这简直是在和大众和政府开国际玩笑。警方不久公布调查结果：所谓的虎脚印，仍是周正龙用木头模具摆拍的。正龙拍虎前前后后，均系周正龙一人所为。但是，面对舆论压力，当地政府最终宣布十三名官员有"不作为失职"之责，分别受到行政处罚。其中最大的官员是陕西省林业厅副厅长朱巨龙，被行政记过，免去其副厅长职务，林业厅厅长也受到警告处分。

政府这种"说法"仍然难以让大众接受。一个五十多岁的农民，其虎照杰作真能骗过各级政府的多双眼睛吗？如果说，这些官员急功近利到了头晕眼花的地步，那么，这张从年画上翻拍下来的照片如何能让"挺虎派"、北京师范大学的某副教授也发出这样的感叹："说周照虎为假，我们需要证据！如果那年画虎就是所谓的证据，那么，我万分痛心地讲，老周，你一定受苦了！""周正龙承认作假我也不相信，我是根据周正龙拍的照片科学分析得出的结论。"

某副教授的痛心，足见其照片拍得多么逼真，这是一个农民能做到的事情吗？很多人质问：堂堂的大学副教授，为何不相信虎照的科学验证，反而甘愿出此大丑？

警方公布周正龙此举的动机是利益驱动：为了获得两万元奖金。但媒体报料：如果此照不被"炒翻"，陕西省就可获得上千万元的国家自然保护资金，这是周正龙一人能办到的事情吗？

最令人钦佩的是这个周正龙先生，被警方带走到案后，还一度抵赖：照片就是真的，是自己用生命受威胁换来的。这种强硬表态倒好像政府和大众是骗子和镇压正义的刽子手。

与好友聊天时，我们分析周正龙如此一扛到底的原因。我认为原因有三：一是此人是个农民，农民有农民的豪侠仪义的一面，也有为吏献死的一面，前者如果说是品德，后者则是市侩；二是此君有初中文化，且多年走街串巷见过世面，这在当地既算知识分子，又算深谙中国官道之人；三是此人五十多岁，乃中国俗语说的知天命之年，但换句话说，老到这个样子的农民并无所求，相反，他的某些"重大决定"将会影响到子孙后代，这个时候在"拍虎"这样的事情上，摆出一副死猪不怕开水烫的老脸架势，大不了一个人蹲两三年班房而已，还能咋的？

果然，周正龙被判刑入狱。令我们大跌眼镜的是，已经刑满获释的周正龙，于2014年年底，再次出现在公众视野中。他声称将继续在家乡寻找华南虎，直到虎现冤申那一天。

可见，娱乐公信到了何种地步，但无论如何，我们从文史角度上却应该感谢此人，他为子孙创造了一个新典故：正龙拍虎。

这个成语无疑比"无中生有"更有故事性和时代内涵。

弃　婴

杭州余杭市郊有一座青翠的小山，低矮的灌木，茂密的杂草。多年前某日清晨，一对喜欢登山运动的老夫妻在人迹罕至的树丛外听到一种奇怪的声音，像一个婴儿微弱低吟。好奇的老先生拨开半人深的荒草一看，赫然发现一个婴儿蜷缩在一条毛巾被上，浑身爬满了蚂蚁和蚊虫。

好心的老妇赶紧把奄奄一息的婴儿抱出树丛，拍打掉婴儿身上的蚂蚁、蚊虫，然后拨打了报警电话。

婴儿被送往某医院，所有见到这个婴儿的医护人员都掉了眼泪。这个命悬一线的婴儿几乎被蚊虫活活吃掉！到医院两个多小时了，还有蚂蚁从这个出生才一个多月的女婴耳朵里爬出来。而整个婴儿的皮肤，没有一处是完好的，这个不幸的小生命成了蚂蚁蚊虫的活点心。

孩子终于被抢救过来。在这个过程中，孩子的身世已经很清楚，因为，在她的右手腕上，还套着这家医院的住院编号。这块白布条上清楚地写着："父亲史某某。"

原来，这个婴儿几天前曾因溶血病在这家医院入院治疗，两天后，其父史某某声称要带孩子回甘肃治病，强行把婴儿接出医院。

警方很快找到这个父亲。看守所里的史某某声泪俱下地申辩，自己没有听懂医生的意思，以为婴儿溶血病就是不治之症，所以瞒着妻子把女儿扔到了山上。

这个在荒山野岭整整度过 90 个小时的女婴竟然顽强地活到救命恩人的出现。这不能不说是生命的奇迹，但再顽强的生命，如果亲情和人性灭亡了，还有何意义！

史某某者，虽然被判 6 年徒刑，却让天下父亲蒙羞。

爱情小说是一味药

中草药在世界是独一无二的。据说,西方至今还有许多人怀疑中医是旁门左道。幸好中国有古老的中医文明,我们完全不用理会西方人怎么看,草药治好自己的病就好。

其实,最容易患病的人是读过书的人,只有读过书,才会有见识,有文化,见识和文化再转化成思想……行了,到这时,人就快得病了。因为想法过多,过乱,就得各种各样的病,都不是身体细胞上的病变,而是心思出了问题。

最先认识到这个道理的,是后来称之为作家的人,特别是小说家,他们自觉不自觉地成为一名医生。写作初衷或可只想自救,最后竟成为救人者。爱情小说这种文学形式就成了一味药,既然是药,就会分良药毒药,那得看病人(读者)自己的身心需求。

爱情一直存在,而且越来越被认为俗套,原因是人的情感失去了庄重性,性失去了神秘感。我少时家贫,买不起书,中学时才读过残破不全的《李自成》《水浒传》《三国演义》,都是男人打斗的事情。在《西游记》女儿国一章,我终于把自己想象成唐僧,以后无数个黑夜,我辗转反侧不能入睡,父母像现在所有的父母一样,只知道我睡不着,却不知道我得了什么病,这种病我今天命名为"情爱狂想症"——当然跟性有关。若干年后我读到章衣萍《情书一束》时,其中有亲吻女人妙处的描写,真是大吃一惊,私处和妙处一字之差,意境天别。

让我病情得以稳定下来的,是之后读到的两本书,一本是《林海雪原》,一本是《第二次握手》。少剑波和白茹,丁洁琼和苏冠兰的理想爱情观、干净的交往方式影响了我一生。在宋代,"传奇"专指描写人世恋爱的一类故事,而在当代文学史上,有一些爱情小说,不是因为优秀而成为传奇,而是因为作家与作品的特殊命运。《第二次握手》,在"文革"期间,始终以不同版本的手抄本形式秘密流传,直至1979年正式出版,这本书成为"感动过一个时代的书"。现在看来,这既是我们一代读者的有幸,也是不幸,因为,就爱情小说的高下来说,那时还有沈从文的《边城》,但我们当时是读不到的。《边城》的艺术价值远在汉唐传奇如《飞燕外传》《莺莺传》之上,真是"小小情事,凄婉欲绝,洵有神遇而不自知者……"《红楼梦》虽然也属于爱情小说一类,可少数人当年却不这样认为,它有另外的功效。

这就不得不说,爱情小说作为一味药,到底更多属于大众意义,还是属于小众意义。年轻时,我强烈坚持小众意义,近年却转向大众意义了。

小说家不是救世主,爱情也不会拯救自甘堕落的人。毛姆说,我们生活在一动乱的世界。事实上,不论是毛姆生活的时代,还是之前,抑或是未来的世界,永远不会太平。小说家应该全神贯注地盯着这个世界，特别是自由受到威胁，金钱名利当道，为富不仁，贪墨成风的时代，平头百姓总是处于忧虑、愤懑、挫折和恐惧之中，这就要求一类小说家及时开出一味药，让人们的内心尽快平静下来。

我所指的一类小说家是以爱情、亲情、友情为主题创作的小说家。他们当然不是托尔斯泰，甚至不是路遥和莫言，他们的小说离百姓更近，爱恨情仇更微小，更真实。假若让我推荐两部这样的小说，我就推荐《霍乱时期的爱情》和《洛丽塔》。关于这两本书，读书人和媒体已经说得太多，我再说什么都是废话。《霍乱时期的爱情》当然不同于《百年孤独》，它是另一个版本的包法利夫人。我们今天这个时代，今天很多人的爱情观，要么认为爱情是最纯洁的，要么认为爱情真是狗屎，其实两种看法很可能都是错的。而《洛丽塔》，当然有色情，但不是《查泰莱夫人的情人》式的色情，也不是《金瓶梅》式的色情——对于《金瓶梅》至今被禁公开发行，我个人认为是有道理的。

卢梭在《社会契约论》开篇就说："人是生而自由的，却处处受到束缚。"小说家也一样，不论生活在何种时代，何种制度下，也不论是男是女，随心所欲地写出自己和别人的故事，很可能办不到。另外，我们要是觉得，爱情小说是一味药言过其实，那就把爱情小说比作加油站出售的汽油净化剂。如果，我们把人的生活和生命长度，比作汽油的话，一瓶小小的净化剂，或可提高一下生活、生命质量的纯度，当然，这得是好的小说家和最好的爱情小说。

第三辑 文路拾遗

远古的笛音

据说,汉民祖先是看到鸟的足迹才创造了文字。我是满族人,但我对汉字和民乐笛声的痴迷却无以复加。

在塞罕坝草原,我度过了一个贫穷、寒冷与温暖交织的童年。按我父母的经历和家境,我应该成为一个文盲,但老来得子的父亲却让我上了学堂。七岁时,母亲把我送进只有十几个孩子的草屋上小学。快到门口,我却抱住母亲干瘦的腿哇哇大哭。这时,我看到金秋的阳光直射过来,那个眉目清秀的老师,坐在教室的门槛上,吹响了那支紫红晶亮的短笛。

其实,我第一次听到笛声,大约四五岁。那天是一个讨饭的盲人来到村口,顿时,我觉得自己好像飞了起来……老师吹完了《幽兰》,又吹了《阴中鸟》,然后示意两个好看的学姐,举起一块自制的小黑板,在上面一笔一画地写着三个汉字,那是老师给我起的正式名字,于是,我停止了哭泣……

我打小就是一个没有逻辑概念的孩子,记不住公式,算不了数字,加上贫穷到衣不遮体,又偏偏喜欢好看的女生。自卑从此藏匿我心……小学和中学,作文成为我唯一有信心继续读书的动力。后来我幸运地走出草原，有书读了，世界大了，眼界宽了，我才知道，作文就是散文。我的散文第一次获奖是在20世纪90年代第一个马年，《人民日报》和《野草》杂志联合举办"金马杯"文学作品征文，我的散文《我会不会忘却姐姐》获得征文二等奖。那时我还年轻，在鲁迅的故乡绍兴参加颁奖会，前后有几天时间，与前辈作家柯灵、叶文玲、徐志耕等先生合了影，还求了赠言。然而，之后的文学之路很曲折，我的精神并不愉快——为文学的纯粹性而写诗；为实惠省力而写报告文学；还为企求所谓的文学的最高形式而磕磕绊绊地发表了一些小说……直到那年，出版了长篇叙事散文《回鹿山》，我才意识到，一个天赋不高的作家，不可能是全才，更不能成为写作的杂家。

《回鹿山》的创作，让我第一次把准纪实写作的脉搏，这个功劳取决于工作之余，我阅读了不少中外一流的散文随笔和人物传记。我认为，好的小说是成功塑造人物形象，但好的非虚构作品却是直接描写好这一个或那一个活生生的人。不论是虚构的"人"还是真实的人，文学离开"人"这个核心，文采再好，意境再佳都缺少感化读者、打动读者的力量。

清代李渔在写兰花品性时，曾借古人"兰生幽谷，无人自芳"之句评说："假如幽谷里没有人，兰花的芳香，谁能闻到？又有谁能把它传播出去呢？"作为一个业余作者，现在如果让我回答，散文之于我是什么，或可这样说：有作者在场、有灵魂在场的传记和散文写作对于我——是一个孤独的人与这个世界进行交流的最直接方式;是进一步认识世界万物的一双眼睛;是叩问人的灵魂所依的远古笛音;是抒发情怀表达爱意的信物;是一株延续生命乃至让生命变得更有意义的松下茯苓。

坦白说,虽然有此认识,可惜我的悟性很差,在文学花园小径往返至人到中年,才刚刚意识到自己的生命律动、人文情怀和文学修养最与散文相偎相依。

能把塑造人物形象和写好真人真事同时做到极致的作家并不多,法国作家罗曼·罗兰就是其中一位。罗曼·罗兰以长篇小说《约翰·克利斯朵夫》和《母与子》奠定了世界文学大师的地位,但他同时发表了《米开朗琪罗传》《托尔斯泰传》《贝多芬传》和《甘地传》。

可是,中国的文学创作、出版环境和阅读环境毕竟不同于西方。以落魄老兵、贫困乡民的父亲为主人公的《回鹿山》书稿,我曾敬呈给一家有名望的文学杂志。

一段日子后,我被通知前往编辑部面谈。那天我特意理了发,刮了胡子,穿上崭新的军装,揣着怦怦狂跳的心应邀前往。

两位编辑老师热情接待了我。随后半个多小时,其中一位编过很多大作的老师一直在重复一个观点:这样带有自传性的散文是没有市场的,换句话说,是没有读者的;作为一个无名作者,琐琐碎碎写这样一个底层家庭、乡民父亲的旧生活,视角是非常窄的,高度是异常低的,这样写作没有前途;如果你,或者你写的父亲是一个名人……

听到这儿，我的汗水已经湿透了衣背。躬身致谢后，我像一团棉花飘出编辑部，在楼的拐角处，我停留了很久，以便使快要窒息的心脏恢复正常跳动。

显然，这位老师的评判标准与我的创作初衷南辕北辙。罗曼·罗兰笔下的人物，尽管赫赫有名，但他也说，名人并不一定是英雄，不是打遍天下无敌手的江湖豪杰，也不一定是功盖千秋的伟人，甚至不一定是胜利者。之所以写他们——这个或那个人肯定具有一种内在的强大生命力，使他们在任何逆境中都不放弃奋斗；他们饱经忧患，历尽艰难，却始终牢牢把握着自己的命运，以顽强的意志去战胜困难，竭力使自己成为无愧于"人"这个称谓的人。

正是罗曼·罗兰推崇的英雄品格，所以我最终找到了我要描写的对象——具有英雄品格的最普通最卑微的人，而且是最可让我投入情感的人。我在《回鹿山》第一句话就开宗明义地写道："一想到那么多富豪、政治家和名人被后人树碑立传，我就想到那些地位卑微、生活平常的父亲。偶尔，一个老人的面孔就闪过脑际。我努力回忆，就像早年看过的电影中的某个人物，老人的形象既清晰又模糊，他就是我的父亲。"

千百年历史表明，在中国社会各阶层，像我父亲这样的普通人无以计数，但他们却有着英雄般奔腾不息的强大生命力，永远保持人格的尊严，恪守个性的独立，既不屈服强权，也不随波逐流，同时他们都有关怀人、爱护人的博爱精神，甘心为他人的幸福奉献自身。

文学是人的精神食粮，从先秦两汉，到魏晋南北朝，再到唐宋元明清，辞赋散文所散发的正能量，在历史更迭中起着巨大作用。然而，曾几何时，很多人却悲观地看到，作为近代西方思想基础的人本主义还徘徊在国门的时候，金钱反而迅速取代神权和君权，成为主宰一切的力量。某种程度上，异常高贵、有尊严的"人"竟沦落成"商品"；所谓"自由、平等、博爱"在现实中，变成了人与人之间你死我活的竞争角逐；金钱和财富越积越多，"人"的理想却越来越远……我们应该有勇气承认这是事实。既然现实生活如此，文学作品里的"人"一再贬值，也就顺理成章了。其原因是，在这个以金钱为杠杆的社会——一部分作家的理想破灭了，停下来成为瞎子聋子傻子；另一部分作家跑步赶上了金钱大潮的脚步，变成了名利的奴隶……

然而，人类文明的发展是呈波浪式的。智者说，人类不毁灭，文学就不会死亡！坚信这一点，听见对某一阶段的文学创作、出版和评奖发出不满和非议的声音，我这个敏感而自卑的人的内心反而渐渐明亮起来——不满和非议越多，说明背后的人群越庞大，在这庞大的人群里，最痛不欲生的那些人，有一天也许会突然安静下来，气定神闲地开始写作，然后发表作品，成为作家，并终将成为少数为人类灵魂所依写作的优秀作家，毕竟，写作并不是什么难事儿，也不需要多高的学历，只要你有善良的心、悲天悯人的情怀和常常思考人为什么活着的大脑。

明心见性

有人说，作家、艺术家不要关心政治，更不要参与政治，其实这话很可商榷，也不符合现实。作家、艺术家要创造出传世作品，不可能不涉及社会民生，而社会民生恰恰是最大的政治。某年的两会多个提案深入民心。其中艺术家代表委员的提案明显带有艺术家特质：明心见性。

电影导演冯小刚呼吁部分恢复中文繁体字，他的"亲要相见，爱要有心"说，令人心动。中文繁体字有它特殊的含义。冯小刚举例说，如"亲爱"这两个字就非常有意思，"亲"的繁体是左边一个"亲"，右边一个"见"，合成了"親"字，"愛"在"家和友"中间有一个"心"，这两个字组成词就是"亲要相见，爱要有心"。结果简化以后变成了"亲不见、爱无心"。我很赞同冯的观点，先不说恢复繁体字的可能性和必要性，仅从艺术服务于人的角度出发，亲要见，爱要心就很贴切，也是艺术家应该存具的本心。

两会期间另一个明心见性的花絮是崔永元提问时任中纪委书记王岐山。我们没有听到小崔到底提了什么问题，公开播出的视频是这样的——当主持人宣布有提问的请举手时，小崔在后排抢先说："王书记我想发言。"他没有对主持人说，而是直接向王岐山提出申请。所有与会者都把目光转向小崔。当主持人请小崔坐到前面来时，小崔说："我就在这儿吧，没事。"这是小崔特有的语言艺术，此时已经有笑声。小崔接着说："特别高兴见到王书记，我刚刚见到您的第一感觉是特别紧张，我觉得我自己没什么事，不知道为什么见到您还紧张。"这时王岐山笑了，全场都笑了。小崔停顿一下，又说："我是希望所有的有事的人见到您都紧张。这是老百姓的想法。"全场再次响起轻松愉快的笑声。

很多人把崔永元当成弄潮儿或者斗士，我则一直把小崔当成艺术家，为什么？明心见性——明本心，见不生不灭的本性。作家、艺术家应该人人是明心见性的君子，然而，"明心见性，自古非易，位同初地，岂是随意"。小崔的可贵处正在于此，他心里一直装着他人，更为大众发声。以本心提问王岐山，又以特有的风趣幽默表达了百姓心声，纾解了会场紧张气氛。

明心见性，还有另外的解读。曾有某画家传记引起风波，据说作者系画家最得意门生，该书最大贡献是扯下艺术家面具还原成人。我曾以没有读到此著为憾。近日有友赠我该君新作，仍是以海外华人画家为主体，"如实道出他们的精神追求和生存状态"。放下手头一切，当晚灯下赏读，不想看完两章，已经憋闷得透不过气来，几乎一夜难眠。

书中所述，都是画界名流，作者以朋友视角一一写来，通篇都是沽名钓誉、你欺我诈、蝇营狗苟、男盗女娼、欲壑难填。也许有人认为，这样写作的人也是明心见性，我却认为，是作者自己心中没有光明，才在黑暗里给读者端上一盆人类的粪便。当然，作家和艺术家不是圣人，明心见性也不会立地成佛，但作家和艺术家毕竟要比芸芸众生有所开悟，他们理应成为人类灵魂的工程师，好作品除了真以外，更重要的还是善美。

黑 茶 之 歌

茶于中国，甚于瓷于中国，或者说，没有茶，瓷器生而无魂。茶，绝不是一片树叶的意义，茶文化源起华夏是不争的事实。上至唐宋，下至明清，茶诗、茶歌经典广为流传，歌者当然不乏文豪名士。元稹、卢仝、白居易、陆游、苏轼、张可久、纳兰性德，个个令人高山仰止。但随着年龄增长，我愈来愈强烈地感到，如今的中国茶，承载的社会性已经今非昔比。以贫富论，特殊历史阶段和特殊阶层，除了柴米两物成为生活必须，其他五种，却多属保健和调味，某时某地，昂贵如金的各类名茶，列为奢侈品也不为过。

因此，我更喜欢百姓那句俗语："出门七件事，柴米油盐酱醋茶。"而这里的茶，我始终理解为黑茶。黑茶其貌不扬，性情淡泊，其名低调甚至自嘲，但就是这种品格，正在慢慢赢得茶世界的尊重。

我与黑茶结缘日久，这个日久，是要带上引号的，从十三四岁识茶，算来也不过区区三十多年而已。

我母亲祖籍河北，20世纪三四十年代，中国北方先于南方内忧外患、民不聊生。我小姨妈早年逃荒，落脚在内蒙古乌兰布统。中华人民共和国成立后这里建了一个军马场，姨夫靠勤劳和智慧居然成为一名军马场职工。大约在我十三岁时,我第一次来姨妈家。早起,姨妈把一盆熟羊蹄(骨)放在箅子上,一边在锅里烧水,一边在砧板上用尖刀戳一块灰黑色的茶砖。姨妈说,这是黑茶,得用开水煮透,然后加入牛奶。"为什么叫黑茶?"我问。姨夫抢先回答:"应该叫砖茶,你姨没文化,看它黑,就叫黑茶。"后来读了书,爱上茶才知道,没文化的是姨夫。黑茶之名确实是因为颜色黑才叫了黑茶。那个早晨,在美丽的高岭,在阳光穿透的土屋,在姨妈一言不发的操劳里,我记住了包裹黑茶的残破毛头纸上的一行小字:湖南安化白沙溪茶厂。

那是我一生都难忘的早餐,烀烂的羊蹄筋,浓香扑鼻的奶茶。后来我知道,沸腾的黑茶汤融入雪白的牛奶,正如安化这个地名,神奇地中和、安化了人体内的动物脂肪,消食解腻,促进健康。但要知道,在20世纪六七十年代的草原上,即使是军工之家,喝一次黑砖奶茶,也只有逢年过节的时候,或者招待客人。

据说,西晋左思的《娇女》一诗,是中国最早的茶诗。"心为茶荈剧,吹嘘对鼎立。"写左思的娇女左芳,因急着品茗,就嘴对着烧水的鼎吹气。唐代以来,有关茶的诗词歌赋达两千多首(篇),却独有唐代诗人卢仝在《饮茶歌》中,描写他饮七碗茶的不同感受,一饮一思,步步深入,从个人的穷苦,想到亿万苍生的辛苦,其实,这也是我生命的底色。

从北方走到南方,读多了茶诗典籍,总会怀疑,越古老的茶,越应该是黑茶,起码是黑茶的先祖——煮茶之煮,烹茶之烹，柴干火旺，唯有黑茶才可扛鼎。

"黑茶"的命名最早见于明嘉靖三年（1524年）御史陈讲奏疏："以商茶低伪，征悉黑茶。地产有限，仍第为上中二品，印烙篦上，书商名而考之……"

黑茶，南方嘉木，虽然也曾得御前明奏，但从它诞生之日就属于底层民众。黑茶"南产北销，百姓所需，利益于民"，这是物竞天择还是历史必然？我想，从与黎民百姓血脉相连的角度看，我们缺少一部诗性的《黑茶之歌》。

近日，偶然知道现代黑茶史上，还有彭先泽这样一个先生，仅从有限的资料看，这真是值得记述和怀念的人。

生于湖南安化的彭先泽，1919年考入日本九州帝国大学，为支持父亲的事业，他后改习农业，从事水稻研究。1920年，其父彭国钧在安化小淹成立"湖南茶叶讲习所"，这是中国最早的茶业学校。1928年，彭先泽在安化又创办了"湖南茶事试验场"，这是中国最早的茶业科研机构之一。1931年，彭先泽任浙江大学农学院教授。但在1937年，彭先泽竟主动辞去浙大教授一职，回到湖南发展家乡茶业，并先后兼任农校茶科主任、省农业改进所茶作系主任、安化茶场场长。

据记载，抗日战争期间，南北交通阻断，西北市场砖茶奇缺，安化黑茶大量积压。这时，海归农学家彭先泽，两次绕道贵州、四川，三上青海、甘肃，行程上万公里，冒险探寻新的茶马古道。与此同时，彭先泽经过广泛的调查研究，在1939年经结了安化产茶却不能压砖的技术难题，打破晋、陕茶商"非泾水不能压砖"的垄断局面而大量压制茶砖。

1947年，安化茶叶公司成立，彭先泽任总经理。他同时在安化白沙溪及湖北咸宁分设茶厂，产制黑茶及鄂南洞砖（又名青茶砖）。彭先泽还先后主编《湘茶》月刊和《安化茶叶公司丛刊》等，并出版《安化黑茶砖》《茶叶概论》和《鄂南茶业》等专著。

"是时，彭先泽潜心研究茶苗育种、茶树栽培、茶叶采制、茶农组织，及国内国际茶叶市场之出路……彭先泽是为中国黑茶进行系统理论总结的第一人，被誉为中国黑茶理论之父。"公开资料如此评介彭先泽。

令人唏嘘的是，1951年，这位与黑茶结下不解之缘的中国农学家，却意外殒命，当年他只有49岁。

历史所犯的错误，当然不止一个彭先泽的意外，但更值得深思的是，一个甲子之后，当中国改革开放四十年后，茶业生产和消费已经上升到茶文化这个层次和高度的今天，如我一般的茶民、爱茶者，特别是爱黑茶的人，却不知道，有彭先泽这样一位挺立于国破家亡时期的民族实业家、农学家，竟以生命为代价，诠释了茶叶安民救国的道理，这是不应该的。我认为，彭先泽短暂的一生，不仅对战争年代的安化茶区起到安定作用，也大大提升了黑茶的历史地位。如果后人，也就是如我一样的既得利益的摇笔人，仅以"1951年去世"这样的表述，来记录彭先泽的与世长辞，我感到很惭愧。彭先生是一位真正的学人，他爱茶，终生以茶为业，并用理论指导实践，他是一个脚踏实地的爱国者，他的死是一个悲剧，他是值得我们敬重的前辈。

当然，这是一家之言，有感而发而已。然而此时再谈茶文化、茶说、茶诗和茶歌，却已经兴味索然。我们应该静下心来，好好研究一下黑茶的近代史和"南茶北用"的社会内涵，特别是因茶获罪的彭先泽先生，我们可不可以说，他本人就是一首《黑茶之歌》呢？

如今的内蒙古乌兰布统，军马场还在，场内场外的牧民都有钱了，早餐是奶茶，中餐有奶茶，晚餐还有奶茶。这里也属塞罕坝。塞罕坝因为获得了联合国教科文组织颁发的"人类地球卫士奖"一举成名，一年四季游人如织。来这里的游客除了喜欢听民歌，看舞蹈，更喜欢的还是喝奶茶。

然而，姨妈早已经离开了乌兰布统。她晚年投奔儿女，常住在石家庄鹿泉，九十二岁了，脑子像二十九岁，活成了哲学家。那年正月去看她，她说："咱娘俩都苦，你妈更苦，生在北方，家境贫寒。那时候一碗奶，要兑三碗水；一块砖茶，掰一块藏一块，我藏得住，也会藏，黑茶是好东西，要等着你和你妈来煮奶喝。"

是啊，我和姨妈都曾经是苦的，但这并不值得炫耀，与我同龄或年长的人，哪个没有苦过呢！然而这个苦，却时时提醒自己，人生有苦味，未必不幸福。就像我第一次喝奶茶，气味是浓香的，但品在嘴里，那种微微的苦涩，就是我格外珍重的童年，苦过了，涩过了，回甘就在以后的日子里，生活中哪怕一点美好，都值得歌颂、值得纪念。

北方不产茶，不爱茶时并不觉得遗憾，现在懂了，爱上茶的北方男人，就像爱上了南方水做的女子，可以余音，可以袅袅,可以终生不弃。从喜欢柴米油盐酱醋茶的"茶",到渐渐爱上白茶、红茶、绿茶、花茶、青茶、岩茶,我用了大半生的时间,但我更爱的还是黑茶,她是我的初恋,在康熙征讨噶尔丹的乌兰布统,在姨妈粗糙的手指间,第一缕茶香真是沁人心脾,经年不绝。

红岩与傲骨

红岩，本意是红色的岩石，石质坚硬；红岩又是一个地名，在重庆市，一个很小的地方；但在千千万万共产党人心中，红岩与井冈山、延安、西柏坡一样，是映照信仰、忠诚和伟大灵魂的镜子，是精神故乡。与其他革命圣地不同的是，红岩精神的确立，长篇小说《红岩》功不可没。

历史证明，中国共产党从诞生之日起，就长时间处在白色恐怖之中。被捕入狱、严刑拷打、跟踪暗杀是早期共产党人常常面对的灾难。从1927年8月1日在南昌打响武装反抗国民党反动派第一枪开始，另一个战场——中共地下党斗争的残酷程度愈发凸显。从李大钊到柔石，从瞿秋白到叶挺，再到《红岩》中江姐原型江竹筠，二十多年间，在牢房不屈战死的共产党人成千上万。斯大林有一句名言，他说"共产党人是用特殊材料制成的"，是的，中华人民共和国成立前，千百个瞿秋白、江姐们钢铁般意志和流血牺牲证明了这句名言，这是中国共产党人的傲骨。

小说《红岩》出版于1961年，是在罗广斌、杨益言的革命回忆录《在烈火中永生》基础上创作完成的。罗、杨二人都是在重庆解放前投身革命斗争的共产党员。不幸被捕后，在"中美合作所"集中营中,特别是在渣滓洞和白公馆,目睹了许多共产党人坚贞不屈和壮烈牺牲的场面,他们自己也经历了生与死的考验。

《红岩》正是这样一部集中反映被捕入狱的共产党人忠诚信仰、正气凛然、宁死不屈的长篇小说,从题材和内容来说,这也是中华人民共和国文学史上的开先河之作。

作为一部传统意义上的革命题材小说,《红岩》没有正面描写枪林弹雨和血肉横飞,但由于小说背景特殊,人物性格鲜明,结构布局严谨,故事情节环环相扣,描写步步惊心,小说出版后立即引起广泛好评,特别是小说内外的渣滓洞和白公馆,已经是血雨腥风和人间地狱的代名词。

小说是塑造人物、讲好故事的艺术,经典小说的构成要素一是人物的理想之光,二是人物死亡的英勇悲壮。

《红岩》里的主要人物命运就具备了这两个要素。

江姐,是作者以泣血之情着力塑造的典型人物,或者说,根本不用塑造,作者在监狱曾目睹了她对同志和亲人的爱,对党的忠贞不渝。

为了让江姐开口供出党组织和地下党名单,敌人用尽酷刑。最后竟用削成铁钉般的竹签,一根根钉入江姐十个指甲。人都说,十指连心,敌人就是要用这种惨绝人寰的"创举"来完成对共产党人人格意志的锻造。

竹签钉入第二个手指,江姐昏死过去。

"把她泼醒!再钉!"

施刑者徐鹏飞绝望的咆哮,使人相信,他从许云峰身上得到不到的东西，在江姐这个女共产党员身上，同样得不到。"一根！两根！……竹签深深地撕裂着血肉……左手，右手，两只手钉满了粗长的竹签……"一阵又一阵泼水声，刑堂内外，已经听不到徐鹏飞的咆哮，但也听不见江姐一丝丝呻吟……天快亮了，狱友们围着奄奄一息的江姐，轻声唱起叶挺的《囚歌》："为人进出的门紧锁着／为狗爬出的洞敞开着／一个声音高叫着／爬出来吧，给你自由！／我渴望自由／但我深深地知道／人的身躯／怎能从狗洞子爬出？……"江姐醒了，她凝视着一双双泪眼，轻声说道："在接受考验的时刻，人的生命，要用来保持党的纯洁……"

从第二天开始，一封封饱含热泪的慰问信，从各个狱室传过来。江姐百感交集，她请狱友明霞替她给同志们回一封信。晚上，通过墙头的秘密孔道，渣滓洞每间牢房里都在回响着江姐虚弱而平静的声音："毒刑拷打是太小的考验，竹签是竹做的，共产党员的意志是钢铁。"

不久，一个消息传进狱中，中华人民共和国于1949年10月1日成立了，国旗是红色的五星红旗。江姐拆下一块红色被面，和姐妹们在狱中一针一线地绣出一面红旗。

就义前，江姐梳理好头发，穿上整洁的蓝色旗袍，展平衣角的褶皱，深情吻了吻睡熟的"监狱之花"，平静地向狱友一一挥手告别，从容走向刑场……

小说另一个主人公许云峰，中共重庆地下党支部一位负责人，由于叛徒告密被捕。他冷静机智，胆识过人，顾全大局，革命斗争经验十分丰富。当党的秘密联络点沙坪坝书店出现险情后,他果断处置,为掩护市委书记,他声东击西,主动暴露把敌人引向自己。面对敌人的一次次严刑逼供,他利用徐鹏飞的刚愎自用把他引入错误判断,从而保护了党组织和同志。

华子良,坐牢十四年,装疯卖傻十四年,为迷惑敌人,每天在狭小的放风道来回不停地奔跑,最终在监狱秘密大屠杀前逃出魔窟。

小萝卜头,一个只有八岁的战士;双枪老太婆,转战华蓥山的传奇女侠;"监狱之花",这个出生不久父母就被敌人枪杀的女婴……不同年龄、不同性别、不同职业的英雄群像,他们在《红岩》里诞生,并伴随着《红梅赞》《绣红旗》等动人的旋律,永久矗立于歌乐山下,矗立于天地之间,矗立在人民心中。

党的早期领导人瞿秋白,在狱中送给狱医一幅照片,照片下面题词:"如果人有灵魂的话,何必要这个躯壳!但是,如果没有的话,这个躯壳又有什么用处?"从这个意义上说,小说《红岩》是有灵魂的,这灵魂就是江姐、许云峰这样一群视死如归,百折不挠的共产党人。值得思考的是,由于《红岩》作者之一罗广斌在那段特殊历史时期不幸卷入派系斗争意外身亡,随后又被"四人帮"一伙污蔑为反党特务,这部思想性与艺术性俱佳的长篇小说较长时间受到冷落。虽然罗广斌于1978年获得平反,但由于意识形态变化和文学评论界有意无意地忽视,这部红色经典并没有受到特别重视,幸运的是,《红岩》靠自己顽强的生命力存活下来,江姐还活着，《绣红旗》《红梅赞》还在传唱。由此，我想到罗马尼亚一位反法西斯主义作家奥·布祖拉和他的成名作《傲骨》，但不知道，现在还有多少人能读出意味。

名士与历城

孔子生曲阜，成圣人。其实只要这八个字，齐鲁名山，济南名泉不觉失色。毕竟，世间万物，人和人的思想是灵魂，没有人类智慧的山水，无所谓美丑，只是山水而已。然而，我年少读书识字时，孔家店已经砸烂，孔孟之道万劫不复。那时先父解甲归田，以说书为乐，最爱隋唐宋史。最早印在我脑子里的山东地名，一是水泊梁山，二是齐州历城。梁山因水浒，历城有秦琼——即便此刻，一提秦琼秦叔宝，精神立刻振奋。"身高八尺，豹头虎眼，金盔金甲乌金靴，胯下黄骠马，一双金锏震风雷！"我心中的秦琼，一直山呼海啸四十多年，其神圣高大盖过天下英豪。

历城，因处历山之下得名，自西汉初年设县，有两千一百多年历史，它成为济南一个区，不过三十年的事。大城纳编小县，是一个朝代又一个朝代中国城市扩大发展的潮流，但从历史文化传承和名城名镇保护方面，尚有许多值得商榷建言的地方。我们可以想到，欧洲某个小城，小小的，可人的样子——陈旧的石板路，氤氲在清新的空气中，珍珠一样精美的教堂，古玉一样温润的老墙，还有，傍晚并不明亮的路灯——这些并不重要，重要的是：在某一丛蔷薇花中，矗立着一个手持风琴的铜像。这是一个年轻的姑娘，就诞生在这个镇上，是一名乡村教师，她是第一个把乡村音乐定格在这里的人；或者，在某个小小的邮递所广场上，一个绿色斑驳的铜人倚坐在条椅上，他很瘦，衣服还打着补丁，正在阅读一本书。你肯定没听说过他的名字，但他却是这个小城最出名的作家，写过两本游记，已经去世一百多年。我这样说，并不是说外国的月亮圆，而是说，中国幅员辽阔，文明日久，王朝更迭，天灾人祸，文化遗产保存实属不易。

说历城，绕不过济南。济南的冬天，老舍先生写了，他还写了济南的秋天。其实，如果你真的了解济南的四季，就知道济南的冬天和秋天最不好入笔的，因为实在缺少特色。济南居黄河南岸，南面环山势高，北面黄河低回，这在习惯南低北高的地理方位上，容易让人产生混乱思绪。不好写才写，不好写才要写好，才能写好，这就是大师。老舍先生说，上帝把夏天的艺术赐给了瑞士，把春天赐给了西湖，所以只好写了济南的冬天和秋天。其实，哪里没有春天和夏天呢？老舍厚道，觉得不能把一个地方的风光写绝了，他要把容易入画的春天和夏天留给后人，但后人才疏学浅者多，好在，都还有自知之明，所以，《济南的冬天》发表多年后，至今没有一个作家写出《济南的春天》，或者《济南的夏天》。

新时期历城归了济南，名气确乎越来越小了。生活在历城的几位文友有些失落，只有讲到千佛崖、四门塔和华不注山，他们才面露笑容。我的看法是大可不必。就像北京，谁不知道先有潭柘寺才有北京城？历城也如北京的故宫，故宫之大，是集中华古文明大成之大，无论承德还是台北，总会显出小来。

天地承载万物，万物记载文明。无论大城小县，能在几千年历史大浪的冲刷下留存下来，除名川大山，名士、良吏至关重要。所谓名士，就是有才华的文史名人。而良吏不言自明。就像三股麻绳，名士、良吏和名山大川，你中有我，我中有你，缺一不成名城名镇，缺一不成名胜古迹。

我慕历城，是因为它小中见大，大非大小之大，而是某种精神。中华文明，儒学为源头。如此小小的古县，多位名士、良吏却青史留名。今天不谈良吏，虽然良吏对人类文明贡献无比巨大。历城名士中，我尤敬闵子骞、秦琼和刘庭式，因为此三士就是孝悌、忠勇和信义的典范。

入则孝，出则悌，圣贤根本。《论语·先进》有"孝哉，闵子骞！人不间于其父母昆弟之言"。春秋时期，孔子有七十二贤徒，闵子骞是其中"十哲"之一。子骞十岁丧母，其父再娶，但继母李氏对他百般虐待，给自己亲生的两个儿子做的棉衣，絮的是棉花，给子骞棉衣絮的是芦花。寒冬驾车外出劳作，子骞冻得发抖。其父以为他装病偷懒，一鞭抽下，芦花乱飞。父亲发现真相后，决定休了李氏。但子骞却双膝跪地，以情动父："母在一子寒，母去三子单。留下高堂母，全家得团圆……"后人把这一故事称为"单衣顺亲"或"鞭打芦花"。又有诗称赞："闵氏有贤郎，何曾怨后娘；车前留母在，三子免风霜。"我读子骞故事，常常不能自已，不独为他入则施孝继母而感佩，更为他出则关爱兄弟而涕零。

宋熙宁七年（1074），齐州知州李肃之，在闵子骞墓前建祠堂，苏辙作文以志。祠堂内有一副对联是："士各有志，一代高风推汶水；孝本无心，千秋知己问芦花。"

秦琼，字叔宝，其忠其勇，历史早已定论，不然，秦琼不会成为中国百姓保佑平安的门神。小时候听父说书，秦琼当锏卖马，为朋友两肋插刀，总是热血偾张。长大后从军，渐渐崇尚"士君子之勇"。孔子说，勇发乎仁。士君子是儒家的理想人格，讲究仁义道德。士君子的勇不是为了自己的一己私利，而是为了正义公平。孟子也说，勇本三分，德为贵，有德才为士。如此再读隋唐，秦琼士君子人格跃然纸上。

隋朝末年，天下大乱，官盗难分。好汉秦琼，曾在衙门供职。有一次押送犯人，与同伴在潞州分别时，忘了分行李，路银全被同伴带走。秦琼困在王小二客栈，衣食无着。小二势利，劝秦琼放掉犯人，变吏为盗，遭秦琼怒斥。秦琼卖光随身物品，又典当了双锏，才勉强度日。秦琼爱马，视坐骑黄骠马为兄弟。某日，秦琼重病店中，小二又暗示他，可以卖马换钱。秦琼看爱马骨瘦如柴，几近饿死，不觉潸然泪下。他请小二将黄骠马拴在店南大槐树下，树挂一牌，上书：良马识英雄，分文不取。当时，另一个名士单雄信路过，听说有人赠马觅英雄，便去相马。秦琼早就听说单雄信是一条好汉，但自己眼下穷困潦倒，羞于颜面，不肯相交。他叮嘱小二，马赠雄信，但不要说出叔宝真名实姓。后经王伯当引荐，使两位英雄相识。单雄信把秦琼接往二贤庄，精心养病八十月。离别时，单雄信给黄骠马配上了金镫银鞍，并以重金接济，从此二人结下莫逆之交。随后，在推翻隋王朝的农民起义中，兄弟二人同仇敌忾，为起义军创造了不可磨灭的业绩。唐朝兴起后，秦琼对太宗李世民忠诚一生，终身保唐，单雄信则抗唐到底。尽管秦、单二人在政治上分道扬镳，各为其主，但患难中结下的兄弟情谊始终如故。《说唐》中的"秦琼建祠报雄信"，说的就是秦琼听说李世民擒了单雄信，飞马来救。刚赶到阵前，雄信头已落地。秦琼不顾李世民猜忌，抱起雄信的头，跪在地上，悲痛欲绝。李世民深受感动，允许秦琼将雄信夫妻合葬在洛阳南门外，并起造一所祠堂，以报潞州知遇之恩。

今天的历城，有齐鲁首邑之誉，有后人说，此提法或可出自苏轼、苏辙兄弟。我认为，文人轶事，一说一听罢了，倒是苏轼写历城名士刘庭式义娶盲女的故事，永存我心。可惜因为苏轼词、书名头太大，义娶之事反而流传不广。

苏轼在当密州知州时，齐州历城人刘庭式在他手下做通判。某天，在齐州做掌书记的苏辙听说，刘庭式在没有考中进士时，曾商议迎娶同乡农家女儿。刘庭式考中进士后，农家女却因病双目失明。女家因家贫女盲，不敢再提双方婚约，也有人劝刘庭式迎娶农家幼女。可刘庭式却正色道："我的心已经许给她了，虽然她人瞎了，我相信她的心也许给我了，我岂能辜负她和我当初的心意？！"于是，刘庭式隆重迎娶了盲女。苏辙听了刘庭式的故事，专门写信给哥哥苏轼，赞扬刘庭式通晓礼仪、有信有义。多年之后，刘庭式盲妻病死在密州。刘庭式十分悲痛，为盲妻举办了隆重的丧事，一两年还没有从悲哀中解脱出来，更不肯再娶。苏轼有一次问他："悲哀生于爱，而爱生于美色，你娶盲女，并与她一齐到老，这是坚守道义。（但是）你的爱又从何而来呢？你的悲哀又从何而来呢？"刘庭式回答："我只知道，失去了我的妻子而已，她有眼睛是我的妻子，没有眼睛也是我的妻子。我如果是因为美色而生爱，因为爱而生悲哀，那么美色衰减，爱也会废弃，我的悲哀也会忘掉。那么，那些扬袂倚市，目挑而心招的风尘女子，岂不是都可以做妻子了吗？"这是苏轼《书刘庭式事》一文的记录。我每读至此，都为前辈文豪苏轼感到一丝惭愧。虽然文中苏轼说，他被刘庭式的话深深打动，并预言刘庭式将来一定会成为功名富贵的人，可我还是看出苏轼藏在文字后面的讪讪和渺小。"如果他不能取得尊位，就一定会得道。"这是苏轼为了掩盖自己的窘态，在该文中对刘庭式做的美好祝愿。文章最后写道："昨日有人从庐山来，说刘庭式现在在庐山，主持太平观，面目神采奕奕有紫光，在上下峻岭山道上，往返行走六十里就像飞一样，辟谷不食已经几年了，这难道是没有得道而凭空这样的吗？！"苏轼毕竟是有智慧的人，借用如椽之笔，为刘庭式，也为自己画了一个圆满的句号。

从古至今，历城名士辈出，除闵子骞、秦琼和刘庭式之外，还有西汉时请缨报国的终军、北宋"读书堂"主人张蕴父子、南宋豪放派词人辛弃疾、明代诗人李攀龙、清代乡贤马国翰等等。生于历城或葬于历城的良吏更有：十古大贤鲍叔牙、贞观名相房玄龄、元代好官张养浩、明代廉吏张鼐、清末名臣丁宝桢等，可惜篇幅所限，不能一一道来。

清明前夕，与历城友人静坐秦琼祠前，看周围房新瓦洁，看老人安适晨练，听百灵欢歌，遥想心中英雄秦琼，远在昭陵陪太宗安卧，顿觉如重返贞观盛世，百感交集，心旷神怡。忽然又想，自己虽身在行伍，但也算半个文人，既到历城，不早日谒拜辛弃疾、李攀龙和老舍，简直有罪。

历城友人告诉我，辛弃疾故居，位于历城区东北的遥墙镇四风闸村。李攀龙的"白雪楼"初建在历城王舍人庄之东鲍山下。

友人最后说："其实，李清照也是历城人，但章丘人不同意。"我笑了，说是啊，为什么要争这个呢？老舍先生是北京旗人，但他说，济南是他第二故乡；至于李清照和辛弃疾，只要后人知道，宋词有二安，"婉约以易安为宗，豪放唯幼安称首"就可以了。

长安,任重道远

中国是历史文明古国,汉文化枝繁叶茂。秦汉以来,仅中原古城遗迹一脉,就令历代史学家、考古学家目不暇接,眼花缭乱。然而坦白来说,千百年农耕社会形成了一种漠视传统,我们对建筑史学研究不够,保护不周,尽管在历朝历代的黄土地上,都闪耀过泥石砖瓦木制建筑的光芒,但随着一个王朝又一个王朝的覆灭,光芒遁去,遗迹也慢慢荡然无存。

中华人民共和国成立七十多年,改革开放四十余年,经济蒸蒸日上,文化远播重洋,十二朝古都西安,以其无与伦比的汉文化特质,吸引了全世界旅人的目光。然而智者明白,历史长河滚滚东流,昼夜不停,两千多年只在瞬间。时逢盛世,国人觉醒,民族文化开始寻根。可是,近百年来的西安,尽管遍地秦砖汉瓦,却并不能全部彰显汉文化的精妙和博达,于是,21世纪的某年某月某天,有一个智者首先提出:保护和发掘汉长安城遗址,弘扬和传播汉文化精神和民族智慧。

历史证明,智者不会轻易产生,智者需要一个伟大时代。这个智者是谁?是官员还是学者?没有去找寻确切答案。但我想,这并不重要,重要的是,官员学者也好,贩夫走卒也罢，他是个智者，他提出了对这个国家和民族历史文化传承有积极意义的建议，被当局采纳了，并且付诸了行动，这就是一个非常好的开端，也是汉文化复兴的前兆。

然而，我又想：一个智者，活得再久也不过百年，如果他的智慧得不到发扬，失掉的可不仅仅是一个智者的生命。汉长安城的保护也有例证。

20世纪50年代中期，两个中央直属工厂就要在汉长安城遗址上动工开建。时任中国文化部副部长的郑振铎来西安视察，他一面急令停建，一面向中央领导反映。他上书说："两千年来，世界上只有一个保存完好的汉长安城！虽然是遗址，但却是汉文化的根脉！"

无疑，文学家、文学史家郑振铎是一个智者，但他没有料到，随后而至的"批林批孔"运动和"文化大革命"以摧枯拉朽之势，毁掉了无法计算的国宝文物。不知是命运使然还是老天眷顾，经历了无数动荡岁月，古城遗址竟能安然无恙。

新时代到来了，这应当是一个伟大的时代，伟大时代诞生智者，也诞生英明决策。当然，再英明的决策也需要身体力行的执行者，就如当年汉高祖刘邦采纳娄敬、张良建议，弃建都城洛阳而改建长安一样，如果没有丞相萧何的殚精竭虑、勤勉力行，长安都城的未央宫和长乐宫就不会万世流芳，高祖刘邦长治久安的理想就不能实现。

长安，非常非常中国的地名，温馨安宁，透着古韵，几乎包含了所有汉文明元素在里面。默念声声长安，就仿佛默念着声声佛号，内心即刻安静妥帖下来。长治久安，当年的刘邦首先要在皇城内实现，然后才是整个国家，这既是一个皇帝的祈求，也是黎民百姓安居乐业的理想。

两千年说长也长，说短也短。面对深埋地下的古长安城遗址，今天的决策者已经指明了方向，执行者如何通过智慧、能力、金钱、时间和辛劳，实现中华民族伟大复兴的"长安梦"，这是一个现在并不能立即回答的难题。

何况，如下一段宣传文字，把今天的汉长安城遗址推上了无以复加的高度——

> 汉长安城遗址占地三十六平方公里，是当时罗马古城的四倍。它是我国现存规模最大、建都朝代最多、沿用时间最长、文化含量最高、保存最完整、遗迹最丰富的古代都城遗址；是中华民族多元一体统一国家的历史标志与象征，是汉民族文化形成过程的核心；是我国历史秦汉辉煌时期，最具代表性、最具核心地位的重大历史文化遗产；是人类历史文明进程的珍贵见证。

描述一景一物，一城一池，连用八个"最"，足以压垮一个小小文人的想象力。但是，"阳春之曲，和者必寡；盛名之下，其实难副"，如果我们不懂月满则亏，水满则溢的道理，要想把如此之"最"的古长安城遗址文化发掘、恢复、打造出来，其难度可想而知。

客观说，很多人并不知道汉长安城，即使多年舞文弄墨的一般文人，或许也不一定了解。并非大家孤陋寡闻，而是中华文化圣迹太广太深。在很多作家、艺术家的游历史里，"长安城"往往是"长城"的错记。

某年初秋，一个偶然的机会，我们一行十几个作家被引导着，第一次踏上了汉长安城遗址。短短两天，大家一直沉浸在汉文化史迹博大深厚的气氛中。一位在西安市代职的文艺理论家说得好："西安的风都是文化的味道。"

我理解这种比喻，我们一行人不是小说家就是诗人，对于文化的味道，不用导游引介，也能闻得到，看得到。可是，我也不禁自问：假使我们就是一行普通的旅游观光客，大家来到这里，举目一望，除了茂密的树木，鲜艳的花草和干净的石子路，我们怎样才能感知到脚下被掩埋的古文明遗迹？

另一个问题是，如果参观者在西安只看了兵马俑、大雁塔、碑林和华清池，就可以说认知了汉唐盛世文明，那么，现在为什么还要提出保护和发掘汉长安城遗址？

带着这样的自问，在那间十几平方米、破烂不堪的制高点刘向祠旁，举目环望，除了疯长的荒草树木，多处可见古宫殿原址上，铺上了形制各异、颜色不同的砖石。随行人员介绍，由于缺少经费，在原址上恢复秦汉时期的宫殿建筑不太可能，只能依据考古发现，拣一些简单又能体现汉长安城风貌的小建筑，在地面上以一比一的比例标列出来……我在心里说，如果兵马俑不被出土，而是站在俑坑上面告诉游人说，在这坚硬的黄土下面，埋藏着数以万计的陶人陶马和攻城略地的秦兵马方阵，参观者能说什么？后来者还会潮涌而来吗?

名胜古迹最大的吸引力是能够亲眼看到,听到和想到都不能取代眼见为实的见到。关于汉长安城宫殿建筑的奇绝、华丽和雄伟,读书人并不陌生。班固的《西都赋》早有描绘:"体象乎天地,经纬乎阴阳。据坤灵之正位,仿太紫之圆方。树中天之华阙,丰冠山之朱堂。因瑰材而究奇,抗应龙之虹梁。"整个宫殿建筑的风格奇异和富丽堂皇,可谓空前绝后……

就是抱着这种想象,我们终于看到,一大片青砖绿瓦的汉长安城微型建筑群,如沙盘一般凝固在空旷的遗址上。为了减少人为的损坏,建筑群被封闭起来,只在微型建筑群西侧搭起一排观赏台。不多的游人想以微型建筑群做背景照张相,但大多数人最终都摇摇头作罢了,因为建筑太过微型,比例太不协调。

于是我想:限于财力和能力,整个古长安城,或者华丽壮美的未央宫、长乐宫一时不能重建,在当时的"国家档案馆"石渠阁和"国家图书馆"天禄阁遗址上,总可以"依循旧制",得到重建吧。

天禄阁,是保存国家秘籍的地方。国家的文史档案和古代重要的图书典藏都在这里。史书记载,为了校勘当朝流行的各种版本之正误,著名学者刘向、扬雄等,都在这里做过"校书"工作。《隋书·经籍志》也记载,汉成帝时,曾让攻有专长的学者在天禄阁对图书进行过大规模的整理和校勘。光禄大夫刘向校经传、诸子、诗赋;步兵校尉任宏校兵书……

藏书楼作为中国文化遗存的重要载体,历朝历代均受尊崇。天禄阁一旦重建，就会和散落在全国各地的藏书楼，如：天一阁、文津阁、文源阁、文渊阁、文溯阁、文汇阁、文宗阁、文澜阁、皕宋楼、玉海楼、嘉业堂等等一起，焕发出夺目的光彩。而像石渠阁、少府、苍池这样有巨大文化含量的"景点"，恢复重建应该不是很难，但却极具代表性，是文化遗址魅力的画龙点睛之笔。

古皇城气派，第一眼要体现在城墙上。考古证明：汉长安城墙高约十二至十六米；根基宽约十二至十四米；顶部宽十至十二米。

在一处保存了两千年的城墙残垣旁，友人一一与残垣合影留念。这段残墙高约两米，全由黄土板隔夯打而成。夯土层次分明，土质金黄，坚硬如石。最神奇的是当年托住挡板的横杆穿孔，依次排列，整齐有序，就像一双双先人的眼睛注视前方。在残墙顶上，生长着茂密的杂草和酸枣树，墙壁却傲迎风雨，寸草不生。据说，周长两万五千多米的汉长安城墙，墙土都是大锅炒熟，再三过细筛，黄土用糯米汤和好，再人工夯成的。于是我又想，恢复城墙和城门一项，是否已经在规划中了？如果已有计划，城墙就用实地考古掌握的方法，黄土、炒熟、过筛、挡板、夯实……宣平门、清明门、霸城门、覆盎门、西安门和洛城门等十二座城门一一重建……有了巍峨坚固的城墙，精美绝伦的城门，就有了皇权和京都的象征；五年后，奇雄奢华的未央宫重见天日；又五年，长乐宫全面向游人开放；再十年，桂宫、北宫和明光宫五大宫殿里外挤满了参观的游客……千年铁树终于开花，一座死亡了两千年的汉长安城彻底复活……

现实是，挥金如土，工程浩大，用时之长……这一切，都是一道道难关，不能靠"春秋"笔法。秋阳之下，我久久望着一幢刚刚建成不久的仿古小楼。门楼两侧——一块匾上写着：西安汉长安城国家大遗址保护特区建设领导小组办公室；另一侧的匾上写着：西安汉长安城国家大遗址保护特区管理委员会。据说，前者是双重身份，既是西安市政府特设机构，也是未央区政府职能所在，区委书记任特区办公室副主任。

"汉长安城国家大遗址"这副担子是纯金打造的，既价值连城，也很重很重。

同行的区政府办公室副主任是位干练漂亮的女性，姓刘。她指着石子路边大片杨树说——

"太难了，真是太难了。九个自然村，四千多户居民，一万五千多人口，而且，多数居民世代居住在这里，当得知必须搬出遗址时，可以想象他们的心情……他们难，政府难，书记和区长更难……"

小刘告诉我，当年三个月内，所有保护区内的居民都迁出了，很多人也累倒了。但有一天，区领导却突然下令：区政府和保护区管委会成员全部出动，春节前找到分散到西安各处的搬迁户，"每家都要送上慰问金和粮油，四千多户，不许漏掉一家……"

说到儿，小刘突然不说了。我分明看到一个年轻母亲眼里的热泪。我知道，长安城遗址拆迁令于2012年9月末下达，到当年春节,只有三个多月的时间,数不尽的难题,说不完的辛酸……那时,小刘的儿子只有两岁。

有一种声音说,中国的迅速致富,靠的是变卖土地。这话虽然有些绝对,但也有一定的实证。在寸土寸金的省城西安未央区,36平方公里土地意味着什么?据说,考虑到地区经济发展和官员升迁业绩,上级也曾有过分期分批拆迁的设想,结果却被未央区"一班人"主动否掉了。

一位区主要领导这样说:"长痛是痛,短痛也是痛。是功是过,就让我们几个来担当吧。说我们难不假,但还能难过一万五千多名老百姓吗?"

搬迁初期,一位果农也曾以死相抵。他说:"我和姨妈家只隔着这么一堵看不见的城墙,人家城墙外的家,商业拆迁了,得了上千万元土地补偿款,而我们呢?除了背井离乡,还要掘了祖坟,我们凭什么要付出这样高昂的代价……"

显然,未央区政府和未央区的老百姓付出了巨大牺牲。

"上路了,就不能回头,唯有不惜一切代价,重建汉长安城,不实现彰显汉唐盛世的文化精神,不足以告慰离散的百姓。"

我把自己的浅见说给随行的一位管理者——他既是管理者,也是建设者。他年轻,朝气蓬勃,对刚刚从事的工作充满热情和向往。但他听后却说:"有道理,但近期还达不到,主要是财力不够……"

"如果有足够的钱,国家支持也好,社会集资也罢,我们有国家乃至世界一流的复古设计、建设人才吗?或者,我们有这样的设想蓝图吗?"

年轻的工作者微微停顿一下,给了我一个时下最流行的回答:"这个,你懂的。"

在当天的座谈会上,我不无忧虑地说:历史会验证我们今天的决定是否值得,但这取决于国家和省市各级的大力支持,取决于遗址两个管理和建设职能机构及其后来者的远见和作为。远见是什么?很简单,呼吁举全国或全省财富之力,召集中外文化、国学、文物、史学、建筑学精英,确定一个长远、务实、能实现"国家大遗址"最终文化价值的规划设计实施方案;作为则是:现任的管理建设者和后继之人要不打折扣,全心全意,呕心沥血,前赴后继地执行好这个规划——三年,五年,甚至十五年。也唯有这样,才能复原那个无数个"最"组成的古长安城。

一句话,作为个人,我是希望汉长安城在遗址上重建的。理由是,长安城不是圆明园,不重建圆明园而保留圆明园的残垣断壁,是国破山河碎的历史见证,是对后人的警醒教育。汉长安城的重建,目的就是多元素汉文化辉煌历史证明和展示,也是对后人的鼓舞和激励。

座谈会上,几位作家以赤子情怀,纷纷提到已经落成的景观存在的肤浅、疏漏和差错。比如浮雕上秦将不应蹬着马镫;比如汉武帝雕像基座7层,象征他是汉代第七位皇帝(实际应该为第五位皇帝);比如大明宫里播放的电影粗俗不堪……未央区领导们聚精会神地倾听着,记录着。他们何尝不知道,保护和发掘汉长安城遗址,有如盛世修典,就像重新编纂一部《史记》和《汉书》，而在历史编纂学上，精华和糟粕的区别，就表现在客观的求实态度跟主观的褒贬的做法之间。

……很想用心游历一番博大精深的古都长安遗址，遗憾的是，时间太短，只有两天。我来不及做过多过深的思考，只能用脚而没有用心细细品味这动人的古长安遗址。

尽管如此，我还是要对那些保护和发掘古城付出辛劳和牺牲的人们，表示由衷的敬佩！我想告诉他们：于官者，无论他们官多大多小；于民者，无论他们是穷是富，也无论他们的新家最终安在哪里——历史会铭记他们。

对汉长安城遗址的发掘、建设的未来，作为一个偶然而来的小小文人，我真心实意地想借用刘知几谈史书编纂中的"直书"和"曲笔"之说——我愿意成为直书者而不当曲笔人。我相信，更多的名家大儒同样会直抒己见，献计献策，因为大家知道，不论是保护遗址的倡议者、决策者还是建设者，抑或是观光者，都希望看到一个精确、华美、庄严、不失古风古韵的"长安古城"，而不是一个粗制滥造的复古长安城。

眼下，我们需要的仍然是远见和耐心：不为眼前名利所惑，不怕时间催逼人老，哪怕重现一亭一阁，一草一木，也要成熟一个完成一个，汉长安城珍珠般的精美光芒，终将会照亮人们的思想和历史的天空。

我与狗儿的情感生活

因为编一本青年诗人的散文集而结识了诗人的女友罗玛,她是个善良而忧伤的女性;同时让我认识的还有诗人和罗玛的"儿女"尼玛和六子。

尼玛和六子是母子,但由于它们是狗,于是他俩的关系就有些暧昧和混乱,这当然是在六子成年之后的事情。关于尼玛和六子的故事请朋友们阅读一本书——《天堂里的每一天》,我只说我应该说的。

正如为本书作序的诗人朱朱所言,这应该是第一本由中国人自己所写的,关于狗这一主题的随笔作品。令我吃惊的是,文章竟写得如此动情,以至于在几个情节中,让我这个看多了文章中母子情深、父子情深乃至爱情情更深的编辑,差一点掉下眼泪。应该承认,在狗这种可爱的动物身上,我们许多人是有罪的,打狗骂狗,杀狗吃狗的勾当也随时随处可见。

记得我少年时,在我的家乡草原上,打狗除害风刮得很猛。我家的那只"四眼狗"(眼睛上方有两个圆点,远远看去像四只眼),在打狗队到来前一天突然失踪。四五天后的黄昏,饿得打晃的"四眼"出现在我家门口的粪堆上,但它却不进院门。我跑出去搂住它的脖子,它哀伤地低声鸣叫,不住地用温热的舌头舔舐我的手背,而它的身体则是冰凉和发抖的。我当时只能塞给它两个煮熟的土豆,它几乎是囫囵吞下,喉管发着咕咕的声音。当我示意它和我回家时,它胆怯地向前走了几步,又哀叫着退了回去,然后夹着尾巴消失在夜色里。

这时,我发现我父亲正在窗下脸面模糊地看着我们。

我父亲在冬天里永远穿着白茬皮袄,他很威严,当时是生产队长。就在三天前,公社的打狗队长狠狠地批评了我父亲,他认为我们藏起了"四眼"。

我父亲没有反驳,他只是用力勒了勒腰间的皮带。我知道"四眼"的命完了,我父亲是个出色的猎手,每当他勒紧腰带的时候,他想要的猎物就该死了。

第二天清晨,我被一种奇特的呜咽声惊醒。透过挂霜的玻璃,我发现"四眼"正在院外羊圈的门桩上挣扎。一根细若游丝的皮绳在"四眼"的颈上越勒越紧。"四眼"哀叫着,前爪拼命抓挠着门桩。看不见它的眼睛,也看不见它流出的泪水,但它因窒息而发出的奇异的、撕心裂肺的可怕呜咽声在草原上的清晨却传得很远很远。

"四眼"被父亲放下来后已经死了,像个在平静中睡去的孩子,它躺在洁白的雪地上,瘦得不成样子,风轻轻地荡着它干净的杂色毛发。

我生来怕我父亲,我多么想救下"四眼",但我没这个本事。我只有在父亲离开后,暗泣着跪下来握住"四眼"的前爪。前爪是冰凉的,就是这只右前爪,在我童年向少年的过渡时期，不知有多少次在接受我的命令后，与我热烈握手；我看见"四眼"咬在嘴外的舌头，就是这只温热的舌头，不知多少次亲亲地舔过我的双手和双颊，而今，这条能表达一切情感的舌头被垂死挣扎的自己咬烂了，鲜血甩在雪地上，一点一滴，鲜红鲜红……这只"四眼"与我度过了大约7年时光，是我童年最好的玩伴和最大的快乐。它被勒死时我12岁，那一天，也是我半生第一次体味到死亡和心碎的滋味。

也许就是这段血腥的渊源，当罗玛和朱朱向我谈起狗故事并提出想编著这样一本书时，我毫不犹豫地大声叫好，我因他们与狗的至纯至爱而感动。

其时，我、朱朱和罗玛正坐在古都南京东郊的古城墙上喝着露天茶。周围是参天的大树和初春的雾霭。尼玛和六子都正值壮年，也许正应了"温饱思淫欲"这句古话，尼玛在欢蹦乱跳的同时，不时地扭着肥硕得几乎流油的屁股跳在六子的背上做投入状、陶醉状。这种几近色情的乱伦游戏不断重复，不免将这种优雅散淡的文人聚会搅出几分尴尬。我和朱朱相视而笑，他只好说，这个狗东西。

书稿几乎没怎么修改，原计划2000年9月前出版的，只因这期间我读到一篇文章，是关于美术大师韩美林和小狗的故事。故事本身是非常感人的，但这篇文章由于视角的关系或别的原因，写得并不出众。我认为，散文随笔写得非常精到的韩美林先生如果自己动笔，一定会写得更好些。

我找到了韩美林先生。韩先生果然是个爱叫唤的艺术家。谈到狗与人的生活，乃至整个宇宙生命时，韩先生激情四溢。

他一口答应要写一篇,并说这是非常重要的一篇文章。然而不久,韩先生却因病住进了医院。经与罗玛商量,我们决定等着这篇文章,可是,几个月后,我看到上帝保佑着九死一生的韩先生出院时,不忍之心卓然。这是一场令人难以想象的大病,像韩先生这样坚强的汉子也不免面露憔悴。

最终没得到韩先生的美文。所幸的是,本书的封面得到了韩美林先生的鼎力支持。此画的原型并不是和韩先生生活在一起的宝贝博美犬,尽管这只可爱的小狗也曾经救过韩先生一命。

封面画的小狗叫"患难小友"。这是这幅画诞生时才有的名字。20世纪60年代韩先生在淮南遭难时可不像现在,那时所有看他的人用的都是白眼球,可一条被遗弃的黑白相间的花毛小狗却成了他的朋友,可见,俗语"狗眼看人低"未必都准确。

现在的陶艺大师韩美林,当时正在高温难耐的窑里烧瓷,周围除了火焰和孤独,就是"患难小友"。"患难小友"热得吐出小舌头,四爪轮流着地,即使这样它也决不离开韩先生一步,它的信念就是与主人同甘苦共患难。

该受刑了,造反派对韩先生施以拳脚,小狗狂叫着冲过来,但它的力量太小了,它咬不到刽子手,就死死拖住施暴者的裤脚,它要拖住这只罪恶的脚,不让它落到主人身上去。这是一场生与死的搏斗,也是令造反派感到羞辱的反抗。看到这样一只小狗,感受到微弱的生命的无穷力量,施暴者没有任何理由不举起手中的木棒。"患难小友"倒下了,但它却不顾一切地，毅然挪爬到倒在地上的韩先生跟前，努力伸出温热的小舌头去舔掉韩先生满脸的泪水和无助的汗水。

韩先生的泪是为小狗"患难小友"流的，而小狗的哀鸣分明又是因为韩先生受到的不幸和不公，它全然忘记了自己剧痛的、被打断的脊梁。

四年后，韩先生终于自由了。当他看到人间第一缕阳光时，他第一个想到的是"患难小友"。他到街上买了一点肉，他想去看望一下这个朋友，然而他得到的却是小狗的死讯。韩美林哭了，手中的一包肉无声地滑在地上。在那一刻，一直对生活充满希望的艺术家的内心却是无助的、无尽的悲哀。

于是，就有了这张作为封面的画。韩先生重看这幅画时说："这么多年了，每当看到它时，我的眼前总浮现出那只小狗的身影，一想起它被人打死时的惨状，我总是泪眼模糊。过去那些日子，如果没有它陪伴，我真不知能不能有信心活到今天！"

和我讲述"患难小友"时，那只聪明的博美犬正安静地卧在韩先生怀里。它像一个甜蜜的儿子一样观察着旁边的人，它不许别人接近主人，哪怕你想亲热它一下，它也骄傲地大声吠叫起来。不难看出，作为不同时代的狗，它的命运不知要比"患难小友"好上多少倍。

由是，我们要特别感谢热爱动物、珍爱生命的美术大师韩美林先生。

另外，在编辑此书时，有幸认识了首都动物保护协会的几位朋友，她们都是有绝顶爱心的好人，感谢她们的支持与鼓励，在此一并表示谢忱！

回 鹿 山

从北京开车上北三环，从太阳宫桥奔京承高速，出六环，过密云，一脚油门就到了古北口。

古北口这个名称很有味道，不论读还是写，都有味道，透着古韵。古北口是山海关和居庸关之间的长城要塞，为辽东平原和内蒙古通往中原地区的咽喉，历来是兵家必争之地。如今硝烟散尽，马蹄声远，不仅古北口长城，全国境内所有长城，都成了中国最特殊的文化符号。

从古北口起算，只需两个半钟头，就到了著名的避暑山城承德。普宁寺的大佛、外八庙的精致、避暑山庄的文津阁等等，游客至少得花两天时间才会有收获。避暑山庄的文津阁不得了，现存国家图书馆的唯一一套《四库全书》，就来自文津阁，这是一个传奇，是另外一个故事，但我要说的不是承德和文津阁，而是木兰围场。

木兰围场在承德北上120公里处，是全国唯一一个满族蒙古族自治县。"木兰"是满语"哨鹿"的意思，哨鹿就是用口笛或草叶吹出鹿鸣的声音。哨鹿这名称也有味道，但味道与味道不同，对闻声而至的鹿来说，哨鹿是死亡的召唤。从清世祖福临在顺治八年（1651）第一次巡幸塞外，到康熙二十年（1681），设置木兰围场，用了三十年。此时的围场既是皇家猎苑，也是清政府利用木兰秋狝贯彻"肄武绥藩"的重要场地。清灭亡后，围场在民国元年（1912）正式建县，隶属热河省，围场的命名很直白，也没有顾忌什么改朝换代，一听就是旧王朝的皇家狩猎场。这个猎场面积很大，有九千二百多平方公里，现在是河北省辖地面积最大的县。

围场还有个别称是塞罕坝，地处蒙古高原、燕山余脉和大兴安岭余脉的接合部，地貌分坝上草原和坝下山地两部分，植被多为乔灌木，种类丰富。有一条曲折如带的内陆河叫伊逊河，河名来自一个爱情传说。

围场独特的地形地貌，是大自然的奇妙造化，也为树木花草和诸多禽兽繁衍生存提供了条件。

按说，以上这点儿小常识，北京人应该都清楚，起码要比南京、西安、洛阳人要清楚。北京古属幽燕之邦，之后金戈铁马，民族融合，世界终于大同。但是，中国人是特别讲究宗亲血缘的，依我看，北京人与围场人血缘最近，不是姑表亲，也是姨表亲，因为，清王朝近三百年历史，到猎场给皇上看围的人，多半是北京旗人。然而时过境迁，世态炎凉，现今的北京人还是北京人，围场人却彻底成了边塞山民。

围场1949年前有一句谚语真好：穷在大街无人问，富在深山有远亲。这话虽然有些酸气，却是实情。

写此文这年，正好是木兰围场建县一百年，这一百年，我给归纳成一个字："穷"。穷分两面，一穷金钱，一穷文化。穷金钱让围场县至今还戴着全国贫困县的帽子（2020年脱贫）；穷文化让一些来木兰观赏美景的外地人说：唉！咋回事儿？这里的人，好像只会说"给钱！给钱！"

我本人就出生在这块美丽又贫穷的土地上。我出生的小地名儿叫回鹿山。十九岁那年，我改掉了名字，在一个刮着白毛风的清晨，告别相依为命的老父从军离家。从那天起，我发誓日后就死在外乡。母亲的早逝、姐姐的殉情、父亲的毒瘾、兄弟的离别、乡亲的白眼儿……这一切，成了我大半生的梦魇。在莫言先生的作品中，言说不尽的是饥饿，而我一生言说不尽的，除了饥饿，还有冷。围场的春山如笑，夏山如怒，秋山如黛，冬山如锥。围场冬天的冷，是锥心刺骨的。母亲去世时我十三岁，之后有三个冬天，我已用条还算体面的蓝布单裤，罩着里头一条棉裤。棉裤面儿，是母亲生前用五颜六色的旧布料拼接起来的，而且，只有两只裤腿里絮着一层薄薄的旧棉花……

父亲去世后，维系血脉的最后一根线好像也断了。幸好我从文学丛林里找到一条回家的路。在我二十多年来发表的作品中，回鹿山是每篇作品的核心地。回鹿山很小，小到连本县人都不太知道。如果我的人物和故事不放在回鹿山，我就写不成，写不好。2012年年初，我把纪念父亲的长篇散文直接取名《回鹿山》，想不到却引来一些热心读者的各种探问，回鹿山在哪里？为什么叫回鹿山？

据说，康熙1690年秋亲征清卫拉特蒙古准噶尔部首领噶尔丹叛乱，这次他带着心爱的翠花公主。一天，喀喇沁王的公子金山扎满射伤一头母鹿，看到母鹿膨胀的乳房和眼里的泪水，翠花公主请求康熙允许她放了这头刚刚产崽的母鹿。父亲同意了，公主亲自为母鹿包扎好伤口，请金山扎满把母鹿送回原处。从这天开始，翠花公主和金山扎满的心走到了一起。不久，著名的乌兰布通之战爆发，金山扎满英勇战死。此时公主正巧患病，消息从前线传回行营，公主泪流成河，病情迅速恶化。十天后，公主留下"葬在当地"的遗愿后病逝。

葬掉公主的第二天，人们发现，一头母鹿领着一头小鹿安卧在公主墓旁。康熙为纪念爱女，就把门图阿鲁行宫改名叫翠花宫，将埋葬公主的山命名回鹿山。不久，回鹿山脚下突然冒出两个泉眼，泉水清澈汹涌，很快汇成一条长河。人们说，这是翠花公主思念金山扎满流出的眼泪，这就是伊逊河。

第二年春天，康熙来祭奠爱女时，在一处泉眼旁亲手栽下两棵榆树。三百多年后的今天，双榆树和公主墓成为游客的向往地，回鹿山倒被慢慢淡化了。

回鹿山在木兰围场属于坝下山地，坝上是塞罕坝草原。塞罕坝是蒙古语，译成汉语就是美丽的高岭。今天听说过木兰围场的人，主要靠旅游传播。这里的自然之美不能再说了，到过围场的"驴友"都知道，春夏秋冬四季，任何一处取景下来，都能胜过荷兰、丹麦和挪威，但与这些旅游胜地比起来，游客的心就是安定不下来。有时我想，大自然并没有存心赋予人类不同的品性资质，那为什么，风景如画的故乡人却不能给游人宾至如归的感受？难道仅仅因为劳金钱吗！据说，大画家吴冠中生前曾连续多年来塞罕坝草原写生，有时一画就是几个月。在先生晚年的画作中,我也常常看到家乡的美景,但就是看不到家乡的人和文化,我能怪先生吗?

其实,我这个人对故土是有亏欠的。几十年来没有为家乡干过一件值得称道的事情。除了指责和伤心,还几次要和家乡的基层执法拼个死活。年初六,七十三岁的姐夫雨生为保住无能儿子的婚姻,被迫斗殴。当我听说,他扔下半瘫半傻的大姐被抓进看守所时,我在北京家里号啕大哭,吓得家人乱作一团。

《回鹿山》出版后,受到一些读者的好评,因为书里写的都是真人真事,有人建议我回家乡,在草原的入口开一间酒吧,隔壁建一个阅览室,这样也许能为故乡增添一点文化的味道。因为心动,暑假我拉上二十本书,专门回去一趟,因为难有知音,两天后我回来了,《回鹿山》只赠出去五本。

这也许并不重要,对讲故事的人来说,穷乡僻壤出传奇,尽管我对回鹿山故乡的感情复杂纠结,但我过去所讲的故事都与它有关,即将出版的小说集干脆就叫《故乡有约》,里面都是有关回鹿山的传奇故事。

最后我想说,中国地大物博,着实不缺名山大川、洞天福地。但是,古往今来,再美的地方也需要人的故事,如果这里没有人的故事和会讲故事的人,山水只剩下山水,就没有人脉,没有人脉就没有灵性,没有灵性就没有传奇。回鹿山毕竟养育了我,可惜我寂寂无名,我既不能比湖南湘西的沈从文先生,不能比江苏东湖的汪曾祺先生,不能比西安灞河的陈忠实先生,更不能比山东高密的莫言先生……

更要紧的，我不爱家乡，以后也未必真正爱起来。面对自己这样的心态，我只能安慰自己：爱是一种态度，不爱，也是一种态度；对有态度的人，不要看他的名气大与小，要看他的言行照亮了什么。

代后记

让灵魂独舞

——梁帅对话第六届鲁迅文学奖得主侯健飞

    健飞兄,请接收一份迟来的祝贺,你的大作《回鹿山》获得第六届鲁迅文学奖,我真是太高兴了,虽然这部作品是长篇散文,但那种沉着而又充满激情的叙述,我还是当小说一般去阅读的,它好看,吸引人,泥沙俱下一般的故事,让父亲这个形象特别生动。很想知道,你在成长过程中,和父亲到底是怎样的关系呢?

    谢谢梁帅!接受同学的访问感觉很特别,尽管我年龄大你很多,但还是讶异自己在你面前变得年轻愉快,我很愿意通过问题和你相会。

    我的长篇散文《回鹿山》获得第六届鲁迅文学奖,对我个人来说是个意外,对广大业余作者来说,也是一种信心和激励——文学荣誉没有拒绝籍籍无名者,我的作品获奖就是鲁奖公平公正的一个例子。

    《回鹿山》是散文而不是小说,这一点不用怀疑,如果是不了解我生活和写作特点的人,阅读时很容易有你这样的印象。受汪曾祺先生和黑塞作品的影响，我可能无意间打破了小说和散文之间某种严格的区分。"非虚构文学"尽管目前还有诸多不同看法，但我没有过多理会学界的各种观点，以我自己的喜欢和特质，我不过是借鉴了小说的创作结构和语言而已。长篇散文如果不用小说的结构和某些文学创作技巧，会很苦了读者，无论语言多好，无论感情多真，读者都会觉得累。

动心写这篇怀念父亲的文字，是很多年前的事儿了。原以为一万字最多了，结果越写越长，直到十多万字。初稿成形后，我一直没有勇气拿出来出版，原因是内容太过私密，我如实写了父亲生前的种种不堪和我与他糟糕透顶的关系。这就是你想知道的我和父亲的关系——从迷恋到恐惧，从恐惧到失望，从失望到对抗，从对抗到决绝——直到父亲衰老、生病，然后死亡。

动笔写《回鹿山》时，父亲已经去世整整十五年了，此时正是我做父亲最狼狈的时候。与我的童年相比，儿子无疑像诞生在蜜罐里，但在我眼里，生活无忧无虑的儿子却胸无大志，已经不可救药，虽然当时他只有十二三岁。某段日子，我常常回想自己十二三岁时，已经开始支撑门户。记忆里全是自己神乎其神、异彩纷呈的"壮举"，而那时父亲的存在和作用就被我主观屏蔽掉了。有天晚上，我突然想到，父亲当年如何看待十二三岁的我呢？他是怎样对待我的？于是，父亲在那个晚上重新复活，他的声音、呼吸和缭绕的烟雾立即清晰起来。

你说得对，《回鹿山》里的父子故事没有太多珍珠，人们看到的几乎都是泥沙，但这就是属于我，也属于大多数中国人父子关系的可悲现实。我的前辈们如此，我的同辈们如此，晚辈甚至更晚辈可能还会如此。是什么造成了中国式的父子关系如此隔膜、紧张，乃至分崩离析？我在《回鹿山》里并没有给出答案，因为直到今天，我也不能用传统、文化和其他种种来给出令读者满意的答案。我只能如实写出我与父亲的故事，并希望如你一般年轻，或者更年轻的一代人，通过自己的方式解读自己的父亲。当然，谈孝道，太古板太教条了，谈理解，又太敷衍和高高在上了。所以，我对中国人的父子关系，还会是一个悲观主义者，即使到目前累有数万字的评论文字来解读《回鹿山》中我和父亲的故事，而且绝大多数都是理解和褒奖，坦白说，我在作品里还是有大大保留的。

"父亲"有时候是一种象征，西方故事中很多的弑父情节，可不可以理解成，我们要在传统中进行突破，比如文艺创作方面。

你说父亲有时候是一种象征，我可不可以理解成为父亲就是"父权"？是的，父亲在子女一生中象征权力，这和皇权、政权在狭义上并无太大区别。有强权一定有斗争，这是生物界普遍的规律，不仅西方神话故事中有弑父一说，人类现实生活中也常常有这类悲剧发生。向父权挑战，几乎是所有儿子都会经历的过程，但弑父者毕竟是少数，不论真正动因是什么，是积怨太深，是激情杀人，还是过失犯罪，总之这是不可原谅的罪过。这类弑父悲剧故事通过文艺作品表现出来，我个人并不认为是对传统或其他禁锢的突破。如实描述这类悲剧故事，从文艺创作方面考虑，作者倒是应该突破惯常的思维定式，亦即一般人所能理解的因果关系。不同时代和不同境况下的每一对父子，都是独一无二的关系，关系可以是米粮仓，也可是毒药罐，用什么东西"填满"这两个空间，没有先知先觉者事先知晓，不论是喜剧还是悲剧，各有各的不同，写出独一无二的"这一对"，而且深具启发、教育、警示意义，这个文艺作品才是一部好作品。

我看过你早期的小说，有些还是有一些苏童这样作家的影子，不知道这么理解对否？可否谈谈你的创作经历，从什么时候开始的，后期是否经历过一些转折？

你说得对。在我二十世纪九十年代初的一些小说中，不仅有苏童的影子，也有刘索拉、格非等先锋小说家的影子。你知道，青年作家都会有蹒跚学步阶段，我也不例外。青年时期，文学冲动就像荷尔蒙超标，让初学者不免眼观六路耳听八方。我当年如饥似渴地阅读喜欢的作家，就像一个小猎豹第一次抓到兔了，贪婪得让自己都惊讶。二十世纪八九十年代没有网络，图书业也不发达，我的阅读主要来自报纸副刊和有限的几本文学杂志。苏童与我其实是同一代人，他只大我几岁吧。那时他也刚刚有名，不过那时文学神性的光环太亮，亮得足以让无名作者双眼生痛，涕泪横流。

我今天还记得苏童有一个短篇小说，好像叫《飞越我的胡杨林故乡》（实为《飞越我的枫杨树故乡》），那不一定是苏童最好的小说，但不知何故，当时我发疯般喜欢这个作品。那时我正在南京上大学，有天下午在图书馆一本杂志上读完，激动得没有吃晚饭。当晚又到图书馆看了一遍，第二天竟能大段背诵下来，之后一连几天我都有逃课到江苏某城寻找苏童的冲动。

我的创作实践其实很晚，虽然从小学开始已经有文学启蒙。我的第一篇小说写于小学五年级，叫《茅山之战》，是听父亲打鬼子的故事后，拼接组装成的。在《回鹿山》里我写到了这段经历，也是对父亲那段流血又流泪的历史的深切纪念。

上中学后写了一些作文，很受老师同学表扬，后来才知道应该归在散文类。参军后正式接触小说，几年后短篇小说《走向枪口》（《江南》1992年第2期）发表，得到老师王宗仁、顾工和众亲友的肯定。这篇小说荣获总后首届军事文学奖，并入选当年人民文学出版社短篇小说年选，这一奖一选，对我的激励巨大。就像我2014年获得鲁迅文学奖一样，当年我根本不知道谁推荐了那篇小说，连《江南》的责任编辑何胜利先生都不知道。从那时我立志当个作家，于是，今天模仿苏童、刘索拉，明天模仿铁凝，后天又模仿张爱玲。等到中篇小说《迷糊》在《解放军文艺》发表时，有人说"很有马尔克斯和普鲁斯特的味道"——我当时乃至以后相当长一段时间,并不知道这种评价大有讥讽和警醒的意思,还把类似评语看作是对我"博才多学"的褒奖(当然,梁帅兄弟此刻说的我早期小说有苏童的影子并没有讥讽的意思)。直到某天,作家石钟山在《美丽已经死亡——读侯健飞其人事》一文中写道:"《迷糊》在叙述一个迷舟一样的故事,可以看出健飞在学一种结构或者说一种方式,这篇东西太注重形式了,丢掉了原本很丰富的生活内涵,这并不是健飞的特长。"

石钟山兄这句温和的提醒其实是善意的批评,这让我吃了一惊,立即悬崖勒马,从此结束了对文学流派的追风和模仿。

结果呢?结果你肯定知道,只有一个:我不会写小说了。从想写到模仿写,再到会写,看似打通了一条道路,实在说,这不过是一条死胡同。古今中外,死胡同是所有写作模仿者的最终归宿,对我来说,这样的结果让我始料不及又痛不欲生。好在当时求生存还是我的第一要务,因为我在部队从事新闻报道工作,另一位老师曾凡华先生给我信任,让我写了一本纪实文学《荡匪大湘西》。我和他跋山涉水,风餐露宿半年多,走遍湘西山山水水。此书在湖南文艺出版社出版后,荣获第三届中国人民解放军文艺奖,这是军队最高的文学成就奖,由此我有资格借调到解放军文艺出版社帮助工作。一年后,一个立志当小说家的青年,成为一名为人作嫁衣的文学编辑。

当编辑几年后,我策划了《回报者文丛》,入选者毕飞宇、孙惠芬、东西、葛水平等人，都是活跃在当代文坛上的实力派小说家。这些作家的中短篇小说成名作、代表作大家并不陌生，但文丛最倚重的是每个人的三五万字文学自传。这部分内容由作家的原创自述和与文学启蒙的图片组合而成。我要求这个内容必须用真诚的态度写出自己的文学之初。这个用意是让广大业余文学新人，在读了他们的文学之初后，有所启发，有所借鉴。毕飞宇后来也谈到，就是这样的一个编辑要求，他专门回故乡一段日子，在寻找文学之初的过程中，找回了丢失在路上的文学情怀。这对他的后来创作产生了很大影响。李敬泽先生当时还在《人民文学》杂志任职，他在给文丛的序言中也特别称赞了这部分内容。

在创作中，你为什么后来不太写小说了，转向了另外一种非虚构的文体，这是为什么？

刚才我谈到了，虽然我在文学初期写了一些中短篇小说，但并没有在创作实践中找到自己的路径和特质，或者说，自己的风格并没有确立下来。相反，看得越多，越觉得自己头重脚轻，失重的飘忽感折磨了我很久。当了编辑后，特别是有机会看到更多如我一样的青年作家的初稿后，我慢慢悟出一个道理：所谓作家全能说，简直瞎掰，这是自欺欺人。我认为，一个作家的特质在文类上是分明的，散文、小说、诗歌三种创作都行的，全世界可能都有，但三种文体都一流的作家几乎没有。特别是小说家和诗人，那是需要有特别禀赋的人（事实证明，莫言、刘震云和余华等都是特别有天赋的人）。

我天生不是一个有超级想象力的人，生活中又过于崇尚传统、循规蹈矩。因为有新闻专科的系统训练，我对现实事物却有敏感性和自己的见解。而且，在我早期的散文作品中，已经显现出特别的纪实文学意境，换句话说，只要写现实中的人和事，我总觉得更得心应手。于是，我开始主动进行非虚构创作。现在看来，虽然转向有点儿晚，但方向是正确的。

我们知道你不仅是一个优秀的作家，更是一个优秀的编辑，你发现了好多优秀的作者，你能否举例子这些作者是如何进入你的法眼的？你选取作品，决定出版的标准是什么？

兄弟过奖啦！我来纠正一下，我不一定是优秀的作家，也不一定是优秀的编辑，但我可以自认为是一个合格的编辑。我的《回鹿山》获奖后，一位文学老师（也是原领导），第一时间发短信给我，其中有一句话："你的坚守和执着有了回报，值得了。"

老师的这句话有两个意思，一是说我对文学创作理想的坚守和执着，二是说我对文学编辑工作的坚守和执着，两者合一才是我。福建有一位叫张家鸿的读者读了《回鹿山》后，在博文中写道："编辑侯健飞与作家侯健飞的融合，才是一个完整的侯健飞。许多优秀的作家，本身就是优秀的编辑。"这说明，这位青年人像你一样，是读过我策划编辑的图书的，而且评价不低。

我做文学编辑十几年,一直是图书编辑。应该说,图书编辑比期刊编辑的眼界要窄些,这个窄,主要原因是,作家群体主要集中在期刊中短篇小说上,长篇创作群体相对小得多。好在,我一天也没有离开过全国知名文学期刊。我敢说,到今天也没有多少同行有我收藏订阅的期刊多。从二十世纪八十年代开始,《十月》《昆仑》(可惜已停刊)《钟山》《花城》《大家》《人民文学》《解放军文艺》以及所有小说类选刊,始终在我的书房里。正是从这些文学刊物里,我和作家们相识。他们绝大多数不认识我,但我认识他们,有的作家,比如何申先生,我虽然编过他的书,但至今没有见过面。

我的作者的一部分有:刘索拉、林谷芳、田青、方南江、黄春明、陈映真、王祯和、李佩甫、何申、刘醒龙、贺绍俊、海男、陈川、王玉彬、王苏红、于坚、张锐锋、陈东东、毕飞宇、鬼子、东西、徐坤、孙惠芬、裘山山、朱朱、庞培、刘静、焦波等等,从这些名字中,你不难看出,我追求的文学品质是真情写作和阳春白雪式的纯文学。当然,追求纯情文学并不等于我否定通俗文学、言情文学或网络文学,我不过是个人有所偏重。文坛还有种奇怪的现象:读同时代作家的人不太多,读下一代或更下一代作家的人更少。我有不同,常常把目光投向同时代或更年轻的作者。我的感受是,读同时代作家作品,我有多重共鸣,理解和偏见也会减少。我读晚生代作家作品,一是为了发现新的苗子,二是为了自己充电学习,文学是不断变化成长的,你不学习跟上,早晚要被淘汰。

你所说的文学作品出版标准，这是一个大而杂的话题，其实比大而杂还复杂。每个编辑的标准也不一样，今天没法展开讲。我的择稿标准，不论是小说还是散文，故事不贪求离奇，但必须源于生活高于生活，必须有真情，有真情的作品一定是有真情的作家写的，有真情的作家才会有爱，才会有大爱，大爱和大善是文学的至高境界。

在你编辑出版的书中，你印象比较深的是哪些？

我在部队的文艺出版社工作，军事文学和人物传记类是我的编辑重点。你的问题非常好，一个文学编辑，如果连自己都不喜欢的图书却编辑出版它（除非有其他必须出版的理由而不是单纯为了市场），是不应该的，这里我举几个例子。

早年我编过美军四星上将、参谋长联席会议主席科林·鲍威尔的自传，叫《我的美国之路》。当我通过台湾朋友看到该书的繁体字版时，深受震动。我决心排除一切困难，在大陆出版简体字版。

试想，一家部队出版社，要出版刚刚卸任的美军高级将领自传，而且鲍氏本人对共产主义信仰从来没有好感，不时口诛笔伐……幸好，我遇到了好长官范传新和刘增新二位先生，他们都是有眼光的编辑家和出版人。最终《我的美国之路》全译本在1996年，以我社副牌昆仑出版社名义出版，立即引起轰动。鲍威尔听说中国军队背景下的出版社要出他的自传全译本，竟半信半疑。因为他知道，在中国台湾，这本自传仅出版了中文繁体字节本。当他看到中文简体字全译本校样时，立即写了亲笔信致中国大陆读者。信的全文是——

　　这本自传描写的是一个出身贫贱、由于这个民主国家所提供的种种机遇而上升到美国责任最重大又最受信任的岗位上的人的生平。我深信，通过艰苦奋斗和刚毅不拔的决心来改善自己命运是各国人民的共同愿望，这种愿望激励着千千万万的美国人，同样激励着千千万万的中国人。本书从相对较小的角度讲述一个带有普遍性的故事，谨愿它对加强中美两国关系能做出微薄的贡献。

这看似简短的信，其实非同一般。一句"由于这个民主国家所提供的种种机遇"就足以让一些人望而却步。我看重这部书，也非什么民主国家提供机遇的政治性，而是从个人奋斗的励志层面考虑。一个来自布朗克斯的黑人少年实现国家梦想的真实故事深深打动了我。我在最新版封底编辑手记中写道："编好一本书至少要看四遍，这是一个编辑的基本工作，但书印出来后还能再看一遍，两遍，三遍，甚至一直放在伸手可及的地方，这个先例没有过。《我的美国之路》深深影响了我的人生态度和处世原则。任何评语都不能替代阅读本书时的心灵震撼……"

在《我的美国之路》中，有十三条"科林·鲍威尔守则"，很多读者奉为圭臬——

1.事情并不像你想的那么糟,到明天早晨情况就会好转;2.发一通火,过去就算了;3.不要把你的自我与你的观点混为一谈,以免你的观点一旦站不住脚时,你的自我也随之不复存在;4.有志者事竟成;5.做抉择时要慎重,你可能受到惩罚;6.不要让不利的因素妨碍你做出明智的决策,7.不要给别人拿主意,也不要让别人给你拿主意;8.永远不要忘记检查细节;9.荣誉共享;10.头脑冷静,待人宽厚;11.高瞻远瞩,严格要求;12.不要受恐惧与反对者的影响;13.永远乐观会使力量倍增。

此书中文简体字全译本出版不久,鲍威尔当上了美国国务卿,先后两次成功访问中国,对华态度有较大改变。截至目前,此书销售近百万册。据说,当年国防大学的将军班几乎人手一册。直到今天,此书还是我社的长销品种。

我编的另外几本印象深刻的书,是《惊蛰》《作家铁凝》和《行走的刘索拉》。

先说《惊蛰》。写出好作品,对于作家来说,前提是生活问题。应当看到:军事文学创作队伍中了解战争熟悉战争生活的人几乎没了;熟悉二十世纪五六十年代生活的作家,由于十年动荡的阻断,也成了空白。近几年的创作成果表明,生活积累不足,使当前军事文学创作水平难以突破,也是某些创作上不良倾向得以滋长的主要原因。事实证明,极少数反映部队现实生活的好作品,无不是扎根基层、心系部队的作家的精心创作。长篇小说《惊蛰》就是这方面的典型代表。作者王玉彬、王苏红是一对夫妻,他们成名于历史纪实文学写作,但大半生也没有离开现实的基层部队。身为空军作家,为了写好新型战机首次装备一线部队的人机故事,夫妻二人在一个飞行师整整"蹲"了两年,写了三年。成功塑造了以师长萧广隶和政委季浩苏为代表的一代新型军人解放思想、更新观念、锐意改革、勇担责任,坚持"决不以牺牲战斗力为代价保安全、保荣誉"的一大批职业军人形象。作家在《惊蛰》的审美实践中,时时把读者引入直线加方块的情境韵律中:嘹亮的军号声、战机的呼啸声、飞行员妻子的心跳声让读者一次次眼含热泪,百感交集。即使在描写高科技成果的"蓝鲨"飞行时,也充分描述到人、机、环境协调的美。"小航线着陆"、超低空飞行、指挥控制、情报侦察、预警探测、网络通信、电子对抗、信息技术、陆航作战、领航、编队、航管、气象、主战装备实时监控等一系列扣人心弦,吸引人眼球的名词既打上了时代变革和军营文化的烙印,也体现了一个作家深入生活,掌握新装备新技术能力的重要性。

《惊蛰》出版已经多年,但是,此作的多种启示意义并没有得到各方的足够重视,特别是文学批评在不断衰减下的沉默,金粒沉沙,令人遗憾。我个人认为,即使再过十年二十年,《惊蛰》仍将是现实题材军事文学的标杆之作,无论是思想观念,创作手法还是塑造人物的形象和灵魂,都会成为中国职业军人操守和军营文化的典范。

《作家铁凝》是贺绍俊先生多年关注、跟踪采访、研究铁凝的评传。这本书我把它定性为业余作者特别是青年作家写作道路上的一盏马灯。贺绍俊先生是业界广受好评的批评家，他费心力十几年研究铁凝其人其作。写这本书没有任何功利心，完全秉承批评家的良心，从铁凝第一篇小说写起，从作品到人生，从生活到艺术，从才华到技法，让我们看到一个作家的创作之路如何与人生之路完美结合。更重要的是，对铁凝一系列作品的深入剖析点评，让初学者一次次茅塞顿开。当然，我编辑出版《作家铁凝》时，她还没有成为中国作家协会主席，我也没有任何功利心。

《行走的刘索拉》是先锋小说家刘索拉在文坛消失多年后在国内的第一本书，内容是艺术对话录。行走世界又回到中国的刘索拉像当年写《你别无选择》一样，对流行音乐，特别是非洲蓝调和美国爵士乐的解读新奇大胆，大开大合。她一直很奇怪，自己为什么把这样一本书同意由军方背景的"传统"出版社出版，可见那时社会上对赳赳武夫还存在偏见。

《另一半中国史》，是一本草根性极强的关于中国少数民族文化的长篇原创散文。作者在写五十多个少数民族文化简史。虽然视角不同，着重点有异，但无不是从每个民族的文化根底入手。这或许不是一本纯粹的历史书，但它毕竟是一本历史书。陈寅恪在对冯友兰的历史著作进行评价时，提出了著名的"了解之同情"的观点。这个观点有两层含义，一是好的方面，撰写历史"对于古人之学说，应具了解之同情，方可下笔"；二是不好的方面，"但此种同情之态度最易流于穿凿附会之恶习"。《另一半中国史》既做到了对古人的"了解之同情",甚至努力进行着设身处地、身临其境的体验;也做到了对于穿凿附会的断然拒绝,它尽可能地质疑诠释每一个历史定论,寻找补齐每一个缺失的历史环节——观点总是形成于史实之后。书中也分明可见黄仁宇大历史观的影响:把握历史是宏观的,研究历史是微观的;思考的是长时段的结构性、趋势性问题,研究的是具体而微的当下性问题。

我为该书撰写的导言是——

我们很幸运地行走在国家强盛、民族复兴之路上,但我们还需要一盏灯,当夜幕降临的时候,照亮前方的路,这盏灯就是文化传统和民族智慧。"另一半中国史"只用六个汉字就涵盖了中华文明的独特气质,因为,在汉文化为主流的文化长廊中,永远镌刻着中国多民族文化的绚丽身姿。更为重要的是,当我们依稀记起匈奴、柔然、乌孙和楼兰等等古族时,在《另一半中国史》里,令人惊奇地看到了他们的生离死别和爱恨情仇……"一半中国史"是一个智慧而大胆的论断,当我们不能从史学家的著述里找到这个概念时,就有理由说它是独一无二的。由此我们应该向作者致敬,他没有史家、民俗学家和作家的光亮头衔,也没有"隐者"那般高深莫测,但他却是一个用心阅读、勤于思考的思想者,他对中国文明的起源充满崇敬和率直的拷问。在"文化喧嚣"的时代,坚守、沉静、思索和高雅的情趣成就了高洪雷先生这部经得住历史检验的著作。

《另一半中国史》从拿到书稿到七次修改、送国家民委审读通过，到出版三审的完成，整整用去三年时光。结果，出版社某领导认为书名"刺眼"，怕惹麻烦，决定退稿。我力争多次无果，忐忑不安了半个月，电话打给作者高洪雷，想不到高洪雷的回答让我差点儿流下眼泪。

他说："没关系啊。我写这部书，出版不一定是最终目的，结识你这样的朋友更重要。你不必为难，有机会就出，没机会再说。"

一周后，我把此书推荐给文化艺术出版社的李恩祥主任。几个月后，《另一半中国史》顺利出版，很快成为畅销书。当时国家民委一位主要领导读过此书后，给予高度评价并推荐给很多民族干部，认为这是最能表现中国民族文化融合的好书。

坦白说，我策划编辑的每一本书都有生动的故事，但像高洪雷这样胸襟宽广、淡泊名利的作者也不多见。限于篇幅，我不能一一写出这些故事。

无论是作品还是作家，对我个人正能量影响较大的图书如：《谛观有情——中国音乐里的人文世界》（含十张光碟两本文化随笔的有声读物），长篇小说《中国近卫军》《戎装女人》，非虚构《美军战争家书》《火线后的故事：世界战争家书》《俺爹俺娘》……

你又是编辑，又是作家，又是读者，几种身份的混合让你对当代文学了解比一般人深刻，你觉得当代文学最需要的是什么品质？

是的，很幸运我有这样的几种视角来看待文学。我有一个朋友王小柔，也是有名的段子作家，她是作家，也是媒体人。我的《回鹿山》出版后，她是唯一不遗余力推荐的媒体人。为了宣传这样一本小众图书，有一次她在天津《每日新报》发了我一张很多年前的青涩照。我爱人看了给她发短信说："你给姐夫发那么大的照片，他火了，我咋办啊？"小柔立即回复说："姐啊，放心吧。姐夫要能因为这样一本书火起来，中国文学就有希望了。目前中国文学就是一片荒地。那黑白照片看不出什么来，咱不给姐夫留犯错误的机会，你们俩踏实地过日子吧。"

这虽然是朋友间的一次私密对话，但也可说明有识之士对中国文学现状的担忧。作为一个行业内人，我不一定比其他读者更深刻，但对于当代中国文学的现状比一般人了解要多一些。我的总体概括是不乐观也不悲观。

不乐观是因为大家知道，虽然莫言先生获得诺贝尔文学奖，余华先生获过意大利格林扎纳·卡佛文学奖，阎连科先生获得卡夫卡文学奖，但这并非说明中国现当代文学已经跻身世界文学前列。

我不悲观的是，中国当代有一部《白鹿原》就是标杆，有这样一部长篇小说足可进入世界文学史。另外，中国文学经过二十多年的浮躁期后，一批中青年才俊脱颖而出，像葛水平、乔叶、徐则臣、鲁敏等等。只要青年作家们沉下心来，真正做到不为名利所动，潜心按自己的既定目标前进，中国文学再诞生《红楼梦》这样的名著完全可能。

至于你说的中国当代文学需要的品质，我觉得甘肃作家汪泉先生说得好："好的作品前提是要打动人心，一部作品，能够打动人的关键在于让读者在阅读的同时产生对照或者参照，或者是类似联想。比如写亲情，一部文学作品能够勾起人们对亲情的点滴回忆，能够引发真情在心灵深处的宣泄，这部作品无疑就是成功的！"他在谈到亲情散文时说："还有什么能比读一个别人的故事让人联想到自己，一个别人的父亲、别人的姐妹、别人的弟兄让人想起自己的兄弟、姐妹、父亲！"这就是作品的艺术价值所在！当然，我这是从一部作品的"小我"着眼，从大作品着眼，文学品质的最高境界是洞察人性善变、人生苦难而又能在作品里悲天悯人、超越人生苦难，很多世界名著都具备这样的品质。

有时候，我总能想起在鲁院的日子，对你的印象非常深刻，你常回去看看吗？鲁院的学习，对你来说意义何在？

谢谢！我知道你在鲁院时非常珍惜学习机会，虚心好学。记得你是第一个与我畅谈小说创作的同学。你的小说有先锋性，或者说很有个性，倒是我对你印象深刻。当然，作为班长，生活上你从来没让我操心过。你知道，读书期间我更多是扮演警察角色，但我反感汉奸或告密者。几十个作家生活在一起，有意思的故事很多，尽管没有什么大不了的，但我一直很紧张，毕竟我们是一个整体，学习和生活中一点疏漏都是遗憾。我和老师们的愿望是一致的，高高兴兴上学来，欢欢喜喜回家去。如你一样，我真的非常怀念鲁院那段日子，这是我半生以来在校学习生活中最难忘的日子。来自天南地北的作家同学和鲁院领导、老师给我这个古板的班长多方影响，全力支持。虽然鲁院学习时间不长，却让我意识到自己既是一个编辑，也是一个军人，还是一个作家；让我意识到自己还是一个作家的意义非常重大。遗憾的是，虽然我工作在北京，却没有太多机会回鲁院看望院领导和老师们，但李一鸣副院长和孙吉民老师常常与我通话。有良师益友，是我们的共享福分。

最近在读什么书，有什么好书推荐我一下。

我现在的工作太忙，都是零碎的、事务性的忙。离开编辑岗位而做图书发行工作已经8年，我的阅读生命像缩短了18年！这正是我的伤心所在，不提也罢。

近期我在第二遍读《文学回忆录》，这是画家陈丹青整理自己在美国五年内听木心先生讲文学史的笔记，非常令人振奋。我以前并不知道还有一个叫木心的人，也不知道中国文学史还有这样的读法和写法。关于读书，木心自己说："说来说去，给大家一个制高点。有了这个制高点，看起来就很清楚。一览众山小,不断不断地一览众山小。找好书看,就是找制高点……"此书除了填补我文学史的空白之外,还让看到了属于中国人自己传统的师生情谊,陈丹青和木心的师生故事常常让我感怀。

还有一本书放在枕边:是台湾齐邦媛先生写的《巨流河》。大陆出的虽然有删减,但损伤不大。某年九月我到台湾,在诚品书店第一本买的就是繁体字原版的《巨流河》。齐先生八十岁开始写这部回忆录,出版后立即引起两岸关注。很多人把此书当国共两党的某段历史来说,什么政见啊,什么国难呀,什么分分合合呀,我却读的是爱情。齐邦媛和张大飞的爱情故事并非此书主线,甚至着墨有限,但却是我理解爱情最深刻的一种。当中国空军飞行员张大飞在最后一次对日空战中壮烈牺牲时,我已经泣不成声……

还有,我记得向你推荐过《花田半亩》这本书,一个花季女孩儿田维的日记。田维在读大三时不幸去世,留下这部日记。她从得病到 2007 年 8 月去世,六年间写下近百万字日记。这部 50 万字的书,我用六个字就能概括:感恩、幸福、希望。这不是一本简单的励志书,如果这样,四年多不会有五十多万册的销量,这是一部青春文学的典范,也是一部纯文学的典范,当代文学史不应该落下田维的名字。据说,评第五届鲁迅文学奖时,此书进入最后一轮投票,最终却因为鲁迅文学奖还没有给一个逝者的先例而最后出局。如果说,编辑之外,我还对文学事业有所推动,《花田半亩》是例证之一,这本书的营销和推广耗费我太多心血,但我觉得值,这也是我的另外一种幸福。

当你成为父亲后,当你的孩子已经长大,请你回想一下,这些年你给孩子的,除了物质之外还有什么?

我说过,在《回鹿山》中写父亲时,正是我做父亲最狼狈的时候,那时我给孩子的除了吃穿,还有说教和拳脚。现在儿子已经长大,他考取了意大利罗马美术学院绘画系的研究生。他出国大半年后,我开始想念他,真的想念,也是从这时开始,我后悔自己在孩子小的时候,管教过于粗暴,以致造成儿子大多数油画底调为灰色或蓝色。当然,我后悔,并不说明孩子当年的所有行为都是正确的,所以我并不奢望儿子现在原谅我。

我在《回鹿山》的结尾这样写我心中的父亲:"如果大家希望我用最简洁的话概括一下父亲,应该是这样——父亲四十五岁前有两个名字,两种生活,故事是传奇而迷乱的,包括战争经历和情感世界;四十五岁后,父亲只剩下一个名字,这时他成为真正的乡民,但他却只有农民的朴实而缺乏农民的勤劳;父亲一辈子崇尚知识,却没认识多少汉字;父亲不高大也不丑陋,他留给子孙的最大财富,是宽广的胸怀和善待他人的品格。'不要仇恨'是父亲留给这个世界的最后声音。"

现在你要我回答,除了物质之外我还给了儿子什么,我的回答是:我和他妈妈给了他生命;我和他干奶奶梅娘先生给了他一个满怀期望的名字——侯恕人。至于儿子一切物质的获取，都不值一提，那是一个孩子生命成长中，父母必须应尽的责任和义务。除此之外，作为父亲，我还给了他什么，不是我现在能回答的。或许，等我死后15年，恕人会通过文字，或通过绘画以及其他方式，来回答这个问题。如果他一直无话可说，也就罢了，反正我已经死了，活着时我多半是孤独寂寞的，并无多少知己，死后就让我的灵魂独舞吧——我其实不相信人有灵魂之说，这个灵魂指的是那个带有迷信色彩的，灵魂还有另一种解释：精神。我理解的精神是信仰加良心，这个，我才信。